語りつづけろ、届くまで

大沢在昌
OSAWA ARIMASA

講談社

語りつづけろ、届くまで

装幀　岩郷重力
写真　Getty Images

1

お年寄りの嗜好品《しこうひん》、特に菓子類の好みの傾向を、何年か前にササヤ食品がアンケートで調べたことがあった。それによると、甘味《かんみ》類については、アメ、ケーキ、和菓子とその嗜好の幅は広かったのだが、塩味については、圧倒的に米菓《べいか》、つまりセンベイ、アラレの類が上位を占めた。

問題は、米菓と切っても切れない歯ごたえである。ふにゃふにゃのしけったセンベイは、米菓を食べたという気になれず、といって多くが歯に問題を抱えるお年寄りに、カチカチの堅焼きセンベイは敬遠される。

勢い、「おせんべいは食べたいけれど、歯がね……」となるわけだ。

そこで昨年、ササヤ食品は、お年寄り向けとは決して謳《うた》わずに（これもアンケートによって得た貴重な情報だ）「超薄焼き・パリパリ」と「ふわふわアラレ・やわらくん」を発売した。パッケージにはもちろんのこと、「歯の悪い方でも召しあがれます」とは書いていない。お年寄りがなにより嫌うのは、無意味な同情や歩み寄りだからだ。

勝手に見つけて、勝手に愛食して下さい、という企業の姿勢が大切なのである。

早い話、「長生きして下さいね」という言葉は、お年寄りの耳にあまり心地よくないのだ。その言葉には、「あんたずいぶん生きてるけど、まだまだ死にそうもないね」という響きを感じるらしい。むしろ、「まだガキじゃないか」とか「死ぬに死ねないね」といわれるほうが嬉しい、という説がある。

とはいえ、お年寄りの行動範囲は狭く、また一度かたまってしまった商品の選択をかえさせるのは簡単ではない。

そこでササヤ食品宣伝課は、草の根作戦を展開することにした。各地の老人会や老人ホームに慰問《いもん》に赴《おもむ》き、この「超薄焼き・パリパリ」と「ふわふわアラレ・やわらくん」をお年寄りたちに試食していただこうというわけだ。

坂田《さかた》勇吉《ゆうきち》が担当したのは、東京二十三区のうちの城東地区、つまり下町である。この作戦には、もうひとつ、企業イメージの向上という狙いもある。一度限りの慰問ではそれは果《は》せない。三ヵ月間、計六回、同じ老人会、ホームを訪れ、そこの人たちと交流して顔なじみにならなければならない。

そのためには〝武器〟が必要だ。手みやげにはササヤ食品の製品があるとはいえ(実は手みやげでも何でもなく、それを配ることこそが狙いなのだが)、お年寄りと仲よくなるのは簡単ではない。

ただ通りいっぺんに挨拶《あいさつ》して、一時間から二時間話し相手をするぐらいで慰問になると思っていたら大まちがいである。そんな低級の慰問など、誰も喜びはしない。「ハイ、ハイ」と頷《うなず》き、てきとうにあいづちを打つような見ず知らずの若造と話すくらいだったら、テレビを眺《なが》めているほうがよほどましなのだ。こいつ、腹の中で年寄りの相手はつまらないと思っているにちがいない。こんな奴の会社が作ったセンベイなど金輪際《こんりんざい》、買ってやるかとなる可能性すらある。

ある者は奇術を覚え、ある者は昭和二十年代の流行歌をギターで弾き語りし、ある者は落語を一席うかがう、といった具合で、なかなかたいへんな草の根作戦になった。

坂田の場合、武器は将棋《しょうぎ》である。もう亡くなった祖父が坂田の名付け親なのだが、大の将棋好きで、坂田三吉《さんきち》にあやかったのが名前の由来だ。

小学校にあがる前からその手ほどきを受け、中学時代は将棋クラブに身をおいた。文京区で風呂屋を営《いとな》んでいた祖父の趣味は、この将棋と酒だった。中学のときに祖父は他界したが、連れ合いを早くに亡くした祖父の相手はもっぱら坂田の役割だった。

祖父が亡くなったあと、サラリーマンだった父は仕事を辞め、風呂屋を潰してコンビニエンスストアを始めた。コンビニエンスストアの上は賃貸マンションで、店番は母とアルバイトの仕事、父は管理人をやりつつ、カラオケとゴルフにいそしんでいる。

老人会や老人ホームには、必ずといってよいほど、将棋や碁好きがいる。坂田は碁も打つが、将棋ほどではない。将棋のほうは、アマ初段といった腕前なので、そうそう負けることはなく、対局後、感想戦をすることでさらにお年寄りと親しくなったりもできる。

何のことはない、中学時代に戻ったようなものだ。

元来が淡白《たんぱく》な性格で、競争を好まない坂田にとって、将棋は唯一、趣味にできた勝負ごとである。今年はいよいよ三十の大台にのるが、結婚の予定もまるでない。

これまで恋愛に縁がなかったわけではない。ただその恋愛にはいつも、とんでもない苦難がセットになっていた。

一度目は三年前の大阪出張で、新製品のサンプルが入った鞄をまちがって奪われ、取り返すためにやくざと死にもの狂いになって追いかけっこをした。本当に殺されそうになり、涙と震えがとまらなかったものだ。そのとき、ミナミでホステスをしている真弓《まゆみ》という女性に助けられ、親しくなった。

二度目は昨年の北海道だった。新入社員を連れた研修旅行の帰り、ロシアマフィアによる麻薬密輸事件に巻きこまれ、あわや蜂《はち》の巣にされそうになった。そのときは、コーシカというロシア人少女を助け、仲よくなった。

が、どちらも遠距離恋愛である上に、互いの生活環境がちがいすぎて、長つづきしなかった。以来、恋愛らしい恋愛はしていない。ただ最近、ちょっといいなと思う女性が現われた。

通称「サッコさん」、NPO法人「つるかめ会」のボランティア小川咲子《おがわさきこ》、だ。年は坂田と同じで、ふだんは軽貨物トラックの運転手をしている。バツイチで口は悪いが、面倒みがよい。

「つるかめ会」は、坂田が今、通っている老人会の名でもあった。東京の東の外れにある鶴亀銀座商店街の「振興会館」で週に一度、午後一時から五時まで近くのお年寄りが集まる会だ。

鶴亀銀座商店街と京葉道路をはさんだ反対側には私営の老人ホームがある。「東江苑」というこの老人ホームからも、元気なお年寄りがこの「つるかめ会」には参加していて、多いときは三十名近くが振興会館にやってくる。その世話をしているひとりが小川咲子だ。

化粧けはなく、いつもジーンズだが、浅黒い顔の目鼻立ちは整っていて、どこか東南アジアの血がながれているような大きな瞳に、坂田はこっそり惹《ひ》かれている。

口を開くと、男勝りの口調で、

「なんだよ、じっちゃん、まだ生きてたのか」

とか、

「しょうがねえな、オレに貸してみ」

などといって世話を焼いている。それは決して押しつけがましいボランティア精神からではなく、感謝や感動を求める節はかけらもない。

咲子は初め、坂田を「センベイのセールスマンかい」と厳しい目で見ていた。が、ふた月を超えたあたりから微妙に変化した。

きっかけは、ユキオさんという「つるかめ会」のメンバーだった。ユキオさんは地元の独居老人で、元トビという職歴のせいか短気で口が悪い。何かあるとすぐに喧嘩腰《けんかごし》になるため、会の問題児だった。このユキオさんが将棋好きで、けっこう強く、勝つと悪しざまに相手を罵《ののし》る癖がある。将棋で負かされ、「馬鹿だ、間抜けだ、ウスノロだ」とやられるのだからたまらない。その上、肩に彫りものが入っていて、別に威《おど》す気もないのだろうが、ちらつかせたりする。

坂田が二度目に「つるかめ会」を訪れた日、将棋を囲んだのが、ユキオさんだった。自信満々で坂田に挑み、敗れ、さらに挑み、また敗れた。

その後の感想戦で、すっかり神妙になったユキオさんに、二人のメンバーが歩みよった。教授というあだ名と姫さんというあだ名の、どちらも「東江苑」の入所者だった。二人は身寄りがいないことから、自発的に老人ホーム入りしていて、教授は元大学の先生らしく、ときおり難しいことをいうが「つるかめ会」の精神的な中心メンバーで、姫さんは、元大部屋の時代劇女優だったという噂《うわさ》のあるおっとりした女性だ。二人とも七十代の半ばでユキオさんより少し年長である。ユキオさんが孤立しているのを気にかけていて、打ちとけるきっかけを捜していたのだと、坂田はあとから聞かされた。

そうして三度目に「つるかめ会」を坂田が訪れると、ユキオさんはすっかり教授や姫さんと仲よくなっていて驚かされた。そのことで、咲子は坂田に少し心を許してくれたのだ。

「ユキオさんの刺青《スミ》見て、てっきり腰抜かすと思ってたけどね」

「つるかめ会」がひけたあと、連れていかれた居酒屋でホッピーのグラスを傾けながら、咲子がいった。もちろん二人きりではなく、ボランティアのうち、都合が許す同志が、毎週おこなっている打ち上げに、初めて坂田は誘われたのだ。

「ああ、子供の頃、うちは銭湯やってたんで、よく刺青《いれずみ》をいれたおじいさんとか見ていましたから」

坂田はいって笑った。

「でも、教授と姫さんが、あんなにユキオさんと仲よくなっていたのは驚きでした」

「ここだけのないしょだけど、ユキオさんはさ、前から姫さんのこと好きだったのよ。姫さんはみんなのマドンナじゃない。だからムカついていたんだよ。でも仲よくなるきっかけがあったから。ユキオさんはさ、単純なの。ガキ大将みたいなもんで、こいつには勝てねえって思うと、あっさり相手を認めるのさ。その点では、あんたには感謝している」

「そんな風にいわれると、かえってこそばゆいです。ユキオさんは、似てはいないけど、僕のおじいちゃんをちょっと思いだしますし」

「ボクっていうなよ。おかまみたいだぞ」

「すいません」

「あやまるなって」

いいながらも咲子はにこにこしている。黒くて大きな瞳がきらきら輝くのを、坂田はうっとりと見つめた。

「そういえば、おかまで思いだしたんだけど、玉井《たまい》さんて、誰の身内？」

横で焼きとんをかじっていた、ボランティアの桑山《くわやま》が訊ねた。区役所を停年になり、「つるかめ会」を手伝っている大の酒好きだ。

「ああ、誰だろう」

咲子が首をかしげた。坂田にも玉井のことはわかった。「つるかめ会」には、ボランティアの他に、参加老人の身内が、何人か手伝いにきている。食事や飲みものの世話をしたり、「演物《だしもの》」と呼ばれる月に一度の余興《よきょう》の裏方をするためだ。

玉井は大柄だが派手な洋服を着て、ときおりおネエ言葉をしゃべる中年男だった。キティの絵のついたキャリーケースをいつもひっぱってくる。

正体不明だが、金はもっているようすだ。

「たぶん、節子《せつこ》さんだと思うんです」

坂田がいうと、驚いたように咲子がふりむいた。

「なんで？」

「一度、会場のすみっこで玉井さんが封筒を渡しているところを見ました」

節子さんというのは、無口な地元のメンバーだ。八十を過ぎていて、車椅子がなければ移動できない。たいてい咲子が家まで迎えにいっている。

「えー、オレには一度もそんな話、節子さんしたことないよ。ていうか、あんたよく、そんなシーン見てたね」

「たまたまです」

坂田はいった。節子さんはいつも無表情にしていて、めったに笑ったり人と話すことはない。といって別に他のメンバーに冷たくあたるというわけでもなく、「つるかめ会」にやってくる老人の半分は、そうしたおとなしい人々だ。

年をとると恐いものがなくなる、という人もいるが、逆に若い頃以上に引っ込み思案になる人もいる。

お年寄りだからといって十把ひとからげに扱うことはできない。子供だってそうだ。あたりまえの話なのだが、子供とお年寄りに対して、世の中にはひとくくりにしようという空気がどこかある。どちらにも属さない大人には、個性に気を使う風潮があるのに、だ。

それは結局、子供やお年寄りの個性は無視しやすいからだ、と坂田は思う。

子供の「嫌だ」という言葉を、大人は「ワガママいわないの」と封じこめる。同様に、お年寄りが個性を主張することに対しても、「年寄りのワガママ」と批判的な目を向ける傾向がある。敏感なお年寄りは、そう見られるのが嫌で、必要以上に自分を殺し、主張をしなくなる。おとなしくて扱いやすい人を演じるのだ。

見かたをかえれば、それは周囲やボランティアに対し、心を許していない、ということでもある。

坂田がそういうと、咲子は目をみはった。

「サカタ、わかってんじゃん！　あんた、たいしたもんだね」

孤独死をするお年寄りには、そうした「おとなしい人間」を演じている人が多いのだ、と咲子はいった。

「本当に無口なのはいいんだ。でも喋《しゃべ》りたいのに喋れなかったり、うるさい人だと思われたくなくて、我慢してにこにこしてる人っているんだよね。ユキオさんみたいに主張の激しい人がいると、そういう人は結局、どんどんうしろにさがって、その他大勢になっちゃう。でも心の中じゃ、それが気に入らないって思ってるんだ」

「でも、だよ。私たちがひとりひとり全員の気持をわかってあげる、なんてことは不可能じゃない。本当はどう思ってますか。『つるかめ会』は楽しいですかって訊いて回れないわけだからさ」

モツ煮ののったスプーンを掲げていったのは、大河原《おおかわら》というボランティアだった。大河原は鶴亀銀座商店街でも老舗《しにせ》の履物屋の旦那だ。五十五になるが独身で、母親が「つるかめ会」の創設メンバーだった。去年亡くなったらしいが、その後もボランティアをつづけている。

「そう。だからオレは、教授と姫さんが大事だと思うんだよね。あの二人はさ、仲間外れができないように、すごく気をつかってくれるじゃない。それで仕切ろうっていうのでもないから、立派だよ」

咲子がいった。その通りで、二人はいつもにこにこしながら、きているメンバーひとりひとりに目を配っている。

「ユキオさんがさ、打ちとけたのも、サカタのおかげがあったにせよ、あの二人の働きかけは大きいよ」

「確かにそうなんだけど、ひとつ問題はさ、あの二人がホームの人ってことなんだ」

桑山がいうと、全員が黙った。やがて、

「それは、まあ、そうなんだよ」

歯切れ悪く、大河原がつぶやいた。

三度の訪問で、坂田も何となく気づいていた。地元在住のお年寄りと、「東江苑」に入所しているお年寄りのあいだには、見えないミゾがある。無理はないこととはいえ、何十年と鶴亀銀座周辺に住んできた人にとって、「東江苑」の入所者は、よそ者なのだ。さらにいえば、微妙なやっかみもある。

「東江苑」の入所者は、具合が悪くなれば職員が病院まで連れていってくれるし、食事や入浴の世話もみてもらえる。ひきかえ、大半が独居生活の地元のメンバーは、自分が動けなくなったら死んでしまうかもしれないという不安を抱えて暮らしているのだ。

「心の中じゃ、『東江苑』の入所者をいいご身分だ、と思ってるのじゃないかな」

桑山がいった。

「入りたくとも入れない人もいるわけだから」

「全員が全員、そうじゃないと思います」

坂田はいった。

「経済的な理由じゃなく、人といっしょに暮らすのが苦手だって人もいるのじゃないですか。何十年もひとり暮らしをしていると、自分の生活リズムが完成されてしまっていて、それを集団生活にあわせていくのがつらいと思っているような人です。そういう人は、入所者をうらやましいとは思ってないのじゃないかな」

「体が元気なあいだは、ね。オレだってできれば自分の家でぎりぎりまで暮らしていたいよ。そいで、ある日ぽっくり死ねたら理想だね」

咲子がいうと、

「サッコがそれを考えるのは、まだ早すぎるって」

大河原が首をふった。

「私だよ、私。それを考えなけりゃいけないのは」

「大河原さんは、オレらが面倒みてあげるよ」

咲子がいうと、大河原は嬉しそうに笑った。

「本当か。私だけ、シモの面倒、駄目っていうなよ」

「うーん、それは桑山さんに頼むかな」

「おいっ」

大笑いになった。ひとしきり笑うと、桑山さんがつぶやいた。

「ところでさ、教授と姫さんて、やっぱり恋人なのかな」

全員が唸《うな》った。

「そうじゃや、ないの」

咲子がいうと、大河原が声を低めた。

「私、教授には奥さんがいるって話、聞いたことあるよ」

「ええっ」

「体が悪くっていうか、寝たきりでずっと入院してるらしい」

「そうなのかよ、うーん」

咲子は唸った。

「まあ、いいじゃないですか。その人その人の事情があるのだから」

坂田はいった。咲子が眉根《まゆね》を寄せた。

「お前さ、どうしてそう、大人なわけ」

「え？」

「まだ若いのにさ、やけに老成してるよね」

「そうですか」

「サラリーマンやってっと、みんなそうなるのかね。そんなことないだろ。サカタにだって、心に秘めた熱いものはあるんじゃないのか」

坂田が唸る番だった。思わぬ形で矛先《ほこさき》が向かってきたが、咲子に個人的なことをいわれるのは少し嬉しい。

「なくはないさ、なあ坂田君」

大河原がいう。

「なんかさ、本当、サカタって、これまでなあーんにも波風のない人生を送ってきたように見えるんだよね」

坂田は苦笑した。大阪と北海道で巻きこまれた事件は波風どころの騒ぎではなく、大嵐だった。だがそれを人に話したことはほとんどない。

「いいじゃない。だからこそ、坂田さんは優しいんですよ、ねえ」

桑山も仲間に入った。

「オレはサカタに訊いてるの」

「まあ、そうですね。だいたい地味な人生です」

「冒険したいとか思わない？」

「冒険ですか」

「自分らしくないことをしてみよう、とか。ふだん全然、縁のない場所にいってみたい、とか」

「それが冒険ですか」

「お、いうねえ」

大河原が目を細めた。

「じゃあ何がサカタにとって冒険なんだよ。『つるかめ会』に参加したとかいうなよ。それは仕事なのだから」

「うーん、先回りされるとつらいな」

坂田は苦笑した。

「だろ。オレが見てるサカタって、いい奴なんだけど覇気がないっていうかさ、どこか頼りなさげなんだよ。実際はわかんないよ。けっこう人を観察してるし、頭はいいかもって思うときもある」

「将棋強いし」

大河原が茶々を入れる。

「うるさい。だからこそよけい、サカタを見てると、いらっとくるときがあるんだよ。ユキオさんなみにやれとはいわないけれど、もっと自分を主張すればいいのにって」

咲子は口を尖《とが》らせた。桑山がにやにや笑っている。

「何笑ってるの、桑山さん」

咲子がにらんだ。桑山はあわてて首をふった。

「いや、何でもない、何でもない」

2

「サッコちゃんはさ、たぶん坂田さんのことが好きなんだ」

居酒屋をでて四人が別れ、坂田が駅に向かって歩きだすと、桑山が小声でいった。

「えっ、嘘《うそ》ですよ」

「サッコちゃんてユキオさんみたいなところがある。ああやって坂田さんに難癖つけるってのは、本当は気に入ってる証拠。だから気にしないで」

桑山は坂田の肩をぽんと叩き、

「そいじゃ、お疲れさま!」

と、またいでいた自転車のペダルを踏み、走り去った。

それを見送り、坂田は息を吐いた。咲子が自分を好きだなんて信じられない。むしろおとなしい男なんて眼中にないタイプに見える。

まあ、それはそれでしかたがない。これればかりは性格なのだ。

半分近くシャッターの降りた商店街を歩きだした。アーケードのある、古びたこの鶴亀銀座商店街を歩くのを坂田は嫌いではない。八百屋や肉屋、荒物屋や本屋など、一軒一軒は小さいが、大型スーパーなどに比べると生きている人の営みをはっきり感じられる。店の奥の一段高い居間でテレビの画面が瞬《また》いていたり、家族が食事をしていたりすると、さらにそれを強く思う。

スーパーは、そこで働く人にとっては職場でしかない。商店街の小さな店は、職場であると同時に住まいだ。そこで暮らし、生計を立てているのがはっきり伝わってくる。

たぶん自分も似た家に生まれ育ったことが、そう感じる理由なのだろう。コンビニエンスストアに転業してしまったが、銭湯だった我が家のほうが坂田は好きだった。

「ちょっと」

駅への階段を登りかけたところで声をかけられ、坂田は立ち止まった。

「あなた、何ていったっけ、センベイ屋さん」

ふりむくと紫色のウロコのような派手な革ジャケットを着けた男が立っていた。髪は短く刈りあげ、右手にキティ柄のキャリーケースをひっぱっている。

たった今、居酒屋で話題になったばかりの人物、玉井だった。

「あ、玉井さん。坂田です」

「やだ、あたしの名前知ってるんだ」

玉井は目を丸くしていった。

「ええ。演物のときにお目にかかりました」

「嬉しいわ。名前を覚えててもらえて」

玉井は体をくねらせた。目の細い大男がすると不気味だ。驚いたような顔で通りすぎる人もいる。

「今、帰り?」

「えっと、ボランティアの方たちの打ち上げに誘ってもらえたものですから」

「そうなんだ。坂田クンはどこ住んでるの」

「文京区の白山《はくさん》です」

「いいとこね。ねえねえ」

いって、玉井はあたりを気にするそぶりを見せた。

「ちょっと時間、いい?」

「時間、ですか」

「頼みたいことがあるの。十分くらい、そのへんでお茶しない?」

玉井はいった。とまどったが、終電を気にするような時刻ではないし、断わって気分を害されても困る。坂田がササヤ食品の宣伝マンだというのを玉井は知っているのだ。

ササヤ食品の宣伝マンは感じが悪いといわれてしまったらまずい。

「わかりました」

坂田は頷いた。

「よかった。じゃ、いこ」

玉井はにっこり笑って、坂田の腕をとらんばかりの勢いで、駅の外へと押しやった。

一瞬、不安になる。玉井がゲイかどうかもわからないし、またそうだからといって特に悪い感情も起こらないが、

『あなたがタイプなの』

などといわれたらどうしよう。ササヤ食品の名誉《めいよ》のためにどこまでおつきあいすべきなのだろうか、などという考えが頭に浮かぶ。

「あそこでいいわね」

玉井が指さしたのは、駅前のビルの二階にある喫茶店だった。コーヒーチェーンに押され、都内ではすっかり数が少なくなった純喫茶の看板をかかげる「ブラジル」という店だ。

入ってみると意外に店は混んでいた。若者の姿はあまりないが、中高年のグループがそこここで話しこんでいる。

窓ぎわの二人席で坂田は玉井と向かいあった。

「コーヒーでいい？　じゃブレンドふたつ」

歩みよってきたウエイトレスに玉井は注文して、ジャケットから煙草《たばこ》ケースをとりだした。ルイ・ヴィトンだ。

「煙草いいかしら」

「あ、どうぞ」

小さな銀色のライターで火をつけ、パチリと音をたてて蓋《ふた》を閉める。

「ごめんなさいね、疲れているところを無理いっちゃって」

ふうっと煙を吐き、玉井はいった。

「いえ」

「あたしも月に二回は母親に会いにこようと思ってるの。別にいつきたっていいのだけれど、家にいくと二人きりじゃない。そうするとちょっとつらいのよ。ほら、こんな風だからさ、けっこう母親もいいたいことがあるわけ。『つるかめ会』でだったら顔をあわせても短くてすむじゃない。お互い何となく、『元気だった？　元気だよ』で、格好がつくから。助かってる。母親のことは気になるし、でもしょっちゅう二人きりになりたくないし、で」

何となくその気持はわかる。坂田は頷いた。

「あなたは身寄りにお年寄りがいるの？」

「今はいません。中学生までは祖父がいっしょに住んでいましたけど」

「ご実家は東京？」

「そうです」

「おじいさんはどんな人だった？」

「お酒が大好きで酔っぱらうと口が悪い人でした」

坂田は微笑んだ。

「今笑ったわね。つまりおじいさんが好きだったんだ」

「ええ。憎めないところがあって。将棋を教えてくれました」

「将棋。そういえば、あなたよく将棋してるわよね。あのガサツなおやじ、何てったっけ、スミ入れてる――」

「ユキオさんですか」

「そうそう。うちの母親なんか大嫌いっていってた」

「ちょっと似ているかもしれません」

「あなたのおじいさんと?」

「はい。本当は人なつこくて皆と仲よくなりたいのに、すぐに意地になって悪口いったりするんです。祖父もそんな感じで、家の中であまり相手をしたがる人がなくて、僕がもっぱらその役でした」

「えらいじゃない。中学生で年寄りの相手なんて。そうか、だから『つるかめ会』にきても、うまく皆の相手をしているんだ」

「別にうまくとかは考えてません」

「あたしね、気づいたの」

玉井は身をのりだした。

「あなたがえらいのはさ、ひとりひとりを必ず名前で呼ぶじゃない。たとえばうちの母だったら、『節子さん』とか、あと『中川さん』とか『遠藤さん』とか。その人の名を聞いたり、調べたりして」

坂田は頷いた。それは意識的にしていることだった。

子供の頃、知らない大人に「ボク」と呼ばれるのが何となく嫌だった。「ボク」は記号であって、固有名詞ではない。それと同じで、「おじいさん」「おばあさん」と呼ばれても、きっとお年寄りはうれしくないだろうと思うのだ。

あんたはわたしの孫じゃない、と。

「だって皆さん名前があるじゃないですか。ずっとその名前で生きてきて、いきなり『おじいさん』とか『おばあさん』とか記号で呼ばれたくないと思うんですよ」

「それ、坂田クンが考えたの？　それとも本か何かで読んだの？」

「何となくそう思っているだけです」

「すごい！」

感心したように玉井は首をふった。

「あなたすごいわ。こんな若い人がいるなんて、まだまだ日本もいける」

悪い気はしないが、大げさだ。

「たぶんボランティアだって、あなたほど考えている子はめったにいない。その能力はもっと役にたてるべきよ」

「能力、ですか」

「そう。あなたはさ、生まれもって、お年寄りの心をつかむ才能があるのよ」

「そんなおおげさなものじゃありません」

「わかってない」

玉井は腕組みした。

「自分のことがわかってないな、坂田クンは」

坂田は苦笑した。

「他に何か、年寄りを前にしたとき、考えることある？」

「年寄りだから、というレッテルでくらないことくらいですか。年寄り扱いに慣れていて平気な人もいるけれど、嫌な人もいる。だからひとくくりにはできないと思います」

「ねえ、わたしの母親をどう思う？」

「節子さんですか？　いつもにこにこしておとなしい方ですけれど、それは周りに迷惑をかけたくないという気持があるからだと思います。たぶん本当はもっといろんな人たちと仲よくしたいのじゃないでしょうか」

はあっと玉井が息を吐いた。感に堪《た》えないというように首をふる。

「あなた天才ね」

「は？」

「坂田クンは天才よ。年寄りのことがわかってる。あなたみたいな人がセンベイ屋さんで働いてるなんて宝のもちぐされだわ」

そしていきなり坂田の手をつかんだ。

「お願いがあるの」

玉井の手はやけにごつごつとして、汗ばんでいた。

「な、何です」

「教育してほしい」

「教育？」

「先生よ。あなたに先生をしてもらいたいの。あたしはこう見えてもセールスの講師をしているの。いろんな企業の営業マンを対象に、お客様の心をつかむ話術だのセールストークのコツを伝授しているわけ。で、これからはお年寄りの顧客をどう開拓していくかが大きなテーマなのよ。今の日本で一番お金をもっているのはお年寄りなわけ。それは振り込め詐欺《さぎ》にひっかかる人が多いことでもわかるでしょう。ねえ、坂田クン、どうしてこんなに騒がれているのに振り込め詐欺の被害がなくならないかわかる？」

いきなり訊かれ、坂田はめんくらった。振り込め詐欺の被害があとを絶たないことは知っている。特に最近は、警察や金融機関が躍起になってくいとめようとしているようだが、あとからあとから新手の方法が考えだされ、イタチごっこだと聞いている。

「やっぱり不景気だからでしょうか。それに誰でも簡単にできるから、やる人がなくならないとか」

「どっちも当たってる。でも一番の理由じゃない」

玉井はいった。真剣な表情をしていて、そうすると恐い。

「一番の理由、ですか」

「簡単よ。お年寄りはほったらかされているから」

坂田は恐い顔をした玉井を見つめた。

「今は核家族化して、お年寄りがまず家族と住んでいない。これは事情もあるからしかたないわ。お年寄りは地方で暮らし、若い人は都会にでていく。田舎《いなか》には仕事がないから、どうしたって街にいかざるをえない。でも二日にいっぺん、いや週にいっぺんでも電話で話をしていたら、振り込め詐欺なんておきないのよ。いつも聞いてるから声がちがったらわかるし。事故をおこしただの、会社の金を使いこんだのいわれても、あれ、きのうはそんなことといってなかったのにってことになるでしょう」

「なるほど」

「その上、頼られたい気持もある」

「頼られたい気持、ですか」

「そう。振り込め詐欺にひっかかる人は、たいてい苦労して子供を育てあげ、今は別々に暮らしている。育てているときは、子供は何かあれば必ず親を頼る。でも子供が大人になったらそれきりで、頼ってくることはまずない。今までの恩を忘れて冷たくなったり、自分の家族、つまり孫たちのほうばかりを見ているわけよ。それはおじいちゃん、おばあちゃんからすれば、もうあんたは頼りにならない、と思われているように感じる」

坂田は唸った。結婚もしていない、まして子供もいない自分には想像もつかない。自分と親の関係は、まだそこまでいっていない。母親の手料理を食べることは今もあるし、父親ともたまに世間ばなしをする。通りいっぺんで、あたりさわりのない内容だが、サラリーマンだった父親は、あるていど今の坂田が社内でどんな環境にあるのかがわかるようだ。

「人は、頼られたいのよ」

玉井は断言した。

「頼られれば、自分には価値があると感じられる」

「それがお金の無心でも、ですか」

「他に何ができるの。むずかしい仕事の話や人間関係のことをいわれたって、遠く離れて住んでいたらわかりっこないじゃない。ずっと別れて暮らしていて、ろくすっぽ連絡もよこさなかった息子がいる。今じゃ自分のことより、嫁や孫のほうが大切なんだってあきらめている。なるべく息子の邪魔にならないくらいしか、できることはないって。そこへSOSの電話がかかってくる。ああ、自分もまだやってあげられることがあるんだ、頼られているんだって、うれしくなるのよ」

坂田は深々と頷いた。そうかもしれない。自分のようなおとなしい人間でも、誰かに頼られたら何とかしなければ、と思う。他人でもそうなのだから、まして子供に頼られたら、きっと役に立ちたいと考える。

「そして孤独なの。電話も手紙もこない。そんな日常で生きてたら、たとえお金の無心でも子供から連絡があったというだけで、親はまず喜んじゃう」

玉井は胸の前で手をあわせ、いった。すっかり寂しいお年寄りの気持になっている。

「だとしたら、ひどいな」

坂田はつぶやいた。

「ひどい?」

「そういう寂しいお年寄りの気持につけこむわけですよね。頼られてうれしいっていう感情に」

「そうね」

坂田は腕組みした。玉井は冷静さをとり戻したのか、新しい煙草に火をつけた。

「今まで僕は勘ちがいしてました。あれだけいわれているのに振り込め詐欺にまだひっかかる人がいるなんて、よほどそそっかしいのだろうって。あるいは自分に限ってそんなことがおこらないって思いこんじゃっているのだろうって。でも、玉井さんの話を聞いていると、お年寄りのそういう寂しさにつけこんだのだってことがわかります。心のどこかでは疑いながらも、頼られた喜びのほうが勝って、ついお金をだしてしまうんですね」

「そういうことなの。結局、すべて原因はコミュニケーション不足ってわけ。別々に暮らしていても、お年寄りを寂しくさせないような連絡手段があれば、振り込め詐欺の被害にあう人なんてもっと少ないのよ」

坂田は唸った。その通りだった。

「で、本題に戻るわよ」

いわれて思いだした。振り込め詐欺の話は坂田に〝先生〟をやってほしいというところから始まったのだ。

「そういう寂しいお年寄りを相手に、セールスマンは、どう会話すべきか。これまでは主婦や普通のサラリーマンが相手のセールストークをあたしは教えてきた。でもこれからはお年寄りの時代よ。お年寄りの心をつかむにはどうすればいいか。それを直感でわかっているのがあなたなの」

「セールスって何を売るんです？」

「お年寄りに一番需要があるのは健康器具。安眠枕とか、腰痛や肩こりにきくベッドマット、あとは健食もいいわ。健康食品よ」

坂田は考えこんだ。

「でも心配しないで。あなたが売るわけじゃない。売る人たちに心がまえを伝授するだけ。お年寄りは知らない人にはなかなか心をひらかない。振り込め詐欺なんて、それを逆手にとっているわけだから」

そういわれてみればそうだ。息子だと思いこんでいなければ、知らない男からかかってきた電話には本能的に警戒する筈だ。そのいっぽうで、「オレだよ、オレ」といわれて無条件に信じてしまうのは身内に対する安心感が強いことを表わしている。

坂田自身、めったにはないが、外から家に電話する用があると、

「あ、俺だけど――」

といってしまう。

「大事なのは、セールスマンではあるけれど、本気であなたの健康のためにいいものがあります、それを使って下さいって勧めていると伝わることなの。へらへらしていたり、口ばかりでお若いだの元気だのといわれたって、誰も信用しないし、まして財布のヒモをゆるめない。坂田クンみたいに誠実で、本当にお年寄りひとりひとりの気持がわかるんじゃなけりゃ、訪問販売なんてできないのよ」

「それってちゃんとしたものなのですか」

「もちろんよ。あなたの人柄を見こんでお願いするのに、そんないいかげんな品物の販売の手伝いなんて頼みません」

坂田は黙った。年寄り相手の訪問販売というのがどこかひっかかる。

「テレビでやってる通販番組なんて、原価の十倍くらいで売りつけてるものもあるのよ。それに比べたらよっぽど安いし、良心的。皆、テレビでやっていると確かなもので、訪問販売だったら

インチキ臭いって思うかもしれないけれど、考えてみて。テレビで宣伝するのに、いったいいくらかかるか。その費用が全部値段にのっかっていて、しかも損をしないとなったら、どれだけ上乗せされてるか」

「それはわかります」

いやしくも宣伝マンだ。通販番組が、「こんなにお得！」といくらやっても、それが眉ツバであることとくらい承知している。

「そうだ、こうしよう。まずあたしが、あなたに教育してもらいたいセールスマンが売る品をもってくる。一週間でも十日でも預けるから、あなたなりご両親なりがつかってみればいい。それで納得したら、講師をひきうけてくれる？」

「品物を？」

「そう」

ここまで話を聞いておいて、この場で断わるのは難しい。玉井にいわれ、即答しなくてよいとわかって坂田はほっとした。

「わかりました」

「携帯の番号を教えてくれる？」

教えると、玉井がアクセサリーのいっぱいついた電話で坂田の番号を押した。

「これがあたしの番号。メモリーしておいてね。二、三日うちに連絡します」

「はい」

玉井はにこっと笑った。いきなり右手をさしだす。

「握手。たとえ断わられても、坂田クンと話せてすごくよかった。まだあなたみたいな人が東京にいるんだってわかったから」

「いいえ、こちらこそ。勉強になりました」

坂田は玉井の手を握った。一般的な握手より、やや長い時間、玉井は坂田の手を握っていた、ような気がした。

立ち上がりかけ、玉井は、いけないいと手で口をおおった。

「あたしったら、一番大事なことを話してなかった」

坂田は玉井を見つめた。

「お礼よ。ギャラのこと。もしあなたが講師をひきうけてくれたら、いくらお払いしなけりゃいけないかって話」

「それは……」

「一回につき、五万円でどうかしら。生徒はだいたい五人から十人が対象なの。二時間くらい話してもらえばいいわ。一回じゃきっと話しきれないだろうから、二回でワンセット。評判がよかったら、二ヵ月でワンセットくらいのペースでお願いして、場合によっては地方にいくこともあるかもしれない。そのときはお休みの日を選ぶ。東京だったら、平日の夜。交通費はもちろん別でお支払いします」

「二時間で五万円ですか」

坂田は驚いた。

「二時間ずっと喋る必要はない。一時間喋って、あとの一時間は質問をうけつける。大丈夫、どんな感じで話を進めればいいかは、あたしが叩き台を作るから。簡単なカリキュラムみたいな形にして」

玉井は坂田を安心させるように頷いた。

「そんなお金になるようなことを、僕が教えられるとは思えないんですけど」

さすがに心配になってきた。

「僕はふつうの人間です。きっときた人たちをがっかりさせてしまいます」

「それを考えるのはあなたじゃなくて、あたしの仕事。あたしがあなたにできると思ったのだから、必ずできる」

坂田の心配とはあべこべに、玉井は自信たっぷりにいった。

「そんなことをいわれても」

「いい？　もしここであなたが、簡単に、『俺に任せて下さい』というような人だったら、逆にあたしは頼まない。あなたが誠実で、人を失望させたくないと思うような人だからこそ、お願いしているわけ。その性格がすべてなのよ。その性格だからこそ、お年寄りの気持がわかって、信頼してもらえるの。とにかく、品物を送るから、考えるのはそれからでいいでしょ」

「あの、その品物の代金は？」

「馬鹿ね。そんなのただに決まってるじゃない。送りつけておいてお金を要求したら、それこそ押し売りだもの」

玉井は坂田をにらんだ。

「それとも、あたしがこんな風だから信用できない？　いっておくけど、講習会では、きちんとスーツを着て、ふつうの言葉づかいをしてるわよ」

「あ、いえ。そういうことではないんです」

「だったら信用して」

頷く他ない。まだここでためらってみせたりしたら、豹変《ひょうへん》しそうで、それも恐い。

「そう、それでいい。誠実なことと優柔不断なことは、まったく別なんだから。じゃ、あたしいくわ。坂田クン、コーヒーにぜんぜん手をつけていないでしょう。ゆっくり飲んでから帰りなさい。コーヒー代のことはもちろん心配しないで。払って帰るから」

テーブルの上の伝票を手にとり、玉井は立った。

「それじゃあ。お時間をとっていただいてありがとうございました。ご連絡します」

最後はひどくあらたまった口調になって玉井はいった。

あっという間だった。玉井は喫茶店をでていき、坂田はひとりテーブルに残された。

ため息を吐き、坂田はぬるくなったコーヒーを口に運んだ。

できるわけがない、と思う。だいたいが人前で喋るのが得意ではない。会議でのプレゼンテーションだって、何度していてもいまだに緊張してしまう。

それが一度も会ったことがない、まして自分より年上の人もいるであろう場で、偉そうに〝講師〟などできっこない。

一回につき五万円という、玉井が口にした報酬《ほうしゅう》もかえって気を重くさせる。そんな金額に見合うような内容が自分の話にある筈がないのだ。

叩き台を玉井は作ってくれるといったが、坂田と話していたのはせいぜい十分かそこらだ。そのていどの内容で、一時間の授業の叩き台になるとは思えない。その上質問をうけるというのが恐怖だ。訊かれたことに答えられず、しどろもどろになるのは見えている。

無理だ、やれっこない。

今この場からでも電話して、断わろうかと思った。

玉井のいう品物が届いてから断わったのでは、まるでその品物をネコババするのが目的だったように思われるかもしれない。

携帯電話をとりだした。

ボタンを押しかけ、迷った。

あなた天才ね、という玉井の言葉がよみがえった。

あなたみたいな人がセンベイ屋さんで働いているなんて宝のもちぐされだわ。

おおげさだ。だがそのいっぽうで、お年寄りの気持がわからない人が多いのも事実かもしれない、と思う。

祖父と時間を過した経験を、坂田は特別なものだと考えたことはなかった。が、学校でも会社でも、年寄りと同居した経験をもつ人間が意外に少なかったのは事実だ。

嫌われるまではいかなかったが、祖父は面倒がられていた。もともと短気な上に、酒が入ると、やたらに相手を罵倒《ばとう》する。悪気がないことはわかっているから腹を立てる家族はいなかったが、うるさいのはうるさい。

結果、坂田がその相手をつとめる時間が長くなった。

相性というものかもしれない。祖父のべらんめえ口調が嫌いではなかった。

勇吉、勇吉、と呼びつけ、

「お前は本当にキンタマついとるのか、しっかりせい」

と始終いわれていたが、叱られているという気はしなかった。

将棋をしているときだけは、毒舌が消え、棋盤に真剣な目を注いでいた。酒を飲みながらさしても、酔いで手をあやまることはなかった。

亡くなる直前、父親に、

「勇吉はやさしい子だ。だがあれでなかなか根性もある」

といったと聞いたときは、信じられなかった。やさしいのは認めるが、根性はない、と自ら思っていたからだ。

今は――。

あるかもしれない、と思うときもある。

それは大阪や北海道でトラブルに巻きこまれ、逃げたくて逃げたくてしかたなかったのに、それこそ泣きべそをかきながら、でも、逃げなかった経験があるからだ。

だからといって勇気があるとはこれっぽっちも思わない。喧嘩なんて絶対しない。いい争いすら好きではない。

また、ため息がでた。

やっぱり優柔不断じゃないか。この場から電話をして断わることすらできない。

まあ、いい。玉井は坂田の住所を知らない。

品物を送るためには、それを訊ねる電話をしてくるだろう。そのときに断わろう。

坂田はコーヒーを飲み干し、立ち上がった。

3

喫茶「ブラジル」の入ったビルをでたところで、坂田の前に二人の男が立ち塞《ふさ》がった。二人ともスーツにネクタイをしめていて、サラリーマンのようだった。

「すみません、ちょっとよろしいですか」

ひとりはひょろりとして背が高く、眼鏡《めがね》をかけている。もうひとりはずんぐりとして豆タンクのような体つきだ。声をかけてきたのは、ひょろりのほうだ。

なんだかやけに呼びとめられる日だ。坂田が声をかけた男の顔を見返すと、目の前に黒い革のケースが掲げられた。

「警視庁の者です。ちょっとお時間をいただけますか」

坂田はあらためて男たちを見た。

今までの人生で見た刑事は、大阪府警と北海道警の、どちらも暴力団担当刑事で、やくざと見まがうような、ガラの悪い風貌だった。

それに比べると、しごくふつうに見える。

「刑事さん、ですか」

ひょろりは頷いた。豆タンクがいう。

「どうする？　交番いくか。立ち話も何だろう」

坂田に向けられた言葉ではなかった。

ひょろりが首をふった。

「いや、容疑者でもない人を連れていっちゃ申しわけない。といって、今、コーヒーを飲んできたばかりですよね」

坂田は瞬《まばた》きした。なぜコーヒーを飲んでいたと知っているのだろう。

「じゃ、あそこでどうだ」

豆タンクが通りの向かいを示した。駅前のロータリーの一角にベンチがいくつか並んでいる。夜なので、人は少ない。

「いいですか、そこのベンチでも」

「あ、はい」

坂田は頷いた。

三人は通りを渡った。玉井はとうに帰ったのか、特徴のある紫色の革ジャケットはみあたらない。

ベンチにひょろりと坂田は並んで腰をおろした。豆タンクがかたわらに立ち、あたりに目を配っている。

「突然で失礼しました。私、警視庁の捜査二課に所属している松川《まつかわ》と申します。こっちは森末《もりすえ》です」

「あ、坂田です」

「坂に田んぼでよろしいですか。下のお名前は？」

「勇吉です」

字を説明した。松川は上着からだしたメモ帳に書きとめ、

「この字ですかね」

と確認した。

「はい」

「今日はお勤めですか？」

豆タンクの森末が立ったまま訊ねた。

「いえ、あの、ボランティアみたいなことをしていて……」

「ボランティア？」

「この地元に『つるかめ会』というお年寄りの集まりがあって、それに参加していたんです」

「何をしてらしたのですか」

「ええと、将棋をさしたり、あとお話をしたり、とか」

「お勤めはこの近くですか」

ひょろりの松川が訊く。

「いえ。ササヤ食品です」

「ササヤというと、ポテトチップスで有名なササヤですか」

「そうです、そうです」

「大企業ですな」

感心したように松川はいった。

「ササヤ食品のどちらにお勤めです？　セクションは」

「宣伝課です」

「落ちついていますね」

　いきなり森末がいった。

「え？」

「ふつうのお勤めの方は、私らのような人間と話すと緊張されるものです。緊張されて、たいていは、いろいろなことを自分からお話しになる。会社はどちらですか、と訊いたら、名前だけじゃなしにどの部門でどんな仕事をしておられるか。勤続何年である、とか。坂田さんは訊かれたことにだけ、簡潔にお答えになっている。若いのに落ちついていると思いますよ」

「そうですか」

「警察にお知り合いでも？」

　松川が訊いた。

「いえ」

　坂田は首をふった。大阪と北海道であった話をここでしてもしかたがない。かえって疑われ、あれこれ探られるのも嫌だ。

「まるでいません」

　松川と森末は目を見交した。

「あの、何でしょうか」

　坂田は二人の顔を見比べ、訊ねた。

つかのま、沈黙があった。

「今、そこの『ブラジル』という喫茶店におられましたよね」

松川がいった。

「はい」

「どなたかとお茶を飲んでおられた？」

「はい。『つるかめ会』のメンバーに身寄りのいる人に駅前で声をかけられて」

「坂田さんも身寄りの方がおられるのですか？」

坂田は首をふった。

「僕は、半分仕事で、半分ボランティアです」

「仕事？」

しかたなく「超薄焼き・パリパリ」と「ふわふわアラレ・やわらくん」の話をした。

「ほう。最近は食品会社もたいへんですな。テレビでコマーシャルを流せばいい、というものではないんだ」

森末が感心したようにいった。

「若い方とちがってお年寄りは消費行動がかたよりがちなんです。新製品がでたと知っていても、それまで買っていたものからなかなかシフトして下さらない。そこでこちらからお届けしようというわけです」

「しかしそんな地道なやりかたで売れゆきにつながるものですか」

松川は首をひねった。

「もちろんすぐにはつながりません。しかしお年寄りのクチコミというのはすごいものがあるんです。例えば朝の公園とか商店街の縁日とか、ひとり暮らしでも家族がいっしょでも、お年寄りが自然に集まる場所というものがあります。そこで顔見知りどうしが情報交換をされて、じわじわと評判が広がるのではないかと期待をしています」

「とげぬき地蔵の縁日みたいなものですか」

森末がいうと、松川が、

「何だ、それ」

と訊いた。

「巣鴨にとげぬき地蔵ってあるだろう。毎月四のつく日だっけ、縁日をやっているんだけど、なんだか年寄りがすごくくるんだ」

「へー」

「リサーチにいきました。あの縁日は、お年寄りの参拝客に特化した商品構成をされていて、それがまた評判を呼んで、お年寄りが集まるんです」

「トッカした商品構成？」

松川が訊いた。

「お年寄り向けのあたたかい肌着だとかショール、それに杖《つえ》やショッピングカート、あと佃煮《つくだに》や古い流行歌のカセットテープ、和菓子なんかです。とげぬき地蔵の縁日でなければ、見つけるのに苦労するような商品もあります」

坂田は答えた。

「じゃ、そこで配ったら？」

「それも考えましたし、実際、ブースをだしてやってはみたんですが、ただで配られては困る、という話もあって」

「なるほど。他は食いものとかを売っているのだものな。確かにただじゃ営業妨害みたいなものだ」

「ええ。といって、ササヤだけのブースで売っても、お客さんは通りすぎてしまうんです」

「それで老人会というわけか」

「はい」

「で、そのお茶を飲んでいた人ですが、よく話をされるのですか」

「いいえ、初めて、ちゃんと話しました」

「さしつかえなければ、どんな話だったのか、お聞かせ願えますか」

「あのう、講師をしてくれないかと頼まれました」

「講師？　何のです？」

「ええと、お年寄り相手に訪問販売をするセールスの仕事をしている人を対象にした講師です」

森末が顔をしかめた。

「え、よくわからない。お年寄り相手の講師じゃなくて、お年寄りを相手にした――」

「訪問販売のセールスをするんです」

「つまりセールスマンの教育？」

「そういうことだろうと思います」

「なぜ、坂田さんにそれを頼んだのですか」

「わかりません。玉井さん、その方は玉井さんとおっしゃるんですが、玉井さんは、営業マンを対象にした講習会をよくしてらっしゃるみたいです。それで、『つるかめ会』にお邪魔しているときの僕を見ていて、お年寄りの気持がわかるから、と」

「年寄りの気持がわかる……」

あきれたように松川がつぶやいた。

「べつにそんな特別なものは何もない、と思うんです。ただ、僕は子供の頃、祖父にかわいがられていたものですから、お年寄りと話すのが、わりと好きなんです。それで、だと思います」

坂田はしどろもどろになった。玉井に頼まれたことは、こうして第三者に話していても、いかにも自分には不可能に思えてくる。

「つまり年寄りの扱いがうまい、ということですか」

森末が坂田を見つめた。

「そういういいかたをすると語弊《ごへい》があります。お年寄りが扱いにくいみたいじゃないですか」

「そこだ」

松川がいった。

「何が」

と森末が松川を見た。

「俺らは、何となく年寄りを面倒くさいものだと思ってる。一段低く見てるかもしれん」

松川がいった。

「俺は別に年寄りを馬鹿にしちゃいない」

「でも面倒なときもある。話が通じなかったり、通じたら通じたで、くどかったり」

「そういうもんだろう、年寄りって」

「その十把ひとからげな目はよくないです」

坂田はいった。松川と森末は話を止《や》め、坂田に視線をやった。

「お年寄りと子供というのは、どこかひとくくりにされがちなんです。でもそれぞれ個性があります。特にお年寄りは、若いときには事業をしたり、責任を負った仕事をしてこられた。なのにリタイアしたとたん、名前やキャリアもなくなって、『おじいさん』とか『おばあさん』と呼ばれる。自分がそう扱われたら嫌だと思いませんか」

二人は目を丸くした。

「なるほど。その通りだ」

「あたり前のことだけど、意外と気がつかなかった」

素直に認められ、かえって坂田は照れた。

「いえ、あの、まあ、そんな話をしろ、ということだと思うんです」

「わかる、わかる。変におべっか使って『お若いです』とかいうセールスマンより、こういう真面目に考えている人間の気持のほうが通じるわ」

森末は深々と頷いた。

「いいとこに目をつけたもんだ、お玉の奴」

「お玉?」

「いやいや。で、坂田さんは、やられるんですか、講師を」

「いえ。とても僕には無理なんで断わろうと思っています」

松川と森末は目を合わせた。

「具体的に、いつ、どこで、と決まっていますか」

坂田は首をふった。

「まだ、何も。僕が迷っているので、セールスの人がどんな商品を扱うのかを見てから考えてほしい、といわれました」

「するとまた、今後も玉井さんに会われるわけですな」

「まあ、会うかどうかはわかりませんが、連絡はいただくことになっています」

不意に松川が身を寄せてきた。

「それ、引き受けてもらえませんか」

「ぜひお願いします」

森末もいった。

坂田は驚いて二人の顔を見返した。

「なぜ、ですか」

「さっき、お玉、と彼のことを呼びましたが、玉井早雄《はやお》というのが本名で、通称は『くねりのお玉』と呼ばれています」

「ベテランの詐欺師です」

「えっ」

「おネエ言葉を駆使して、女性の資産家に近づき、投資話やら何やらで金をひっぱる。そっちの趣味が本物なのかどうかは不明ですが、プロの詐欺で何十年も飯をくっている男ですよ」

「玉井さんが詐欺師」

「奴がからんだ件は、割に大口が多い。何万、何十万なんてケチな詐欺じゃなく、何百万、何千万、ときには億単位の詐欺も働いている。ただなかなか巧妙で尻尾をつかませない。我々が動くと、どういうわけだかそれを察知して、さっと逃げちまうんです」

　坂田は呆然と聞いていた。

「でも、玉井さんは振り込め詐欺のことをいろいろいってました」

「そりゃ自分が怪しく見えるとわかっているからです。先手を打ったんです」

「そう、なんですか」

「お話を聞いてますと、どうやらお玉は新しいヤマを踏む準備をしているようです」

「新しいヤマ？」

「犯罪ですよ。詐欺というのは、いろいろ下準備が必要だ。それにとりかかっていて、あなたを巻きこんだにちがいない」

「でも僕をだましてもお金になりません」

　松川が苦笑した。

「坂田さんから金品を巻き上げようとしているのじゃありません。考えられるのは取りこみですな」

「取りこみ？」

「あなたを講師にして、老人向けの訪問販売のセールスマンを集める。そこに老人向けの商品を扱っているメーカーの人間も呼ぶわけです。実は生徒のセールスマンというのもグルで、しかし講習を受けると、がぜん売れそうな印象がある。歩合で商品を卸《おろ》さないか、とメーカーにもちかけるんです。初めは十とか二十の単位で、やってみると瞬く間に売れ、講習会もたびたび開いて、セールスマンはさらに増える。今度は百単位だ。それも売ってしまう。しかも、さっきあなたのいったクチコミという奴で、商品の評判がすごくいい、どんどんヒキがある、セールスマンもさらに増やすんで、今度は千、万単位で商品を卸してくれ、ともちかける。メーカーは大喜びです。商品を卸す」

「どろん、です」

森末がいった。

「商品はどこかに消える。製品シールやらパッケージをとりかえて国内、あるいは海外で売られる。被害はざっと四、五千万、いや億かな」

坂田は言葉もでなかった。

「あなたは一流企業の社員で、見るからに誠実そうだ。そういう人を講師にしてセールスの教育をしているとなれば、信用も増します」

「でも、でも」

「あなただから目をつけた。これが口八丁手八丁の、見るからにセールスマンだったら奴は選ばない。あなたが先生をしてこそ、講習会は本物らしくなるわけです」

そういえば「誠実」という言葉を、玉井は何度か使った。

「ずっとお玉に目をつけてたんです。今度こそ逃がさない」

森末が決意のこもった口調でいった。

「タネ銭があるのはわかってました。詐欺というのは、大がかりであればあるほど、元手が必要です。携帯電話をかけまくって何とかしようというケチな振り込め詐欺とはワケがちがいます」

「そのタネ銭をどうつかって、何をおっ始めるか、我々はずっと監視していたんです」

「お玉をつかまえるチャンスだ」

「坂田さんさえ協力してくれるなら、奴をパクれます」

坂田は口を開け、閉じた。そんなことできっこありません、という言葉が喉につかえている。ただ講師をひきうける、というだけでも無理だと思っていたのに、ひきうけるフリをして詐欺の摘発を手伝うなんて、自分にはできるわけがない。

「電話番号は聞きましたか」

「あ、はい」

「教えて下さい。それと坂田さんの番号も」

しかたなく、坂田はしたがった。二人は画面の番号を見ながら、慎重にメモした。

「次にいつ玉井とは会うことになっているんです？」

松川が訊ねた。

「いや、それは決まってません。たぶん、僕の家の住所を訊くために連絡をいただくことになると思います」

「住所を。何のためです？」

「あの、商品をつかってほしいといわれました。訪問販売と聞いて、僕もちょっと迷ったんです。そうしたら、使えば怪しい商品じゃないとわかるからって」

「お玉の奴、もうターゲットを絞ってるな」

森末が松川にいった。松川は頷いた。

「送られてくるのは、きっとちゃんとした品物です。心配ない」

心配なのはそういうことではない、と思いながらも、坂田はいい返せずにいた。

「坂田さんの協力は絶対に不可欠です」

森末がいう。

「でもそこまでわかっているのなら、なぜつかまえないのですか」

「証拠がないからですよ」

あたりまえのように森末がいった。

「これまでの犯行でも、お玉がリーダー格であったことはわかっています。しかしそうだと思われないような立ち回りかたをして、うまく逃げている。過去のヤマであいつをパクっても、本人が認めない限りは立件が難しいんです」

「もちろん本人が認めるわけがない。でも今度はちがいます。坂田さんの協力さえあれば、警察は頭からお玉の詐欺を見張ることができます。本当は売ってもいないのに仕入れた商品を『売れた』といって代金を払う、そのくり返しでメーカーを信用させ、大量取引にもちこむまでの過程を一から十までおさえることができるんです。今まであいつの詐欺にだまされた人たちの仇《かたき》うちにもなる」

「自信がありません」

「いいんです、それで。きっとお玉もあなたのそういうところを見てひっぱりこんだんです」

坂田はため息を吐いた。頭が混乱しているが、何だかとんでもないことになっているというのだけはわかる。

「でも、もし僕が警察に協力したとわかったら、恨《うら》まれるんじゃありませんか」

「大丈夫です。わかったときは奴は檻《おり》の中だ。それに詐欺をやっているくらいですから、暴力沙汰には縁のない人間です。お礼参りとかの心配はありません」

「お礼参り？」

「仕返しのことですよ。それがばれたら厳罰だ。やりはしません」

「でも……」

「詐欺師というのは、極道なんかとちがって、ム所に入っても一円にもなりゃしないんです。やくざは、服役すれば、それが組のシノギにからんでなら手当もでますし、出所してからの待遇も悪くはない。つまり服役も仕事の一部なんです。でも詐欺師っていうのは、シャバにいなけりゃまるで稼《かせ》ぎになりません。それに詐欺でパクられたっていう前歴は、あいつらにとって致命的です。詐欺の前科のある奴が何か儲け話をもってきても、誰もまともにはとりませんからね」

「つまりそれだけ刑務所が恐いんです」

「お礼参りをすれば、服役期間は延長されます。そんな面倒なことは絶対しません。犯行の否認もできなくなる」

「あのう、考えさせてもらえますか」

「もしかして全部断わればすむ、と思っていませんか」

松川がいった。

「え？　それは……」

「いっておきますが、お玉は簡単にあなたをあきらめない。奴の仕事にとって、これ以上はないというくらいの材料です。カモを信用させるのに、あなたはぴったりなんだ。あの手この手でいくるめ、講師にひっぱりだそうとする」

「そう、そして講師をひきうけたら最後、あなたは奴の犯罪の片棒を担いだも同じだ」

森末が腕を組み、見おろした。

「そんな」

「あなたが何も知らなければ、善意の第三者で通るでしょう。しかし今日ここで、あなたはお玉が詐欺師であると知ってしまった。知った上で、奴の主催する講習会にでたら、共犯と同じだ」

「ま、待って下さい。そんなことをいわれても――」

「だから引き受けるんです。お玉のいう通り、セールスマン相手の講習会をやって下さい。私らがきっちりそれを監視します。ビデオカメラだって回します。そうすりゃ奴の首根っこをおさえたも同然だ」

何だか自分も首根っこをおさえられているようだ。全部断わって逃げてしまおう、と考えたのは事実だった。さすがに刑事だ。見抜かれている。

「引きうけてくれますね」

念を押すように松川がいった。

「わかりました」

やむなく坂田はいった。

「よかった！　ありがとうございます。お玉をパクったあかつきには、感謝状がでるように上にかけあいます。会社でも自慢できますよ」

そんなものは欲しくない。

「あと、これは必ず守っていただきたいのですが、私たちのことは、誰にも秘密にして下さい」

「お玉だけじゃなく、家族やお友だちにも、です」

「はあ」

「用心深いお玉のことですから、本番に入る前に、坂田さんの周辺をいろいろ調べると思うんです。刑事と接触していたなんて話がでてきたら、すっ飛んで逃げるでしょうから」

坂田は頷いた。

「では、折りをみて、またこちらからご連絡します」

松川は立ちあがった。

「あの、僕から連絡するにはどうすればいいんでしょうか」

「警視庁の捜査二課にご連絡いただければいいのですが、いちおう携帯の番号をお教えしておきましょう」

森末がいった。

番号を自分の携帯電話にメモリーする。詐欺師とそれを追っかける刑事の番号が、一日でメモリーに加わった。

「じゃ、くれぐれもよろしく」

松川はいって、森末と目を見交した。坂田を残し、駅の構内に入っていく。

パトカーじゃなくて、電車で移動しているんだ。それを見送り、坂田は思った。

考えてみればあたり前だった。たとえ覆面パトカーだろうと、車で移動していたら、駐車場所に苦労する。まして監視する相手が電車で動いていたらなおさらだ。

北海道や大阪の刑事は車で移動していたが、それは土地柄と、相手のやくざも車で移動していたという理由があったからだ。

それにしても厄介なことになった。出張先ではひどい目にあっても、まさか地元の東京で、こんな犯罪者や刑事とかかわるような羽目になるとは思ってもいなかった。

だが今度は詐欺師だ。大阪のやくざやロシアマフィアというわけではない。

暴力沙汰を嫌う、と松川もいっていた。殴られたり銃をつきつけられたりした、過去二回とはちがうだろう。

だとしても、そういう犯罪とおよそ縁がない筈の老人会のボランティアで、なぜこんな状況が生まれてしまうのか。

坂田は思いきり、誰かを恨みたい心境だった。

4

玉井から電話がかかってきたのは、三日後の火曜日の夕方だった。

携帯の画面に表示された「玉井」という文字を見たとたん、坂田の心臓は一気に鼓動を早めた。

「はい」

「坂田クン？　ごめんなさいね、連絡が遅れて……。例の品だけど、送ってもいいし、もしアレだったら、ご飯でも食べながら渡したいのだけど、どう？　そんな大きなものでもないから」

一瞬迷い、直接会ったほうがいい、と坂田は思った。自宅の住所を教えるよりはましだ。いくら暴力沙汰にならない、といわれても、両親や妹のいる家の場所は知られたくない。

「はい。それでけっこうです」

自然、あらたまった口調になった。

「じゃあ、明日は空いてる？」

「大丈夫です」

「坂田クンの会社はどこ？」

「ええと、虎ノ門です」

「じゃ、銀座も近いわね」

「はい」

「洋食、和食、何がいい？」

「何でもかまいません」

「おいしいお鮨屋さんがあるけど、どうかしら」

「わかりました」

「じゃ、場所と電話番号をいうから」

いわれるまま、坂田はメモをとった。銀座七丁目にある「おがわ」という店だった。

「そこに明日の六時にこられる？」

「いきます」

「じゃ、待ってるから」

電話は切れた。

迷い、坂田は森末にかけた。何回かの呼びだし音のあと、

「はい」

と、短い応えがある。

「あの、坂田です」

「坂田……ああ、ササヤ食品さんの」

「そうです。玉井さんから連絡がありました」

「ほう。何といってきました」

「明日、食事をすることになりました。そのとき、商品を渡して下さるそうです」

「食事ですか。どこで？」

「銀座の『おがわ』というお鮨屋さんです」

「わかりました」

「場所とか電話番号はいいのですか」

「今はまだけっこうです。我々が実際動くのは、講習会と称して、奴がカモをひっぱりこんでからです」

あっさりと森末がいったので、坂田は拍子抜けした。

「そうなんですか」

「そりゃそうです。ネタの仕込みをしている最中に我々がうろうろしたら、奴はすぐに気がつきます」

「はあ」

「とにかく我々のことは内聞にして下さい」

「大丈夫です。誰にも喋ってません」

「あ、それと商品を受け取ったら翌日でかまいませんから、何なのかをこちらに知らせてください」

「わかりました」

「それでは。ご苦労様です」

森末はいって、電話を切ってしまった。坂田はほっとしたような、不安なような複雑な気持で電話機をみつめた。

ほっとしたのは、明日、玉井に会うのに早速、刑事たちがやってくるといわなかったこと。逐《ちく》一《いち》、報告している自分が、なんだか密告者のように思えたので、少なくとも明日は刑事のお供なしだとわかったからだ。

不安なのは、あんなに威すようなことをいって協力を強要したくせに、食事をするくらいどうでもいい、と森末が考えているらしいところだ。

まあ考えてみればそれも理屈だ。食事をするのが法に触れるわけではない。しかもその場で詐欺を働く相談をするのでもない。少なくとも坂田は、玉井を詐欺師だとは知らないことになっているのだ。

　そう考え、坂田はまた不安になった。刑事たちに聞かされた玉井の正体について、自分はあくまで知らないフリができるだろうか。言葉のはしばしで、玉井を詐欺師だと知っているようなことを口走ってしまいはしないか。

　もし玉井が気づいたら、いったいどうなるだろう。まさか殺されはしないだろうが、何かよくないことになるかもしれない。

　あれこれ考え、その晩はすっかり睡眠不足になった。

　会社にいき、なんとか仕事を終えると、あっというまに待ち合わせの時刻が近づいていた。

　地下鉄で銀座にでて、坂田は教えられた鮨屋「おがわ」の電話番号にかけた。

「はい、『おがわ』でございます」

　女の声で応えがあった。

　どこかで聞いたような声だと思ったが、

「あの、そちらにどういったらよいでしょうか」

　と坂田は訊ねた。

「どちらからお見えですか」

「ええと、今、銀座四丁目の交差点の近くです」

「あ、それでしたら――」

　女はていねいに道を教えた。礼をいって電話を切り、坂田は歩きだした。

「おがわ」があるのは、銀座でも、デパートが立ち並ぶ目抜き通りから新橋方向に少し歩き、さらに小さなビルが軒《のき》を連ねる一角を入った場所だった。

そのあたりがいわゆる銀座のネオン街だというのはなんとなく坂田も知っていた。しかし飲み屋の看板が並んだこの一帯に足を踏み入れたことは一度もない。

歩いてみると、しかしビルの袖看板にはまだほとんど明りが点《とも》っておらず、歩いているのは、ホステスらしい女性ではなく、黒服を着たボーイのような男ばかりだ。

「おがわ」はすぐに見つかった。小さな、決して新しくはない造りの店だ。だがそのどこか古ぼけたたたずまいがむしろ老舗《しにせ》ぽくて、高級そうな雰囲気をかもしている。

銀座の鮨屋なんて、この先も足を踏み入れる機会がなさそうな気がする。きっと上とか並とかいう、握りの桶《おけ》なんかなくて、お任せで握ってもらって、ひとり何万円もするような店なのだろう。

まさか割り勘ということはないよな、坂田は財布を上着の上からおさえた。割り勘といわれたらクレジットカードがある。とはいえ、奢《おご》られたら奢られたで、玉井をだますことになるような気がして、それもまた不安だ。

格子戸を引いた。

「いらっしゃいませ」

着物をきた女性が入り口のすぐ近くに立っていて、声をかけてきた。

白木のカウンターがまっすぐにのび、内側に白い上っぱりを着た板前が二人立っている。ガラスのネタケースには、鮮やかな色の魚の切り身が並んでいた。ケースの上に杉の葉をしいたザルがのり、野菜や果物がもられている。

客は誰もいなかった。

「あの、待ちあわせなのですけど」

坂田はいって、着物の女性を見た。その瞬間、息が止まった。

「あら」

女も小さく叫んだ。

「サッコさん⁉」

着物姿で入口に立っていたのは、「つるかめ会」のボランティア小川咲子だった。ふだんのジーンズ姿とは似ても似つかない。髪も結ってまではいないが、アップできれいにまとめている。

「サカタ！」

坂田は思わず店内を見回した。

「サッコさん、ここで――」

何してるんですか、という言葉を呑みこんだ。働いているに決まっている。

「お友だちなのか」

カウンターの中にいた板前が咲子に訊ねた。四十半ばくらいで、貫禄がある。

「そうなの。『つるかめ会』にきているササヤ食品の坂田さん。サカタ、じゃなかった坂田さん、うちの兄」

咲子は板前を示した。

「えっ」

「オレ、じゃなかった。あたしは五人兄妹の末っ子なんだ。この人が一番上の兄貴」

板前は白い調理帽をとった。腰をかがめる。

「咲子がいつもお世話になってます」

「そんな！　とんでもない。こちらこそお世話になっています」

坂田はあわてていった。

「こいつ、本当に言葉づかいも態度も悪いでしょう。男ばかりの中で育ったから、どうしようもなくて、ご迷惑おかけしていると思います」

咲子がふくれた。

「何いってんだよ、そんなことないよ」

「馬鹿！　店の中でそういう言葉づかいをすんなっていってるだろう」

男は咲子をにらんだ。坂田はようやく気づいた。咲子の姓は小川だ。「おがわ」という店名はそこからとったのだ。

「はいはい、すいません、親方」

咲子は首をすくめた。

「十七も上だと、ほとんど親父みたいなんだよね」

坂田にいう。

「そうなんだ。でもサッコさん、ここでずっと働いていたの？」

「ずっとじゃないよ。前にいたお運びさんが辞めちゃって、兄貴、じゃなかった、親方に泣きつかれたんだよね。昼の仕事が暇《ひま》なときでいいから手伝ってくれって。運送屋もここんとこ不景気だから、まあいいかって。こんな格好しなきゃなんないのがつらいのだけどね」

「いや、サッコさんじゃないみたいでびっくりしました。お化粧も、していますよね」

うっすらではあるがアイラインもひいて、口紅もさしている。派手な顔立ちがより華やかになった印象だ。

「悪かったわね。親方がうるさいからしかたないんだよ」

咲子は坂田をにらんだ。

「すいません」

「こらっ、お客さんに何ケンカ売ってるんだ。すわっていただかないか」

親方が咲子にいった。かたわらに立つ、もう少し若い板前は見慣れた光景なのか、にやにやしている。

「あっ、そうだ、いけね。どうぞ」

咲子はカウンターの椅子を引いた。

「待ちあわせって、玉井様の名前で入ってる？」

「そう」

「えっ、じゃあ、あのオカマの――」

坂田は思わず入口を見た。まだ玉井は着くようすはない。咲子も背後をふりかえった。

「よかった、まだか。でも何で」

「咲子！　お飲物をお訊きするのが先だろう」

親方が叱った。

「あっ、ええと、何をお飲みになりますか」

咲子が言葉づかいをかえた。

「やめて下さい。サッコさんにそんな話しかたされると、かえって恐いです」

「何だと、じゃなかった。ええと、ええと」

「もういい。坂田さん、ビールでも飲まれますか」

親方が自ら訊ねた。正面からみると大きな瞳が咲子に似ている。

「お茶でけっこうです」

「おい、アガリ」

「はーい」

咲子が動いた。おしぼりと湯呑みを盆にのせて戻ってくる。

「どうぞ」

「あ、ありがとうございます、すいません」

「あやまるなって。客なんだろう」

「はい」

「でもなんで、うちにきた？」

「玉井さんがここを指定したんです」

咲子は親方を見た。

「常連さん？　玉井さんて」

「常連てほどじゃないが、前に何度かみえたことのあるお客さんだ。咲子も知ってるのか」

「まあ、ね。向こうがわかるかどうかわかんないけど」

「わかんなかったら知らん顔してろ。ふだんの調子でやられたら、もう二度とくるかっていわれる」

「わかったよ。でもなんでサカタがあの人と飯食うわけ？」

「お客さんのことを詮索《せんさく》するな」

親方がいったので、坂田はほっとした。説明しだしたらたいへんなことになりそうだ。

そのとき、カラカラと格子戸《こうしど》が開いた。

「申しわけない！　遅くなって」

ふりかえった坂田はまたも驚いた。玉井はきっちりと髪を七・三に分け、スーツにネクタイをしめている。

「道がちょっと混んでいて」

手に大きな紙袋をさげている。

「お荷物、お預かりしましょうか」

咲子がよりそっていった。玉井はまるで気づくようすがない。

「あっ、けっこうです。ちょっとお見せしたいんで」

坂田を示していう。すっかり男言葉だ。

「わかりました」

玉井は坂田の隣に腰をおろした。

「親方、久しぶり」

「どうもいらっしゃいませ」

親方は帽子をとった。

「こちら、今度、うちの仕事を手伝っていただく、坂田さん。若いけど、すごく優秀な人です」

親方は腰をかがめた。

「何、飲まれます？」

「坂田さん、お酒はいけるクチですか」

咲子の女言葉も調子が狂うが、玉井の男言葉も不気味だ。

「ええ、少しなら」

「じゃ、まずビールを」

「生でよろしいですか」

咲子が訊ね、二人が頷くと、

「かしこまりました」

とひっこんだ。

坂田は落ちつかなかった。それを見抜いたように玉井が顔をのぞきこんだ。

「調子狂うでしょう」

「え、ええ。まあ」

「でもこれでちゃんとした格好もすることがあるってわかったでしょう？」

「はい」

咲子がビールのグラスを運んできた。

「生ビールでございます」

玉井はちらりとも見ず、グラスを手にした。

「じゃ、乾杯しましょう。これからもよろしく」

しかたなく坂田もグラスを掲げた。口をつけてみると、喉が渇いていたのだとあらためてわかった。グラスの半分ちかくを一気に飲み干してしまう。

「坂田さん、お嫌いなネタとかはありますか」

親方が訊ねた。

「いえ、好き嫌いはありません」

親方は頷き、玉井を見た。

「じゃ、お任せで」

玉井がいう。

「承知いたしました。初めはつまみでなにかいきますか」

「はい。それでけっこうです」

坂田は頷いた。咲子が横長の皿をそれぞれの前においた。ツマをおいた笹の葉がのっている。

親方がそこに何種類かの刺し身を切ってのせていった。

光りもの、白身、貝、赤身に中トロといったところだ。

まずは光りものを口にいれ、坂田は目をみはった。脂《あぶら》ののったシメサバで、そのおいしさは、頬の内側の筋肉がきゅっと縮まるほどだった。

「おいしいです」

思わずいった。親方が無言で頭を下げる。

「でしょう。ここは本当にいい仕事をする店なの。ああ、おいしい」

玉井もいって、うっとりとした表情を浮かべた。男を演じるのをその瞬間だけは忘れているようだ。

「あの、ビールの次はどうされます？」

耳もとでいわれ、坂田は我にかえった。いつのまにかグラスを空にしていたのだ。

「お酒にしますか」

咲子が訊ねた。

「いえ。もう一杯、いただけますか。すみません」

ついつい低姿勢になってしまう。

「生ビールおかわりですね。承知しました」

咲子はそしらぬ顔でグラスを下げた。

「ええと——」

玉井がいい、かたわらの席においた紙袋をとりあげた。

「これが、品物なんです」

坂田は紙袋をうけとり、中をのぞきこんだ。それほど重くはない。四角いボール紙のケースが入っている。大きさはひと抱えほどだ。

「ひと言でいっちゃうと、健康枕。今はやりの低反発クッションてあるでしょう。それに磁気素材を織りこんであるんです」

「ジキソザイですか」

「磁石《じしやく》です。ほら、肩こりとかに効く」

「枕に磁石ですか」

「もちろんふつうの磁石だったら、首や頭にあたったら痛い。だから柔らかなゴムとプラスチックの中間のような素材に磁気をもたせてあるんです。それを枕のクッションの中に入れた品がこれです。特許を出願中の商品で、日本の富山県にある小さなメーカーが作っているんです」

「日本製」

「それが大事なんです。外国製品には今、信用をおかない人が多いから」

「おっしゃる意味はわかります」

「でしょう。小さなメーカーさんだから大々的な宣伝とかはできないけれど、品物のよさは使ってみればすぐにわかる。低反発は、首や背骨にいい上に、肩や首のこりを磁気素材がほぐしてくれる。まさに一石二鳥の商品なんです」

枕とは。坂田は拍子抜けした気分だった。もう少し高価な品物を想像していたのだ。

玉井がいった。

「なんだか、がっかりしたような顔ですね」

「そんなことはありません」

坂田は急いで首をふった。

「もっと怪しいものを売りつける気なのだと思っていたでしょう。たとえば、水道につけると水が体によくなる機械とか……」

「いえ、そんな。ぜんぜん」

坂田はしどろもどろになった。

「はい、生ビールおかわりです。お待たせしました」

そこに咲子が割って入り、救われた。坂田はほっとした。

「私は、本当にいい品物しか扱わないことにしているんです。坂田さんもこの枕を、実際に自分が使ってみてください。嘘がないとわかります」

「はい」

頷く他なかった。無言で刺し身を食べる。中トロが口の中で溶けていった。ビールを飲む。

「どうしましょうか。まだしばらくつまみでいきますか。それとも握りますか」

親方が訊ねた。

「ええと、あのう」

「坂田さんは若いから、お腹が減っているでしょう。握ってもらったほうがいいのじゃないですか」

「お願いします」

「承知いたしました。握りのほうもお任せでよろしいですか」

「はい」

親方の問いに坂田が頷くと皿がとりかえられた。

「で、これの値段なんですが」

玉井がいった。坂田は玉井を見た。

「ここが大切なんです。お年寄りというのは、安いものには信用をおかない」

「そうなんですか」

玉井は深々と頷いた。

「だって考えてみてください。もしこれが三千円だとして、三千円で、そんな肩こりや猫背が治ったら、話がうますぎると思うでしょう」

「僕は何ともいえません。うちが扱っているのは、何百円という上代の商品ですから」

「でもそれは、毎日食べて、なくなっていくものの話でしょう。この健康枕は、一度買えば、半永久的に使えるんです」

「イカとカンパチです」

親方が握りを皿においた。

「食べましょう」

玉井がいって、握りを手でつまんだ。坂田もしたがった。おいしいのだが、味がだんだんわからなくなってきている。それは鮨のせいではない。玉井との会話についていこうとけんめいだからだった。

「二万五千円」

玉井がいった。

「えっ」

高い、と思った。枕が二万五千円。そんな大金をだす人がいるのだろうか。

「今、高いと思ったでしょう」

「思いました」

「当然です。枕が二万五千円は高い、と。だけど、二万五千円という値段には理由があるかもしれない」

とは、思わなかったが、坂田は頷いた。

「そう思わせなければならないんです。つまり、それも効能なの」

「効能ですか」

「こんな高い枕だから、効かない筈はない、そう思って使っていただくんです。すると不思議なことに、効能があらわれる。人間の体というのは、思いに反応するんです。坂田さんだって、好きな女性がそばにいると、どきどきするでしょう」

「はい、それはもう」

「同じことです。高いからにはきっと効果がある、そう信じるのが大きいんです。化粧品だってそうなんです。もっと安く作れるのに、ケースを豪華にして、女優やモデルさんをコマーシャルに使い、高い値段を設定する、安かったら逆に、効果を疑われる」

それはその通りだ、と思った。以前、似たような話を化粧品業界の人から聞いたことがある。ものによっては、原価が数百円の品が、化粧品にはあるという。それをたとえば五百円で売るのと五千円で売るのとでは、五千円の価格設定をした品のほうが売れるのだ。

食品とはそこがちがう。

食品は、消費と嗜好が直結している。一枚千円のセンベイを売っても、まず買う人はいない。どんなにセンベイ好きでも、だ。短時間での消費が宿命づけられた食品には、消費者が前もって

〝見合った値段〟を設定している。センベイと、たとえばキャビアを決して同列には考えてくれない。一枚千円のセンベイをかりに買った人が食べたとして、一枚五十円の二十倍おいしいと思ってくれるかという問題だ。

逆に一枚五円で売っても、やはりまずければ、一度は買っても二度目はない。一枚五円で、そこそこおいしければ、商品として通用はするが、一枚五円でそこそこおいしく作るのは、メーカーにとって難しい。

値段が付加価値となる菓子もなくはないが、それは輸入品のチョコレートなど限られた品である。ひと粒千円のチョコレートを購入する消費者に比べ、一枚千円のセンベイを購入する人はごくわずかだ。

化粧品はその大半が女性の消費者を対象に作られている以上、女性が反応する付加価値を製品にもたせなければならない。

たったひと罎《びん》で五千円もするクリームならきっと効果があるだろう、と考える人のほうが、五千円でも五百円でもさして効果はかわらない、と考える人より多いのである。

もちろんそう思わせるためには容器や包装にそれなりの素材が必要になる。さらにコマーシャルなどによる商品イメージの向上も不可欠だ。

センベイにそれはない。たとえ桐の箱に入れ、有名な俳優をコマーシャルに起用したとしても、一枚に千円をつかってくれる消費者は多くないだろう。

玉井の言葉は、その点では理解できる。だがコマーシャルも流れていない商品に、果たして二万五千円を払うだろうか。

「あなたが考えていることはわかります。化粧品のようにコマーシャルを流していないのに、そんな大金を払ってもらえるか」

坂田は驚いた。玉井は次々と考えを先回りしてくる。

「ええ」

「それを説得するのは簡単。コマーシャルを流していないから、この値段で売れる。もしコマーシャルを流していたら、三万円になります、というんです。コマーシャルがただじゃないことは誰でも知っています。制作費やテレビ局に払うお金は結局、商品に上のせされる。でも――」

いって玉井は言葉を切った。

「そういう説得にまず大切なのは、セールスマンの印象。口八丁手八丁に見える人間はまず向かない。弁の立つ人間はセールスマンには不向きというのが、私の持論です。むしろ口下手で朴訥《ぼくとつ》な印象を与える人がいい。セールスマンにとって何が一番大切か、坂田さんはわかりますか」

「信用、ですか」

「そう、その通り！　この人の勧めるものなら買ってもいい、と思われるのはつまり、この人を信用しようというのと同じなんです。口から先に生まれてきたような人間は、決して信用してもらえない。あなたとは正反対というわけ」

坂田は飲みかけのビールにむせそうになった。信用されるといわれている自分が、実は刑事と結託《けったく》しているとわかったら、玉井はどう思うだろう。

「それからもう一点」

だが興奮してきたのか、玉井は坂田の反応には気づかずつづけた。

「自分が売っている商品に惚《ほ》れること。これは本当にいいものだ、と思えなければ、売ってはいけない」

何だかすごくまっとうだ。お客様に信用していただくこと、売っている商品を心底、おいしいと思うこと。この二点は、ササヤ食品の宣伝課長も始終、口にしている。

いいや、待て。玉井がまっとうとは限らない。同じようなことをいっている、ササヤ食品の宣伝課長が実は、詐欺師的な人物だという可能性もある。

坂田はわからなくなった。鮨の味もますますわからなくなり、食欲が失《う》せてきた。

「あまり、食べないですね。遠慮してるの？」

玉井が気づいた。あわてて坂田は首をふった。

「いえ、そんなことはないです。お昼が少し遅かったものですから」

「そう。じゃあこうしましょう。親方、太巻きを作って下さい。あとできっと坂田さん、お腹がすくだろうから」

「いや、そんな。大丈夫です」

「若い人は遠慮しちゃ駄目だよ」

男言葉で玉井がいった。直後に、玉井の上着の中で携帯電話が鳴った。

「失礼」

電話をとりだした玉井は画面を見ると席を立った。坂田に目配せし、店の外へでていく。

うしろ手に扉を閉めながら、

「ねえ、どうなってるの」

とおネエ言葉でいうのが聞こえた。

坂田はほっとして、息を吐いた。とたんに背中をつつかれ、ふりかえった。咲子がしかめ面で見つめている。

「ちょっと、どういうこと?」

「それが――」

答えかけると扉が開いた。玉井が戻ってくる。

「申しわけない。急な電話で」

「いいえ。大丈夫なのですか」

「それがあまり大丈夫じゃなくなってしまって。このあと坂田さんを、銀座のきれいどころがそろった店にご案内しようと思っていたのに」

「ト、トラブルですか」

まさか警察ですか、とも訊けず、坂田はいった。

「トラブルというほどのことじゃないのだけれど、手ちがいがあって、私がいかなけりゃいけないことになってしまいました。親方、お勘定《かんじょう》をお願いします。おみやげの太巻きのぶんもいっしょで」

玉井は立ったまま財布をとりだした。

「坂田さんはゆっくり召しあがっていってください」

「でも――」

「また明日にでも電話しますから」

咲子が紙に書いた勘定書きをさしだすと、玉井は一万円札を三枚、盆にのせた。

「お釣りはけっこうです。坂田さんがこのあと何か頼んだら、そのぶんもということで」

「玉井さん、ごちそうになっちゃって――」

「あたり前です。私のほうから誘ったのだから。とにかくこの枕を使って下さい。じゃ、明日、電話します」

玉井はいって、くるりと踵《きびす》を返した。

「ありがとうございます」

親方と咲子が声をあわせた。坂田も大急ぎで頭を下げた。

「ごちそうさまでした――」

玉井がでていき、店の扉が閉まった。

急に力が抜けた。ほっとしたような、悔いが残るような、複雑な気分だ。悔いが残るのは、玉井が詐欺師には思えなくなってきたからだった。

少なくともこの場で玉井が口にしたのはまともな話ばかりだ。

唯一、難点があるとしたら、商品の健康枕に二万五千円もの価値があるかどうかというだけだ。

しかしこれも玉井の言葉通り、「二万五千円もするのだから、きっと体にいいに違いない」と信じて使うお年寄りには、それなりの効果があるのかもしれない。

「ねえ」

我にかえった。咲子だ。

「おい、咲子」

親方がいったのを無視して、咲子は坂田の隣、玉井がすわっていたのではないほうの椅子をひいた。

「いったい何をしてんだよ」

恐い顔だった。

「あんなものを二万五千円で売るってどういうこと？　サカタもいっしょになって売るわけ？」

「いや、これにはちょっとわけがあるんです」

「どんなわけよ。いってみな」

「咲子、こちらの席を片づけるのがさきだろう」

親方が太巻きを巻きながら、目で玉井のすわっていた場所をさした。

「サカタ、帰るなよ」

咲子はいって立ちあがると、玉井の使った皿やグラスを盆にのせた。

5

「おがわ」を坂田がでたのは、七時を少し回った時刻だった。帰るなよといわれたものの、七時になると客が何組か入ってきて、咲子も忙しくなり、いづらくなった坂田は店を出た。

片手には玉井から預かった枕の袋、もう片手には太巻きの入った袋をさげている。

銀座の街はすっかり華やいでいた。ネオンが点り、数多くの女性がいきいきしている。ドレスやスーツを着け、髪をアップにしたりくるくるに巻いて、化粧も濃い。若そうに見えてそうでもなかったり、逆にひどく落ちついているがすれちがいぎわの顔が二十そこそこに見えたりと、つかみどころのない感じの女性ばかりだ。

親子以上に年の差がありそうなカップルが腕を組んで歩いているのを何組も見て、これが他の場所だったらきっとすごく違和感のある風景なのだろうな、と思ったりもした。

原宿やお台場、あるいは渋谷などにこんなカップルがいたら異様に目立つだろう。だが夜の銀座の街では、むしろこれがふつうだという空気がある。

昼間はきっと会社で、部長や専務、社長などと呼ばれているような威厳のある、中年やそれ以上のスーツ姿の男たちが、短いスカートやむきだしの肩にショールを巻きつけただけの若い女と、ごくあたり前に肩を並べて歩いているのだ。照れや緊張はなく、人目を気にするようすもまるでない。

銀座といっても、デパートが立ち並ぶ一角とは空気がちがう。そしてそんな中に、イタリアやフランスの高級ブランドのショップがある。坂田はむしろ納得した。高級ブランドは、きっとこういう街にこそふさわしいのだ。海外でどうかは知らないが、日本では、自分の父親以上の年齢の男と腕を組めるような女性が、こうしたブランド品を身につけたがるのだろう。何十万もするバッグを買うには、そういう努力が必要にちがいない。

数寄屋橋の交差点まで坂田は歩いた。夜の銀座を、鮨の入った袋をさげていく自分が何となく大人になったような気がして、楽しくもある。

携帯電話が鳴った。咲子からだ。

「はい、坂田です」

「今どこだ？」

「ソニービルの前です」

「もう帰るとこ？」

「ええ。別にいく場所もありませんし」

「ちょっと待ってろよ。一時間くらい。八時半になれば、同伴の客もひけるから」

「同伴、ですか」

「ホステスを連れた客のことだよ。待てる？」

「大丈夫です」

「どっか適当に入って、時間つぶしてろよ。じゃあな」

一方的にいって、電話を切ってしまう。

坂田はしかたなく、目についたパブに入ることにした。そこでビールを飲み、時間をつぶす。八時半になると咲子から電話があり、場所を教えた。十分もたたないうちに咲子はやってきた。ジーンズにセーターで、大急ぎで頭をほどいたような髪型だった。だがそれでも、化粧けがなく無造作に髪をたらしているふだんとは大ちがいで、坂田は見惚《みと》れてしまった。

「ビール」

坂田の目には気づかないようすで、運ばれてきた生ビールのグラスをひと息で半分ほど空け、咲子はふうっと唇をとがらせた。

「ああ、おいしい」

「お疲れさまでした」

「まったく」

咲子は首を左右に倒し、宙をにらんだ。

「肩こっちゃうよ。あんな格好して、女みたいに喋ってると」

「女じゃないですか」

「それが好きじゃないっての」

いって、咲子は手をのばした。

「ちょっと見せろよ」

「え？」

「その枕だよ。インチキ商品の」

「インチキかどうかは――」

「インチキに決まってるじゃん。二万五千円だよ、あんた。そんな枕がどこにあるのさ」

坂田は紙袋を渡した。咲子は中の箱を開け、枕をとりだした。膝にのせ掌《てのひら》で押しつけたり、もちあげて頬にあてがったりする。

「どうです？」

「枕だね」

坂田は笑いだした。

「そりゃ枕です」

「そうじゃない。ただの枕だってこと。これのどこに磁石が入ってるのだろう」

「クッションの素材だといってました」

咲子は首をふった。

「聞いたことないね。そんなことができるって」

「僕も初耳です」

「なんであんたがこんなもの売るんだよ」

「僕が売るわけじゃありません。僕が頼まれたのは、この枕を訪問販売するセールスマンの人たちの講習です」

「講習？　あんたも勉強しろって？」

「そうじゃなくて、教えるほうです」

「教える？　あんたが？」

「はい」

「誰に？」

「ですからセールスマンの人たちに」

「何を？」

「そこなんです。玉井さんは、僕はお年寄りの扱いがうまいから、それを教えろって」

はあ？　という反応を予期しながら坂田は答えた。サカタに何が教えられるんだよ、とつっこまれるだろう。

だが、咲子は、

「なるほど」

と頷き、坂田は拍子抜けした。

「確かにあんたは年寄りに好かれてる。それはまちがいない。教授や姫さんも、あんたには一目おいてる」

「そうなんですか」

「そうだよ。気がつかなかったかよ。あんたは、何ていうか、義務とかお仕着せで『つるかめ会』のメンバーと話してない。ふつうの友だちみたいに話してる。だから、他には気難しくても、あんたとは仲よく話すメンバーがけっこういるんだ」

「ぜんぜん気がつきませんでした」

「サカタらしいね。玉井さんもそこんとこに目をつけたんだね」

「でも、玉井さんだって、僕以上にそういうお年寄りの気持はわかっているみたいでした。だから何も、僕なんかに講師を頼む必要はない、と思うのですけれど」

「だったらなんで引きうけたんだよ」

「それは――」

坂田は口ごもった。二人の刑事のことを話すべきだろうか。

「ギャラがよかったのか」

咲子は坂田をにらんだ。

「いえ。そんな理由じゃありません」

「じゃあ何だい」

咲子に問いつめられたら、隠すことはできない。坂田はあきらめて口を開いた。

「実は、玉井さんに声をかけられたのは、この前の打ち上げの帰りなんです。駅に向かって歩いていたら、玉井さんがいて、お茶を飲まないかと誘われて『ブラジル』にいきました。そこでセールスの講習会の話をされて、僕にはできっこないとそのときは思いました。玉井さんと別れて、帰ろうとしたら今度は刑事さんたちに声をかけられたんです」

「刑事？」

咲子は目をみひらいた。うっすらとシャドウをひいた瞳が、いつにもましてきれいだ。じっと見つめられると息苦しさすら感じてしまう。

「なんで刑事がでてくる？」

「玉井さんを調べているのだそうです。その、玉井さんが詐欺師かもしれない、ので」

「やっぱり」

「あの、でも、枕を売るのが詐欺ではないんだそうです。その枕のメーカーから大量に商品を仕入れて、どろんしちゃうのが詐欺なので」

「どういうこと？」

坂田は森末から聞いた話をした。初めは仕入れた商品を〝完売〟してメーカーの信用を得る。そうして取引量を増やしていき、あるときどかんと仕入れて姿を消す、という計画だ。

「そうか。悪いこと考えるな」

「いや、まだ、そうすると決まったわけじゃありません。そうすれば、詐欺になる、といってただけで」

坂田は急いでいった。

「だって刑事がそういっていたのだろう」

「玉井さんのことを『くねりのお玉』って呼んでいました」

咲子がビールをぶっと噴いた。

「なんだ、そりゃ」

「玉井さんのあだ名だそうです。腕がいいらしくて証拠を残さない。だからこれまでもずっと目をつけていたのだけれど捕まえられなかった、と刑事さんたちはいっていました」

「なるほど」

「それで、僕が協力さえすれば、今度こそ証拠をおさえられる。だから講師の仕事を引きうけろ、と刑事さんにいわれました」

「警察に協力しろってことかよ」

「はい」

「なんか、警察もせこいな。あんたにチクれっていってるのといっしょじゃないか」

「正直、僕もそう思いました。何となく嫌だな、と。でも、刑事さんがいうには、玉井さんが詐欺師だというのをわかって、僕が講師をやったら、それはもう善意の第三者じゃない、詐欺の片棒をかついだのといっしょだって」

「えー」

咲子は目を丸くした。

「そんな威しかよ」

坂田は頷いた。

「ひでえな、警察も」

「それで断われなくなっちゃったんです」

「うーん」

咲子は唸って、腕を組んだ。

「参ったな、それは」

「そうこうしているうちに玉井さんから電話があって、〝商品〟を見てもらいたいから食事をしようって。指定されたのが、サッコさんのお兄さんの店だったんです」

「ぜんぜん、あたしには気づかなかったけどね。女には興味がないってことなんだろうね」

少しだけくやしそうに咲子はいった。

「そうじゃないと思います。サッコさんがすごくきれいなんで、別人だと見ちがえたんですよ」

「何それ」

咲子は坂田をにらんだ。

「だって、いつものサッコさんとはまるでちがいますもん。いつもきれいだけど、今日は別人です」

咲子は頬をふくらませた。坂田はチャンスだと思い、いった。

「めちゃめちゃ美人じゃないですか」

「うるさい」

咲子は短くいった。

「どうして。サッコさんは、自分がきれいだとわかっていて、ふだんは化粧しないんでしょう」

「うるさい、うるさい！」

咲子は首をふった。

「オレは顔のことをいわれたくないの。化粧をするとかスカートをはくとか、大嫌いなんだよ」

坂田はあっけにとられた。

「駄目なんですか、きれいなことって」

「ナメられるんだよ」

「ナメられる？」

「運送屋やってるとさ、ほとんどは男なわけだ。トラックの運転手っていうのは。それでもって道を走ってても、ドライバーが女だとわかると、前へ割りこまれたり、合流で入れてくれなかったりするわけだ。だから昼仕事するときは、化粧しないで、キャップかぶってサングラスかけてる。男か女か、わからないように」

「きれいな女の人だから道を譲《ゆず》ってくれる、とかないのですか」

「ないない」

咲子は首をふった。

「第一、きれいになんかしてたら、他の運転手がうるさくてしょうがないよ。飲みにいこうとか、俺とつきあえ、とか。冗談じゃないっつうの、あいつらの頭の中は、やることばっかりなんだから」

坂田は息を吐いた。何か嫌な思いをしたことがあったのかもしれない。

「とにかく、女に見られて得することなんか何ひとつないわけさ。兄貴の店でなけりゃ、化粧しろとかいわれたら絶対働いてないね」

「なんだかもったいないですね」

「いいんだよ。オレは見かけで勝負してないから」

咲子はいって、あっさりその話題を打ち切った。

「で、サカタはこれからどうするんだよ」

「どうするっていわれても、こうなったらやるしかないかなって」

「警察に協力するのか」

「はい」

「捕まるのも困るし？」

「いいえ、実際はそんなことで捕まるとは思っていません。でも、もし僕が断わっても、玉井さんはこれをやめるわけじゃないと思うんです。実際、僕なんかが講師をしなくても、玉井さんは充分、セールスマンを教えられるでしょうから。刑事さんがいったのですけど、サラリーマンの僕を巻きこむことで、メーカーの人なんかの信用を集める材料が増えるようなんです」

「へえ」

「結局、僕がやらなくても講習会は開かれるでしょうし、この健康枕は販売されると思うんです。ということはつまり、いずれ詐欺の被害はでるわけです。それはやっぱりよくないことじゃないですか。止められるものなら、止めるべきだし、これで、その枕を作っているメーカーが倒産しちゃうような結果になったら、僕はそれを防ぐチャンスを駄目にしたことになる。そういうのは嫌だな、と」

喋りながら坂田は、少し咲子が感心してくれるのを期待していた。偉い、とかいって、あんたもけっこう男らしいじゃんと見る目がかわるのではないか。

だが、

「ふーん」

と気のなさそうに頷いただけだ。あげくに、

「物好きだね、あんたも」

といわれるに及んで、がっくりきた。

「そう、ですかね……」

「そうだよ。詐欺師と警察の板ばさみになって、会ったことも見たこともない、インチキ枕メーカーの倒産を防いでやる、なんてさ」

ため息がでた。

「どう転がったって、恨まれるのはサカタじゃん。捕まったなら捕まったで玉井さんに、捕まらなかったら捕まらなかったで警察やその枕メーカーに。ろくなことはない」

「はあ」

「でも、やるんだ?」

「ええ、まあ」

「なんで?」

「本当に玉井さんが詐欺師かどうかも気になりますし」

「刑事がいってるのだから、そうだろう」

「この目で見たわけじゃありません。それに今まで詐欺師みたいなことをしていたとしても、今

度はまっとうな仕事をしようと思っているかもしれないじゃないですか」

「今度に限って？」

「ええ。なぜかといえば、僕は玉井さんのお母さんを知っています。お母さんのいる『つるかめ会』を通じて、玉井さんと知りあった。そんな人間に詐欺の片棒をかつがせるでしょうか。何かあったら、お母さんを巻き添えにして、悲しませるじゃないですか」

「悪い奴がそこまで考えるかな」

「悪いと決まっているわけじゃありません」

「オレは、悪い奴はとことん悪いと思うよ。サカタはさあ、一流企業の社員だから、やくざ者とか本当に悪い奴は、テレビとかでしか見たことないだろう。だから甘いんだよ」

ちがう、といいたかったが、坂田は黙った。大阪や北海道での経験を話したら、真弓やコーシカとのつきあいのことまで及んでしまうかもしれない。咲子に過去つきあった女性の話をしたくない。

「結局、オレはサカタが馬鹿をみると思うぞ」

「かもしれません。でも、やっぱり知らんふりはできないんです」

「まあ、いいや。オレはサカタがインチキ商品の販売をするんじゃないかって腹が立っただけだから」

「腹が立った？」

「そんな詐欺師みたいな商売するならぶっとばしてでもやめさせよう、と思ってた」

「咲子さんだって物好きじゃないですか」

「なんで」

「僕が詐欺師みたいな商売をするのを、止めようと思ったのでしょう」

「そりゃあ、あんたがさ、捕まったら『つるかめ会』が困るからだよ」

「でも僕は仕事でお手伝いしてるわけで」

「じゃ何かい。次の一回きたら、もう二度とこないってこと？」

「いや、それはまだ決めてません。会社の方針は、なるべく多くのこういうお年寄りの会で、商品を広めることですけど」

「だから別の老人会にいくってことだろ」

咲子は怒ったようにいった。坂田はあせった。

咲子にしてみれば、結局、坂田は会社の仕事でボランティアをしていたに過ぎず、本心からお年寄りのことを考えてきていたわけではない、という気分なのだろう。

それはちがう、といいたい。が、そもそものきっかけが、「超薄焼き・パリパリ」と「ふわふわアラレ・やわらくん」の販売促進活動だった以上、本心からのボランティアだとはいいきれない。

「次でお別れだ」

咲子はさばさばと断言した。

「いや、そんな」

「仕事だもんな。いろんなとこいって、ササヤ食品のセンベイを配るんだろ」

「それはそれです。『つるかめ会』の人たちには、僕はすごくお世話になっています」

「無理すんなよ」

　とりつくしまもない。

「本当です」

「いいんだよ。仕事は仕事なのだから。考えてみりゃ当然だよな。あんな下町まで通って、年寄り相手に週末つぶすなんて、地元の人間じゃなかったら、仕事でもない限り、ありえないって話だよ」

「ちがいます。僕は本当に楽しんでます」

「嘘つくなよ！」

　咲子が声を荒らげ、坂田は驚いた。目もとが赤くなり、瞳がきらきらと輝いている。

「仕事でやってるくせに、楽しんでるわけないじゃないか。あんたみたいな一流企業のサラリーマンからすれば、貧乏くさい、うんざりするような場所じゃないか」

「なにいってるんですか。そんなことこれぽっちも考えたことないですよ」

　まずい。いいあいになりそうだ。

「いいよ、もうこなくたって。しょせん住む世界がちがうんだから！」

　いって咲子は立ちあがった。目もとだけでなく、鼻の頭も赤い。

「そんなことありませんよ――」

　坂田の言葉を無視し、

「さよなら」

　とだけいって、店をでていってしまう。坂田は呆然とそれを見送った。

なぜこんなことになってしまったのだ。

泣きたい気分だった。

6

翌日の昼、坂田は森末の携帯電話にかけた。

「あの、きのう玉井さんに会って、商品を預かりました」

「何ですか」

「健康枕です」

「健康枕」

意外そうに森末はいった。咲子からはあれきり連絡はなく、坂田は絶望的な気分だった。玉井や森末ともこのままいっさい連絡を断ってしまいたい。

だが、そうはいかないだろう。

「それは今どこにありますか」

「家です」

「預からせていただいてよろしいですか」

「かまいませんが」

「じゃあ、近くまでとりにいきますよ。確か白山でしたね」

森末は地下鉄の駅を指定した。

「今日の夜で大丈夫ですか」

「ええ」

時間を決め、電話を切る。腹立たしく、情けなかった。なぜ自分がこんなことに巻きこまれなければならないのか。

冷静に考えれば、すべては自分が呼びこんだことだ。あの日玉井に呼びとめられ、「ブラジル」で講師の話をもちだされたときにきっぱり断わっていれば、こうはならなかった。

森末たち刑事に「引きうけろ」と迫られても「断わりました」で、すべて終わっていた筈だ。そうなれば「おがわ」にいくこともなく、咲子とばったり会うことも、いいあいになることもなかった。

優柔不断な自分が悪い。

だがその点を別にすれば、坂田は自分の判断がまちがっているとは思わなかった。

玉井が本当に詐欺を働こうとしているかどうかを見極めずに手を引くことはできない。まして詐欺なら、被害がでないようにするのは当然ではないだろうか。

咲子が突然怒りだした理由は、いくら考えてもわからなかった。坂田に物好きだといわれたのが、そんなに気にいらなかったのだろうか。先に物好きという言葉を使ったのは、咲子のほうなのに。

わからない。

一度自宅に戻った坂田は、森末との約束の時間が近づくと、玉井から預かった健康枕を手に、駅まででかけた。

渡す前に確かめておこうと、枕を箱からだして調べた。

どこをどう見ても、ふつうの枕だった。低反発クッションを使っているらしいことは、押した感触でわかる。だが磁石が入っているのを確かめようと、クリップをあてがってみたが、くっつきはしなかった。

箱の中に説明書らしきものはなく、効能は実際使ってみなくてはわからなそうだ。

おそらく販売するときは、それらしい包装をして、効能をうたった説明書を添付《てんぷ》するのだろう。

私服に着がえた坂田が地下鉄の駅につくと、森末はすでに到着していた。前に会ったときと同じスーツ姿だ。ネクタイまで同じものをしめている。

松川の姿はなかった。

「どうもご苦労さまです」

坂田が手にした紙袋に手をのばしながら森末はいった。

「松川さんはごいっしょじゃないのですか」

「別件に駆りだされていましてね。悪い奴が多い世の中ですから。これですか」

森末は袋の中をのぞきこんだ。

「ええ。僕も見ましたが、ふつうの枕のようです」

「メーカー名が書いていないな」

箱をとりだし、ひっくりかえしている。

「そうなんです。特許出願中で、富山県にある小さなメーカーさんの商品なのだそうです」

「富山ねえ」

「中のクッションに磁気素材が入っていて、肩や首のこりに効く、といっていました。値段は二万五千円だそうです」

「えっ」

森末は枕の箱をおとしそうになった。

「こ、これが二万五千円」

「そうなんです。僕も驚いたのですが、玉井さんの話では、それくらいの値段じゃないと、かえって信用されないというんです。それはまあ、理解できなくもなくて」

「なぜです」

「化粧品とかと同じで、あまりに安いものはかえって消費者に信頼されない。高いものにはそれに見合った価値がある、と人は思うのじゃないかというわけです」

「プラセボ効果のようなものですか」

「プラセボ？」

「偽の薬ですよ。新薬の試験のときなどに、本物そっくりの糖の錠剤などを混ぜて、被験者に投与する。それが効いてしまうことがあるらしい。どこも悪くないのに薬が欲しい欲しいという患者にだしたりするのにも使うんです。それを薬だと信じて飲むと、効果がでることもある。よく癌《がん》が治った、とかいって怪しい薬を売りつける連中がいるじゃないですか。もちろん何の効き目もありはしないのですが、ひっかかった人の中には、実際に体調がすごくよくなったから偽の薬じゃない、という者もたまにいるんですよ。それがプラセボ効果です。暗示にかかりやすいんですな」

「暗示にかかりやすい人が詐欺にあいやすいのは、なんとなく納得できますね」

坂田がいうと、森末はおかしそうに笑った。

「まったくです。世の中、疑い深い人間ばかりだと、詐欺師も商売になりません。そうなれば我々も、商売あがったりだ」

軽く頭を下げた。

「じゃ、これはちょっとお預かりして、実際どんなものなのか調べさせます。それでこの後のことはどうなっていますか」

「まだ何も決まっていません。食事をしている最中に玉井さんに電話がかかってきて、急用ができたらしくそのままでかけられてしまったんです」

「その後何もいってきてないのですか」

坂田が頷くと、森末は首を傾げた。

「別のカモでも見つけたかな。まあ、いいでしょう。お玉から連絡がありしだい、その内容をお知らせいただけますか」

「わかりました」

森末はあたりを見回した。

「坂田さんのお住居《すまい》はこの近くなのですね」

「はい。この先の通りのコンビニの上です」

「便利ですな」

それが父親のやっている店だとはいわなかった。

「それでは、どうもご苦労さまでした」

森末はいって、踵を返した。地下鉄の階段を降りていく。

見送った坂田のポケットで携帯電話が振動した。玉井の番号が表示されている。

坂田はどきりとして、思わずあたりを見回した。森末と会って枕を渡すところをどこからか見られていたのではないか。

「はい、坂田です」

おそるおそる応えた。

「玉井です。このあいだはごめんなさいね」

甲高い声が流れだした。

「ほんとうにもう、使えない部下がいると参っちゃう。枕、もう使ってみた？」

「いえ、まだですけど――」

「使ってよ。絶対、いいから。ね」

玉井はおネエ口調でいった。

「は、はい」

「ところで、講習会の日程が決まりそうなので、坂田さんの都合を聞いておこうと思って」

「えっ、もうですか」

「だって枕は渡したし、使えばいいものだってわかるでしょうから。何か問題でも？」

訊き返され、逆に坂田は言葉に詰まった。枕は刑事に渡してしまったので試せないとはいえない。

「いや、そういうわけではないのですけど」

「日程は前もって決めておかないと告知の問題もあるし。さ来週の土曜日はどう？　十五日よ」

翌日曜日が「つるかめ会」にいく日だ。

「はい、空いています」

「だったら決まりね。場所は足立《あだち》区の綾瀬《あやせ》駅前」

「足立の綾瀬ですか」

ずいぶん遠いところだった。都心からいくとなると、鶴亀銀座のある江東区よりさらに遠い。

「そう。適当な会場がなくて。駅前のビルの四階に、たまたま閉校したカルチャースクールがあって、その教室を借りられることになったの。『城東文化教室』というところ。三十人くらいは入れる大きさで、ちょうどいいかなと思って」

「さ、三十人」

そんなにも多くの人を相手に喋らなければならないのか。

「これから募集をかけるから、何人くらいがくるかはわからない。多ければ二回に分けてやろうと思う。十一時と三時、という感じで」

「そんなに集まるんですか」

「こういう時代だから、セールスでひと儲けしようって人はいる。それに副業でやってもオーケーってうたうつもりだし」

玉井はいった。副業でもできるとなれば、確かに多くの人がやってきそうだ。

「講習会は三部に分けてやる。一回がだいたい三十分ずつ。第一部が私と枕のメーカーさんで、主に商品説明、第二部が坂田さんによる、お年寄りの心をつかむコツの伝授。第三部で具体的な販売契約の話になる予定」

「お年寄りの心をつかむコツなんて、僕にはとても――」

「この前話したようなことでぜんぜん大丈夫よ。それでもまだ不安なら、前日に打ち合わせでもしましょ」

「あの、そうさせて下さい。このままだとたぶん、僕、何も喋れないと思います」

「いいわ。じゃあ、十四日の夜に『城東文化教室』までこられる?」

「いきます。何時頃がいいですか」

「いろいろ準備があるから、そうね、夜の九時くらいでどうかしら」

「はい。九時にうかがいます」

「じゃあ十四日に。よろしく」

電話は切れた。

坂田はため息をついた。玉井はどんどん話を進めているようだ。こちら側のできごとを知らないのだから、当然といえば当然だ。

ひきかえ、自分は講師をひきうけざるをえない立場に追いこまれている。会場をおさえ、告知をされてしまったら、「できません」ではすまない。

だが玉井が詐欺を働く気でいるかどうかを確かめるには、実際に講習会にでる他、道はない。

気をとりなおし、森末に今の話を伝えようと坂田は携帯電話のボタンを押した。

だが電話はつながらなかった。たった今別れたばかりなので、まだ地下鉄に乗っているのかもしれない。

坂田はとぼとぼと自宅に向かった。自宅は、六階建てマンションの一室だった。かつて銭湯だった実家を、坂田が高校二年のときにとり壊し、マンションとコンビニエンスストアに改築したのだ。一階がコンビニエンスストアで、六階の全フロアが坂田家の住居になっている。二階から五階は賃貸の住人が住んでいて、今は満室だ。

坂田の部屋は賃貸用に作られた、一LDKだった。両親と妹が住む三LDKとは別の入口がついている。この部屋には以前姉が住んでいたが、一昨年結婚し、空いたのを機に坂田が三LDKから移ったのだ。

当初は姉夫婦が住む予定だったのだが、義兄が九州に転勤になり、姉はそれについて、福岡にいってしまった。

父親は当初、この部屋も賃貸にだそうとしたが、母親が反対した。六階には他人を住まわせたくないと主張し、望んだわけでもないのに坂田が住むことになった。

洗濯は母親任せで、食事の世話はなくなった。たまに週末、三LDKの両親の家でいっしょに食べるくらいだ。朝は食べないし、夜は仕事で遅くなることが多く、夜十時には寝てしまう両親とは生活時間帯がかなりずれている。

部屋に入った坂田はリビングのソファ（姉がおいていった）に腰をおろし、再び深々とため息をついた。

夕食はまだだが、すっかり食欲は失《う》せている。

思いつき、パソコンで「城東文化教室」を検索した。ホームページが見つかった。ただし、一昨年の九月から更新されていないところを見ると、その頃に経営が悪化したようだ。料理や生花、俳句などの教室が開かれていたらしい。

場所は、本当に綾瀬駅の正面で、一階にファストフードのショップが入った雑居ビルの四階だった。駅の正面という立地なのに、テナントが塞《ふさ》がらないというのは、やはり景気の問題なのだろう。

こういう時代だから、という言葉を思いだした。会社をリストラされたり、給料が減って副業をする他ない、という人たちが講習会にはやってくるのか。

もしそうであれば、玉井のこの健康枕の販売が詐欺なら、そういう人たちもだますことになる。そう考え、坂田はどきっとした。玉井は講習会にくる人たちからもお金をとる気なのだろうか。お金をとるなら、まさしく自分は詐欺の片棒を担ぐも同然だ。

玉井の番号を呼びだした。だが何回かのコールのあと、留守番サービスに切りかわってしまう。

森末の番号を押した。今度は応えがあった。

「はい」

声の向こうがひどく騒がしかった。どこか店の中にいるようだ。

「もしもし」

「坂田です」

「はい？」

電話が鳴っている。男がそれに応える声が聞こえた。

――ありがとうございます。セントヘレナです。

「ちょっと待って下さい」

森末がいって、電話の向こうは静かになった。

「坂田です。今、大丈夫ですか」

「大丈夫です。ちょっと張りこみをしていまして」

「すいません、そんなときに」

「いやいや。どうしました？」

「玉井さんから電話があって、講習会の場所と時間が決まりました」

「ほう。いつ、どこです」

「さ来週の土曜、十五日に、綾瀬駅前の『城東文化教室』という潰《つぶ》れてしまったカルチャースクールでやるそうです」

「待って下さい」

今度はメモをとる気配があった。坂田の言葉をくり返し、訊ねた。

「時間は何時です？」

「午前十一時からです。もし応募者が多いようなら三時から二度目の講習会をやる、といってました」

「ほう」

「それと前日の九時に打ち合わせをするために、僕がいくことになっています」

「それは夜の九時ですね」

「そうです。ひとつ心配なのは、講習に参加する人たちからお金をとりはしないか、ということなのですが」

「うーん、それはどうかな。最初はセールスがうまくいったとメーカーに思わせる気なら、講習会にくる生徒は仕込みなんで、金はとらないと思いますよ」

「仕込み。つまり、それはサクラみたいなものですか」

「ええ。ただサクラをそんなに集めるのもたいへんなので、実際に募集をかける場合もあります。そうならそうで、生徒が集まらなけりゃ、格好がつかないでしょうから、金はとらない」

それを聞いて、坂田はほっとした。森末はあくまで、これが詐欺で、カモは健康枕のメーカーだと考えているようだ。

「あのう、さっきお渡しした枕なのですが、何かわかりましたか」

「いや、まだ何も。いずれ調べようとは思っていますが」

忙しいようだ。張りこみの邪魔をするのも悪いと思い、坂田はいった。

「当日はやはりいらっしゃるんですよね」

「もちろんです。講習の募集がかかるようなら、誰かを会場にやりますし、人の出入りはすべてビデオなどでおさえます。ただ、その当日は、まだお玉をつかまえるという流れにはならないと思います。そういう意味では、坂田さんにはもうしばらくご協力をお願いすることになります」

「わかりました」

「じゃ、失礼します」

電話を切って、わずかに坂田はほっとした。自分がでる講習会そのものでお金が動くようなことがないなら、まだ、ましだ。それに講習会にくるセールスマンが皆サクラなら、何の話をしてもあまり関係ない、ということになる。

要は、枕を作っているメーカーの人間をだますためのお膳立てなのだ。もしメーカーからくる人間がひとりしかいなければ、そのひとりのために三十人からの人間が芝居を打つわけだ。自分もそのひとりだ。芝居と知らず講師をしている、芝居。

考えるとややこしい。だが三十人からのセールスマンがすべてサクラであってくれたほうが、坂田にしてみればほっとする。

もし本気で、転職や副業を考えている人たちだったら、自分も明らかにその人たちをだます側に戻ってしまう。なぜなら、健康枕の販売が結局は詐欺のためだと知っているからだ。

考えてもどうしようもないとわかっているのだが、ついつい悪い想像が頭をめぐるのを止められない。

会社をリストラされ、何か収入を得る手段を見いださなければと思っている人たちにとって、この講習会は、ワラにもすがるような機会かもしれない。ひとつ二万五千円もする健康枕が「飛ぶように」売れる筈はないと、少し考えればわかることだが、それでもあるかなしかの可能性に賭けようというのだ。

そんな人たちが、講習会そのものが、詐欺のためのやらせだったと知れば、きっと失望し怒るにちがいない。まさに踏んだり蹴ったりの心境だろう。

それに自分は加担してしまう。

せめてもの慰《なぐさ》めは、講習会の参加者から金をとることまではしないだろうという、森末の言葉だった。

金をとったらそれこそ詐欺そのものではないか。

さ来週の土曜までの二週間というもの、このことばかりを考えつづけてしまいそうだ。

こんなとき、ほとほと自分の性格が嫌になる。運命といってもいい。

まずその一。争いごとや突然のトラブルが大嫌いなのに、なぜか巻きこまれてしまう。

その二。そんな勇気はありもしないのに、結局、ひどく危険な立場にたつ羽目になり、そのことをくよくよ考え、後悔ばかりしている。

その三。これだけは少し救いなのだが、そうなったらそうなったで、開き直る。開き直ってしまえば、あとは目をつぶって進むだけだ。だったら最初から開き直ればよいのだが、それができず、土壇場まであれこれ悩みつづける。はあ。長い二週間になりそうだった。

7

金曜日がやってきた。昼過ぎにまず、森末から連絡があった。

「今夜、お玉との打ち合わせでしたね」

「そうです。森末さんたちはくるのですか」

「明日の準備があるので、今日はいけないと思います。ただ、状況が変化するようなことがあれば、いつでもかまいませんので連絡して下さい」

「わかりました」

電話を切ってから、健康枕について訊ねるのを忘れたことに気づいた。森末も何も話してくれなかった。少し不満に思ったが、あらためて電話して訊ねるのもためらわれる。

いずれ教えられるだろう。森末の話では、枕のメーカーをだますまで、まだしばらく時間がかかりそうだからだ。

夕方、退社の準備をしているところに、玉井から電話がかかってきた。

「今夜だけど、大丈夫かしら」

「はい。うかがいます」

いちおう、そのためにノートを用意してあった。思いついた二、三のことがらも書きつけてある。坂田なりの、お年寄りとの〝対話術〟だ。よく考えれば、大半がサクラ相手の講義なのだから、真剣になる必要もないのだが、その日がちかづくにつれ、ついつい思いついたことをメモにとっていた。

「じゃあ九時に。お待ちしてます」

玉井はいって、電話を切った。

切れた携帯電話を見つめ、坂田は口をとがらせた。咲子からだけは、あれきり何の連絡もない。

明後日の日曜日、何ごともなければ坂田は「つるかめ会」にでかけようと決めていた。予定では、ササヤ食品の宣伝としては、これが最後になる。慰問のたびにもっていく製品の準備もすすんでいた。今回は最後ということもあるが、かなり多めの製品を用意してある。

正直、他の老人会に比べると、倍近い量があった。通常は脂っこいという理由で敬遠されるポテトチップスもひと箱、用意した。姫さんが、ポテトチップス好きだというのを、前回の慰問で聞いたからだった。

坂田は迷っていた。

「つるかめ会」への慰問をこれで打ち切りにしたくない。姫さんや教授、ユキオさんといった人たちと親しくなった。こんなことは初めてだ。老人会への慰問をしていて、まさかお年寄りとこれほど親しくなれるとは思ってもみなかったことだ。

「つるかめ会」は、坂田にとっても、他の老人会とは少しちがう。

もちろん一番の理由は咲子だ。だが今は、その咲子の存在が、今後の坂田と「つるかめ会」との関係の分かれ目になっている。

もし明後日、「つるかめ会」に坂田が顔をだしたとき、

「何しにきたんだよ」

と咲子にいわれたらどうしようか。桑山や大河原といった他のボランティアのみならず、姫さんや教授も、咲子の変化には気づくだろう。

彼らが坂田に味方し、咲子をとりなしてくれるのを期待しているわけではない。なぜなら、そうなるためには、今回の玉井との一件を一部始終話さなければならず、そんなことになったら、節子さんの「つるかめ会」での立場をひどく微妙にしてしまう。

それだけは避けたい。

と同時に、わけを話さなければ、なぜ咲子が自分に厳しく当たるのかを、他のボランティアや「つるかめ会」のメンバーは理解できないだろう。そのとき、咲子とその人たちの関係が悪化しはしないか、不安だ。

ユキオさんなど、すっかり坂田と親しくなっていて、

「何だよ、サッコ。お前、坂田にやけに冷てえじゃねえか。何かあったのかよ」

などといいかねない。もちろん咲子もいわれっぱなしではすまさない性格だ。いいあいになる可能性がある。

そうなったらなったで、妙なしこりになりはしないか。

自分はしょせん〝部外者〟なのだ。いいところだけをつまみ食いしているにすぎない。ふだん、メンバーの世話を焼き、愚痴《ぐち》を聞いたり、八つ当たりに耐えているのは、咲子たちボランティアであって、坂田が歓迎されているように見えるのは、持参する菓子と目新しさが理由に過ぎない。

坂田が「つるかめ会」を訪れなくなっても、ボランティアとメンバーの交流は続く。それなのに、坂田をめぐるあれこれで、咲子の立場が少しでも苦しくなるのは、あってはいけないことだ、と思うのだ。

だからもし明後日、やってきた坂田に、

「何しにきたんだ」

という態度を咲子がとるなら、持参した製品をおいて、すぐに立ち去ろうと坂田は決めていた。咲子の態度の変化を誰かがいぶかったり、からかったりする場面はできるだけないほうがよい。

その結果「つるかめ会」と縁が切れ、二度と咲子に会えなくなったとしても、それはそれであきらめるしかない。

咲子がなぜ、坂田と同様に物好きだ、といわれたことに腹を立てたのか、今もって坂田はわからない。もしかするとその前に、きれいだとほめたのが引き金になっているのかもしれない。

女に見られることを咲子があれほど嫌がっているとは、坂田は知らなかった。化粧やスカートのようなファッションを好まない女性がいるのは知っていたが、咲子ほど激しい人間にはあったことがなかった。

あるいは、坂田がほめたので、自分が坂田に女性として見られていると気づき、それに対して憤慨《ふんがい》したのではないかとすら思えてくる。

つまり、坂田が女性として咲子に好意を抱くのは、咲子にとって迷惑以外の何ものでもないということだ。

あんた、そんな目でオレのことを見てたのかよ、最低なヤツ。

頭の中で思い描く咲子は、厳しい言葉を浴びせてくる。

そうならばそうで、やはり自分は「つるかめ会」から遠ざかったほうがいい。自分も傷つくし、咲子にも嫌な思いをさせるだけだ。

この二ヵ月半というもの、「つるかめ会」に足を運ぶのは、坂田にとって楽しみだっただけに、そう考えると悲しくやるせない気分になる。

しかし、ここは男らしく、いさぎよい引き際を飾ろう。

ひとり決心したことだった。

会社をでて自宅に帰り、坂田はジーンズに着がえた。明日の講習会ではやはりスーツを着たほうがいいだろうが、玉井とおそらくは二人だけの打ち合わせにでむくのに、上着は必要ないと思ったのだ。

でがけに、自宅近くのラーメン屋で夕食をとり、坂田は地下鉄で綾瀬に向かった。大手町での乗りかえが一度あるだけで、思ったほど面倒ではない。

地下鉄千代田線は、綾瀬で降りるときには高架鉄道になっていた。その高架に沿うようにして、商店街がのびている。都心よりの西口よりも、反対の東口のほうが、ファストフード店や商業ビルがたち並んでいて賑《にぎ》やかだ。

「城東文化教室」の入ったビルは、西口の正面だった。東口に近ければ、次のテナントがうまっていたかもしれない。

それらのことがわかったのは、坂田がまちがえて東口で降りたからだった。高架に沿って戻る形で歩きだすと、牛丼やハンバーガーショップなどのファストフードの店が、やけに目についた。

次に感じたのは、中国人らしい外国人の多さだった。それも働いているのではなく、住んでいると思《おぼ》しい人たちだ。自転車を押したり、連れだって歩く人々の交わす中国語が耳にとびこんでくる。

駅前といっても、車はそんなに走っていない。駅と向かいの通りをへだてる交差点で、信号を無視して横断できるほどだ。

目ざす雑居ビルの前に立ったのは、午後八時五十分だった。四階を見上げると、「城東文化教室」の看板がまだ残っていて、そのかたわらに「テナント募集中」の貼り紙がある。

一階に入っているのは「スマイルドッグ」という、聞いたことのないファストフード店だった。東口よりにあったマクドナルドなどに比べても、いかにも客が少ない。

約束にはまだ十分ある。

迷って、坂田はその「スマイルドッグ」に入ることにした。ホットコーヒーを買い、一階の店内で飲んで時間を潰した。他に客はおらず、「スマイルドッグ」の店員は、アフリカ系の外国人ひとりだ。その店員すらが、なぜ客がきたのかという、意外そうな顔で坂田を見ている。

九時になると坂田は紙コップを捨て、「スマイルドッグ」をでた。左側に狭い入口があり、入ってつきあたりがエレベータホールになっている。

エレベータは四階で止まっていた。エレベータホールの右手が階段だった。

ボタンを押すと、エレベータが降りてきた。

大人が四人も乗ればいっぱいになってしまうほど小さな箱が扉を開いた。中に乗り「4」を押す。

四階で降りると、正面に通路がのびて、その先にガラス扉があった。左側に「城東文」、右側に「化教室」の文字シールが貼られている。

ガラス扉に歩いていく途中で、坂田は妙なことに気づいた。扉の内側がまっ暗なのだ。明りが消えている。

自分が建物と階をまちがえたわけではないことは、正面のガラス扉の文字が証明している。玉井はそこで明日の準備をしている、といっていた。

なのに「城東文化教室」の内部の照明がついていない。

坂田は扉の前で立ち止まった。右の扉のとってをつかんだ。鍵はかかっていない。引くと、暗がりの中に、細長いテーブルが並んでいるのが見えた。確かに教室のようだ。

「ごめんください」

坂田は声をだした。返事はない。

「坂田です。玉井さん、いらっしゃいませんか」

部屋の中はしんとしている。通りをはさんだ反対側の綾瀬駅西口の明りが窓からさしこんでいるだけだ。

「玉井さーん」

もう少し大きくガラス扉を開いて、坂田は声をかけた。

答えはなかった。

場所はまちがっていない。すると自分が時間をまちがえたのだろうか。

坂田は携帯電話をとりだした。玉井の番号を呼びだす。

電源が切れているか、電波の届かない場所にある、というメッセージが流れた。

ますます妙だ。

とはいえ、ここで待つしか手はなさそうだ。

坂田は携帯電話をしまい、教室の中に入った。暗がりにずっといるのも嫌なので、明りのスイッチを探した。

教室は入口から左手に向かって広くなっていて、左手の奥に一段高くなった〝教壇〟があり、そのかたわらに流しがついている。

その教壇の右横にスイッチらしきものが並んでいるのが見えた。教壇の上にもテーブルがおかれている。

テーブルは三人が並んで使えるだけの長さがあり、畳まれたパイプ椅子が右手奥の壁ぎわに積まれていた。

テーブルが五脚ずつ二列に並べられている。すべてが埋まれば確かに三十人はすわれそうだ。

坂田はテーブルの列と列のあいだを教壇に向かって進んだ。目が慣れたことと外の光のせいで、歩くのに不自由するほどは暗くない。

足が止まった。

教壇の上におかれたテーブルの向こうから二本の脚が見えたからだ。黒っぽいスラックスに先の尖った茶色い革靴をはいている。

誰かが横たわっている。

「あのう――」

声をかけた。玉井が横になって寝ているのだろうか。

返事はない。

さらに前に進んだ。左を下に、横を向いて寝ている男の姿が目に入った。玉井ではない。玉井より小柄で、髪型も異なる。

「嘘だろ」

思わず声がでた。横たわっている男は黒っぽいスーツを着ていたが、その下から黒い染みが教壇に広がっているのが見えたからだった。心臓がいきなりふくれあがり、全身でドクンドクンと脈を打った。

どうしよう。

「あの、大丈夫ですか」

返事はない。

まずは明りだ。暗いままでは、男がどんな状態なのかもわからない。早足で壁ぎわにいき、スイッチをすべて押した。

頭上の蛍光灯が次々に点った。教室内が一気に明るくなる。

はっきりと赤い血の流れが見えた。

坂田はおそるおそる足を踏みだした。テーブルの反対側、教壇と壁のあいだの狭いすきまから男の姿をのぞきこんだ。男の薄く開いた目と目があい、思わず息を呑む。

スーツの前がはだけ、白いシャツの胸にまっ赤な染みがある。それだけではおさまらない血が男の体の下、教壇へ流れでていた。

男の顔は土色をしていた。息をしているようには見えない。短い髪を立たせ、シャツの下から金色のチェーンと青や赤の妙にカラフルな模様がのぞいている。それが刺青だと気づいたのは、息を止め、しばらく見つめてからのことだった。

夢を見ているようだ。目の前に血を流した人間が横たわっているのだが、それが現実だとは思えないのだ。

「あの……大丈夫ですか」

大丈夫なわけはないのだが、生きているかどうかを確認したくて、坂田はいった。映画やテレビではこういうとき、首すじに指をあてたりして脈をはかるのだが、実際目のあたりにすると、どこをどうしたらよいのか見当もつかない。

返事はなかった。

坂田は血まみれのシャツに目をこらした。息をしているのなら、胸が上下する筈だ。

動きはない。赤い染みの最も濡れた中心に穴が開いているのが見えた。

その意味に気づいたとき、恐怖がこみあげた。目の前のこの男は、胸を刺されたのだ。事故でも病気でもなく、誰かがこの男を殺した。

思わず教室の中を見回していた。もし他に誰かいるなら、その誰かが、この男を刺した犯人だ。誰もいなかった。

蛍光灯の白っぽい光がすみずみまで届く、がらんとした「教室」の中にいるのは、坂田と死んだ男の二人だけだ。

坂田はあとじさりした。誰かに知らせなければならない。

一一九番？ ちがう、救急車がきても、もう間に合わない。いや、だがもしかしたら生きているかもしれないから、知らせるべきなのか。

一一〇番も必要だ。

両方だ、両方に知らせなくては。

教室をでて、通路で坂田は携帯電話を手にした。

8

最初に到着したのは、自転車に乗った制服警官二名だった。自転車できたとわかったのは、坂田がエレベータで一階に降り、ビルの入口で待っていたからだ。ずっと四階にいつづけるのは、とても無理だった。

「一一〇番したのは、あなたですか」

自転車を降りた警官が訊ね、坂田は頷いた。

「そうです」

二人を四階まで案内した。ひとりは二十代の終わりで坂田くらい、もうひとりは四十に達していると思しい中年の制服警官だ。

教室に案内した警官は、倒れている男を見るなり、制服の肩につけた無線機のマイクをつかんだ。

専門用語の混じった言葉で報告を始める。

次にやってきたのが救急車で、上がってきた救急隊員は、倒れている男の首すじをチェックし、瞼《まぶた》をこじあけてライトを照らしただけで、引きあげていった。どうやら完全に死亡していると確認したようだ。

それから次々にパトカーがサイレンを鳴らしてやってきた。

坂田はただぼんやりと立っていた。気づくと「城東文化教室」の中は、警官やジャンパーを着た刑事でいっぱいになっていた。

スーツを着け、腕章を巻いた男たちの一団が到着した。制服警官と立ち話をし、そのうちの二人が坂田に歩みよってきた。

「坂田さん、ですか」

眼鏡をかけ、鼻のわきにホクロのある男が訊ねた。上着の袖に巻いた腕章には「機捜」と書かれている。

「はい」

住所氏名を、最初にきた制服警官の若いほうに訊かれ、坂田は答えていた。

「通報したのは、坂田さんですか」

「はい。僕が一一〇番と一一九番をしました」

「携帯電話で？」

「はい」

「失礼ですが、見せていただけますか」

坂田は電話をさしだした。白い手袋をはめた手で受けとり、ホクロの刑事は坂田の携帯電話をチェックした。

本当に通報したのが坂田かどうかを疑っているのだろうか。

奇妙に思いながら、坂田はそれを見つめた。

「確かにされていますね。二十一時四分」

「はい」

「その二分前にかけられた電話は？　玉井と入っていますが」

「ここで待ちあわせていた人です」

ホクロの刑事は、もうひとりのぽってりとした同僚と目を合わせた。

「そこで倒れている人ですか」

「ちがいます。倒れているのは、僕の知らない人です」

「すると坂田さんは、玉井という人と会うためにここにこられた」

「はい。九時に待ちあわせをしていました」

「飲みにいく約束でも？」

「ちがいます。明日、ここで講習会を玉井さんが開くことになっていて、その講師を僕が頼まれています。それで打ち合わせを九時からする筈だったんです」

「講師？　そういうお仕事をされているのですか」

「いいえ。僕はふつうのサラリーマンです」

「どういった関係にお勤めですか」

ぽってりが訊ねた。

「ササヤ食品の宣伝課につとめています」

ああ、と二人は頷いた。

「ポテトチップかなんかの？」

ホクロが訊ね、坂田は頷いた。

「すると食品関係の講習会ですか」

「そうではなくて、セールスマンを対象にした講習会です。玉井さんは、お年寄り相手の訪問販売を始めようと考えていたみたいで――」

いいかけ、坂田は黙った。それはもともと、健康枕のメーカーをだますための詐欺だ。しかしそこから説明するとなると、大変だ。

「どうしました？」

「いいえ、あの、それで、玉井さんはお母さんが『つるかめ会』という老人会に入っているんです。そこで僕を見て……」

しどろもどろの説明になったが、二人の刑事はしんぼう強く聞いていた。

「で、つまり、僕にその、お年寄りに信頼してもらえるコツ、みたいな話をしてくれないかって頼まれたんです」

「セールスマン相手に？」

「はい」

「何を訪問販売する、とおっしゃいましたっけ？」

ぽってりが訊ねた。

「枕です。健康枕。磁気素材が入っていて、肩こりとかにもきくらしいんです」

「ふーん」

いかにもうさんくさい、という声をホクロがだした。いわれなくてもそんなことはわかっている、と坂田は思った。

「ひとつ二万五千円です」

「二万五千円⁉」

ぽってりがあきれたようにくり返した。

「はい」

「坂田さんは、それを見ました？」

ホクロが訊いた。

「ひとつ渡されました。使ってみろ、と」

「効果はあるんですか」

「わかりません。あの、刑事さんに渡しちゃったので」

「刑事？」

坂田はほっと息を吐いた。ここでやっと全部を説明できる。

「実は玉井さんに声をかけられたあと、刑事さんにも声をかけられました」

「どこの刑事です？」

「警視庁、です」

二人は顔を見合わせた。

「警視庁のどこの署です？」

「いえ、そうじゃなくて警視庁の捜査二課だそうです。森末さんと松川さんという刑事さんです。ご存知ですか」

「二課の、森末と松川、ですか」

「はい」

「いや。たくさん人がいますからね。あとから問い合わせてみます」

「電話番号もわかります」

「名刺《めいし》をもらったのですか」

「名刺をもらってはいませんが、番号を教わりました」

坂田は携帯電話を開き、森末の番号をだした。それをメモし、ホクロがいった。

「玉井という人の番号もいっしょに教えて下さい」

坂田は画面を見せた。

「で、二課の刑事がなんといったのです?」

「玉井さんは詐欺師で、ずっと追いかけている、と。つかまえる証拠が欲しいんで、協力してくれ、といわれました」

「どんな協力です?」

坂田は話した。二人の刑事は無表情に聞きいった。やがてホクロがいった。

「なるほど、取りこみ詐欺をこの玉井という男が働く、というわけですね」

「かもしれません。僕はくわしくないので。森末さんか松川さんに訊いてください。そうすればわかると思います」

ぽってりが咳《せき》ばらいをした。

「ええと、坂田さん。どうやらこみいった話なので、ゆっくりお話をうかがってもよろしいですかね。近くの警察署で」

「かまいませんけど、玉井さんと連絡が——」

「まあ、この状況ですんで、その玉井という人は、この近くまできても逃げてしまうのじゃないですか」

「逃げる?」

「だって詐欺師なら、当然、警察を避けるでしょう。あ、それ以前に、そこのマル害を刺したのが、玉井という可能性もある」

「えっ」

坂田は体が固くなった。が、考えてみれば、そうかもしれない。待ちあわせていた玉井がいないのは、あの倒れている男を刺して逃げているからだ、というのは充分にある。

「でも、人を殺しそうな人には見えませんでした」

ホクロが苦笑した。

「人を殺しそうで実際殺す奴なんて、めったにいませんよ。だいたい殺人をおかすのは、周囲がとてもそんなことをするとは思っていないような人間です」

ぽってりが坂田の肩を押した。

「ま、とにかくいきましょう。こんなところにずっといるのも薄気味悪いでしょう」

親切めいた口調だが、手には力がこもっていた。

ビルの外には、パトカーや赤い回転灯をのせた覆面《ふくめん》パトカー、それに警察のワゴン車などが何台も止まっていた。野次馬がいっぱい群がり、制服警官が交通整理をしている。

坂田が二人の刑事に連れられてでてくると、いっせいに野次馬の視線が集まった。

――つかまったのか、犯人
――人殺しそうなツラか、あれ
――わかんねえ、写真撮っとく?

携帯電話のカメラがいくつも向けられ、フラッシュがたかれた。

ひどい濡れぎぬだ。何とかいってもらいたいと二人の刑事をふりかえったが知らん顔をしている。それどころか、ぽってりの手は坂田の肘《ひじ》をつかんでいた。

「はい、じゃあこれに乗って下さい」

赤い回転灯をのせたセダンの後部ドアをホクロが開いた。

「あの、僕は疑われているんですか」

「疑ってるわけじゃありません。もしあなたが犯人なら、通報してずっと現場にとどまっているわけがない。ただ、あなたの知り合いが、この事件にかかわっている可能性は高い。だからゆっくりお話をうかがいたいんです」

坂田をシートに押しやりながら、ぽってりがいった。

坂田が連れていかれたのは、綾瀬駅前から車で七、八分走った場所にある警察署だった。

足を踏み入れると、妙になつかしい気持になる。大阪と稚内《わっかない》で、何度か事情聴取をうけたことを思いだした。ただしそのときは、今夜のような容疑者扱いではなかった。なぜなら、警察はつかまえるべき人間が誰だかわかっていたからだ。

今夜はちがう。人殺しがあり、その犯人が誰なのかつきとめていない。つまり、坂田を犯人だと見なす可能性もゼロではないのだ。

二階にある取調室に坂田を連れていくと、二人の刑事は所属と名前を告げた。二人とも機動捜査隊に属する刑事で、ホクロが児島《こじま》、ぽってりが池田《いけだ》といった。十分ほど待たされてから、坂田はもう一度玉井に講師を頼まれたいきさつを話した。そして森末や松川に半ば威されるように講師をひきうけたこと、さらに銀座で玉井から受けとった枕を森末に預けたことも告げた。

「『城東文化教室』を指定したのは、玉井さんなのですね」

「はい」

「九時ぴったりに到着したのですか」

「いえ、少し早かったので、下のファストフードで時間を潰しました」

「何のファストフードです？」

「『スマイルドッグ』という店です」

「何分くらいそこにいましたか？」

「七、八分かな。コーヒーを一杯飲みました」

「七、八分なら上がっていってもよかったじゃないですか」

「そうですけど、玉井さんが準備をしていると聞いていたんで邪魔をしたくなかったんです」

「お店のどこでコーヒーを飲みました？　中、外？」

「中です。店員さんひとりで、他にお客さんはいませんでした」

「どんな店員か覚えていますか」

「黒人です。アフリカ系だと思います。珍しいって顔で見られました」

「なぜ珍しい顔をしたのです？」

「お客がめったに入ってこない、そんな感じだったから」

「コーヒーを飲んで、それからどうしました？」

「店をでて、エレベータを探しました。それで四階に上がりました」

「エレベータはそのときどこにありました？」

「どこ？　ああ、ええと、四階です。ボタンを押したら四階から降りてきたんです」

児島と池田は顔を見合わせた。

「四階に止まっていたのですか」

「はい」

「四階には『城東文化教室』しか入っていません。つまり誰か先にそこに入っていたわけだ。どう思いました？」

「あまり考えませんでした。玉井さんが上がったのだろうと思って」

「玉井さんはそこにはいなかった。かわりにあの男が倒れていたわけですが」

「ええ」

頷き、坂田ははっとした。エレベータを使ったのは、倒れていた男か、あるいは刺した犯人だ。

「四階にエレベータがいたというのは、誰かが四階まで上がったことを意味している。しかしその誰かは、一階までエレベータで降りていません。つまり上がったきりだ」

児島はいって、坂田を見つめた。

「あの刺された人か、刺した人のどちらか、がエレベータを使ったのですね」

「あるいは二人同時に四階に上がったのか。問題は、刺した犯人も現場にとどまったのでない限り、下に降りなけりゃならん」

「そうか。四階にエレベータがいた、ということは、犯人はまだあのビルの中にいたかもしれない」

「よくわかりましたね。そうなんです」

児島が頷いた。

「刺されたマル害は降りられない。しかし刺した犯人は降りられる。しかしエレベータが四階にあったのは、犯人がまだ降りてなかったからだ、と考えるのが順当です。もし坂田さんの前にエレベータで四階に上がったのが、マル害でも犯人でもない第三者なら、きっとその場にとどまって通報するなりしたでしょう。坂田さんのように」

「じゃあ犯人は、僕がエレベータを下に呼んだので、エレベータを使わないで一階に降りた――」

「おそらくは。もう少し早く、あるいは遅く、坂田さんがエレベータを使っていたら、四階か一階のどちらかで、犯人と鉢合わせをしていたかもしれない。坂田さんと犯人にとっては運がいい。私らには、運が悪い」

坂田はぞっとした。

「そういえば、倒れていた人は刺されたみたいだったけど、刺したものはなかった」

「ええ。凶器に関していえば、現場の教室では見つかってません。犯人がもち去るか、別の場所で処分した、と見られます。つまりエレベータで鉢合わせをしたら、凶器を所持している状態だったでしょうな」

児島はいった。妙に残念そうな口ぶりだ。池田が訊ねた。

「四階で降りられたとき、誰かを見たとか足音を聞いたりはしませんでしたか」

坂田は思いかえした。

「いえ、何も」

「ビルに入ってからは誰とも会っていない？　すれちがったりしてませんか」

坂田は首をふった。

「まるで、誰とも会ってません。そうだ！」

「何です？」

「エレベータを降りたときに、教室の明りが消えているのでおかしいとは思いました。玉井さんは先にきて準備をしている、といっていたのに」

「声はかけました？」

「はい」

「一度だけですか」

「いや、二、三回はかけました。返事をする人はいませんでした」

「玉井さんに電話をしたのはいつです？　死体を見つける前？　後？」

「前です、もちろん。場所はともかく、時間をまちがえたかな、と思って」

「返事は？」

「ありません。つながらなかったんです」

「留守番電話ですか」

「いえ。電源が切れているか、電波の届かない場所にある、と」

「倒れている男を見ましたか」

「ええ、まあ」

「見覚えはありましたか。『つるかめ会』で会ったとか」

「まさか。だってやくざみたいな人でしたから」

「ほう。なぜやくざだとわかるんです」

池田が身をのりだした。

「刺青が見えたんです」

「落ちついていますね。ふつう、あんな状況で死体にでくわしたら、誰でも動転して逃げだします。死体が男か女かすらわからない人だっていますよ」

「玉井さんかどうかが気になったんです」

「なぜです」

「刑事さんから詐欺師だって聞いていましたから」

「『くねりのお玉』、そう、二課の刑事はいったのですね」

「ええ」

「詐欺師だから殺されたかもしれないと思ったのですか」

「そうです」

「本当に詐欺師だと思っていました？」

「刑事さんにそういわれたら、思うじゃないですか」

「何といいましたっけ、その刑事」

「森末さんと松川さんです」

「特徴を話して下さい」

「森末さんは、小柄だけどがっちりしています。松川さんは反対に、ひょろっと背が高くて細い」

「顔は？」

「ふつうの感じです。あまり刑事さんらしくなく、サラリーマンみたいな印象で」

児島は苦笑した。

「サラリーマンです、刑事だって」

「そうじゃなくて、もっといかつい人を見たことがあるんで——」

しまった、と思ったが遅かった。

「どこで見たんです？」

すぐに児島はつっこんできた。

「ええと、大阪と……」

「大阪と？」

「北海道です」

坂田の声は小さくなった。

「大阪と北海道。その両方で刑事と会ったのですか」

「ええ」

「ずいぶん離れた場所なのに。それは同一の事案で、ですかね」

「事案？」

「事件のことです」

「いえ、別々です」

児島と池田は目を見交した。自分の〝怪しい度〟が一気に上昇した、と坂田は思った。

「最近のことですか」

池田が訊ね、坂田は首をふり、年月日をいった。

「よく覚えていますね」

「どちらも出張でいった先ですから」

「どこの署の刑事かも覚えていますか、会ったのが」

「ええと、大阪は、大阪府警で、北海道は北海道警の人たちでした。両方とも、暴力団を担当する部署だったと思います」

「マル暴ですか。よほどその筋と縁があるのですな」

「そんな、とんでもない！」

坂田は首をふった。

「そのときのことを話してもらえますか」

坂田は息を吐いた。二人の刑事はメモをとりながら、坂田の話を聞いた。

話し終えると、二人とも信じられない、という顔をしている。

「疑うわけではありませんがね。いくさきざきで、またずいぶんと大変な目にあわれていますね」

「はい」

それは自分がいいたい。なぜこんなにもトラブルにばかり巻きこまれてしまうのか。しかも今回は、出張先ではなく住んでいる街、東京でのできごとだ。

「ちょっと失礼」

池田が取調室をでていった。

「坂田さんを拝見していると、ごくふつうのサラリーマンのようなのですがね」

児島がいう。

「もちろんです。僕はふつうのサラリーマンです」

「なのになぜそんなことになるんでしょうな。今夜だってそうだ。『城東文化教室』で死んでいた男、あれはどう見てもその筋の人間ですな」

「はあ」

「坂田さんには、何か極道《ごくどう》をひきよせる磁石のようなものが備わっているのかもしれませんね」

「そんな！　僕はやくざとか大嫌いです。喧嘩だってしたことないし」

「いやいや、冗談です、もちろん」

児島は笑みを浮かべた。が、目は笑っていない。

「とにかく死んでいた人とは会ったこともありませんし、玉井さんの件については、森末さんか松川さんに訊いていただければ、すぐにわかると思います」

「ええ、もちろんそうだと思います」

取調室のドアが開いた。池田が外に立ち、児島を手招きする。

児島がでていき、二人は外で立ち話をしていた。五分くらいで二人は戻ってきた。

児島が咳ばらいをした。

「ええと、指紋《しもん》をとらせていただいてよろしいですか」

制服の警官が入ってきて、坂田の両手の指紋をとった。

「やっぱり僕は疑われているんですね」

「そういうわけではありません。ただ現場からはかなり多くの指紋が採取されることになると思いますんで、わかる人のものは外していきたいということです」

坂田は頷き、池田を見た。

「あの、森末さんとは連絡がつきましたか」

「その件なんですがね。二人は確かに捜査二課、といったのですね」

「はい」

児島は唇をすぼめた。

「よほど大がかりなものでない限り、通常、いわれるような詐欺は、本庁では、生活経済課、というところが捜査にあたります。二課が動くのは、もっと規模の大きな企業犯罪のような事案でしてね」

「そうなんですか。でも確かに二人は、捜査二課、といわれたのですが」

「たぶんそのほうが通りがいい、と思ったのでしょうな」

「通りが、いい?」

なんだかすごく嫌な予感がした。

「それって、まさか――」

児島は頷いた。妙に嬉しそうな顔だった。

「森末と松川という捜査員は、本庁にはいないんです。二課にも生活経済課にも」

「そんなあ」

思わず大声がでていた。

「じゃ、いったい、なぜ、なぜ……」

言葉がつづかない。

「なぜでしょうな。坂田さんが会われたのが偽の刑事だとすると、なぜそんな嘘をついたのか」

「でも、確かにいったんです。警視庁の捜査二課につとめているって。玉井さんをずっと追いかけているって……」

「身分証はごらんになりましたか」

「黒い革のケースみたいなのを見せられました」

池田がジャケットからケースをだした。

「こういう形でしたか」

たて長のふたつ折りのケースだ。

「ええ」

それを開いた。金色のバッジがある。

「これは？」

「いえ、中は見ていません」

「じゃあ、定期入れだったとしてもわかりませんね」

「ええ。でも、そんな、疑う理由がなかったので……」

「でしょうな」

坂田は頭を抱えこんだ。何がどうなっているのか、さっぱりわからなかった。

「大阪と北海道への問い合わせは、まだ答がかえってこないので、しばらくかかります」

池田の声が遠くから聞こえる。

あの二人が刑事ではない。すると二人の言葉はすべて嘘だったのか。

そうなら玉井は詐欺師などではない、ということになる。

ならばなぜ、人が殺されるようなことになったのか。しかも自分がその死体を見つけるはめになり、こうして疑われている。

「大丈夫ですか」

ようやく児島が、心配そうな声をだした。

「はい。でも何が何だかわからなくなってしまって……」

「ひと晩、泊まっていただくことも考えたのですがね」

「えっ」

「ただ、坂田さんがササヤ食品の社員でいらっしゃること、先ほどうかがった住所に確かにお住まいだということも確認がとれましたので、今日のところはお帰りいただいてもかまいません」

坂田はほっと息を吐いた。

「今後、先の偽刑事なり、玉井さんなり、関係者から連絡があったときは、必ず知らせて下さい」

「はい、もちろんです」

坂田は頷いた。そしてわきあがっている疑問を口にした。

「でも、どうして僕をあの人たちはだましたのでしょうか」

「なぜでしょうね。考えられることはひとつあります。森末と松川と名乗った二人が、玉井という男に何かを思っていて、動向を知りたかった。そこで喫茶店で話していた坂田さんに接触した」

「何かを思っていて？」

「実は、玉井という詐欺師は実在します」

「本当ですか」

池田が頷いた。

「『くねりのお玉』という渾名《あだな》も本物です。玉井早雄、四十三歳。過去に二度ほど逮捕されていて、服役もしている詐欺の常習犯です」

「写真はありますか」

「ありますよ」

池田はもっていたノートパソコンを開き、キィボードを叩くと、画面を坂田に向けた。そこにうつっていたのは、髪型こそちがえ、確かに玉井だった。

「この人です。まちがいありません」

坂田はいった。

「そうなると、刑事を名乗った男たちは、玉井の仲間か敵のどちらか、という可能性が高いわけです」

「仲間か敵……」

「仲間だとすれば、わざわざ坂田さんから話をひく必要はない。おそらく敵です。玉井を恨んでいて、やっつけてやろうと考えていたのかもしれません。警察沙汰にまだなっていない事案があり、その被害者だとか」

「被害者なのに刑事のふりをしたのですか」

「それだけまっとうじゃない人間、ということです。被害届をだせないような種類の金をカモられたか、カモられた人物に頼まれて追いかけていたか。おそらくそちらの可能性が高い、と思いますが」

「被害届をだせない種類のお金とは何です」

「脱税してためたような金、別の犯罪で稼いだ金」

池田が答えた。

「カモられた側もまっとうではないから、警察に届けをだしてつかまえてくれとはいえない。そこで、探偵というか、仕返しをしてくれるような人間を使って玉井を追いかけるわけです。玉井の母親がいる老人会をつきとめたので、見張っていた」

「でもそれなら、わざわざ僕に声をかける必要はないでしょう。玉井さんをつかまえることはできた」

坂田は思わずいった。

「確かにそうですな。だとすると二人の狙いは他にあった。何だと思います？」

何だと思います？　と訊かれても。坂田は額に手をあてた。

偽刑事になりすますくらいだから、確かにまっとうな人間の筈はない。警官の詐称は立派な犯罪だ。だが二人の〝刑事ぶり〟は、堂に入っていた。坂田もまるで疑いを感じなかった。

つまりそれだけ、嘘をつきなれている。玉井と同じ詐欺師に近い。

「そうか」

「何か気づきましたか」

「あの人たちも詐欺師なんです。狙いは、玉井さんが健康枕で稼ぐお金です。玉井さんがあの枕で儲けたら、それを横どりするつもりだった」

「なるほど。では殺された男とはどういう関係があるのでしょう。二人のうちのどちらか、ということはありませんか」

「それはちがいます」

「変装していたらどうです。眼鏡をかけるとか、カツラをかぶるとか」

思いだしたくはないが、死体を思い浮かべ、森末や松川と比べた。

顔や髪型はともかく、体つきがちがっていたような気がする。

松川にしては死んでいた男は背が低く、森末にしては体つきが細い。

「いえ。ちがうと思います」

答えて、坂田は訊ねた。

「死んでいた人の身許《みもと》はわかっていますか」

池田が手帳を見た。

「所持品によれば三浦《みうら》という男です。三浦秀克《ひでかつ》、心あたりは？」

坂田は首をふった。

「ありません」

「三浦という名を、玉井や二人の偽刑事から聞いたこともないですか」

「ないです」

「玉井と知りあった老人会に三浦という人はいませんでしたか。お年寄りでも」

「いない、と思います」

児島が息を吸いこんだ。

「わかりました。ご協力ありがとうございました。本日のところは、これでおひきとり下さってけっこうです。また何かわかったらお訊ねすることがあるかもしれません。その際は携帯電話のほうにご連絡させていただきます」

「はい」

本物の刑事二人は目を見交わし、立ちあがった。

「あのう」

「何でしょう」

「明日のことですが」

「その講習会ですか」

児島が訊ね、坂田は頷いた。くるべきなのだろうか。

常識で考えれば、こんな事件が起こった以上、講習会が開かれる筈がない。だが玉井はいなかった。ありえないとは思うが、事件に気づいていない、という可能性もある。

さらに明日、何も知らずに講習を受けようとやってくる人がいるかもしれない。

「そうか」

池田がつぶやいた。

「関係者が現れるかもしれないな。偽刑事も」

「だったら新聞載っちゃまずいだろう。統制かけるよう頼むか」

児島が池田を見る。

「上の判断しだいだ」

池田が答えた。

「これは一課にもっていくことになりそうだな。あるいは組対か」

坂田が見つめていると、児島が説明した。

「我々がいる機動捜査隊は、事件が発生したとき、最初に調べる役割を負っています。喧嘩で誰かが殺されたとかいう場合は、目撃者もいて犯人がすぐに割れることが多いんです。そういうときは捜査一課がでてこなくても犯人を手配、あるいは逮捕できるわけです。今日のこの事案は、もう少し厄介《やっかい》です。詐欺師や暴力団が関係している可能性が高く、犯人が何者なのかまだはっきりとはわかりません。とりあえず玉井早雄の居どころを捜し、話を聞くことになるでしょう。もし玉井が見つからなければ、捜査は一課にひきつがれます。これが暴力団どうしのいざこざということであれば、組織犯罪対策部というところもでてくる。いずれにしても、我々以外の刑事から、坂田さんのところに連絡がいくかもしれません。それと、明日、もし坂田さんが可能なら、こちらにまたきていただけますか」

「はい」

やはりそうなってしまうのか、と坂田は思った。講習会が開かれることはないだろうが、事件を知らない〝関係者〟が現れるかもしれない。児島はいった。

「一度目の講習会は十一時から、ということでしたね」

「そうです」

「では十時に、こちらの警察署までお越し願えますか。坂田さんと我々で『城東文化教室』の近くで待機し、あなたの知っている人がくるかどうかを見ていただきたい」

坂田は頷いた。

「わかりました」

「ご協力、感謝します」

池田がいって、笑顔を浮かべた。作り笑いそのものといった笑顔だった。

9

翌朝九時、坂田は綾瀬に向かう地下鉄に乗っていた。警察署からの帰り道、きっと一睡もできないだろうと想像していたのだが実際はちがった。自宅に戻ってベッドに入ると、あっという間に睡魔に襲われ寝いってしまったのだった。

かわりに朝六時前に目がさめた。それからが、いろいろなことを考える時間だった。

玉井の行方、二人の偽刑事の目的、死んでいた男。

もう一度眠ろうと目を閉じても、次々に人の顔が瞼の裏に浮かぶ。

結局、七時にはベッドをでて、リビングの床にすわり、手にした携帯電話を見つめていた。

玉井からも、他の誰からも、昨夜は電話がかかってこなかった。何も連絡がないということは、少なくとも玉井は事件を知っているのだ。

三浦という、やくざらしき男を殺したのは、やはり玉井なのだろうか。

ふつうに考えれば、児島のいうように玉井が最も疑わしい。本来いる筈の場所、時間に玉井がおらず、かわりに三浦の死体があった。それはつまり、玉井が死体を残してその場をでていったということだ。

玉井が三浦を殺したのだろうか。

玉井が人殺しをするような人間だと、坂田には思えなかった。が、確かに人を殺しそうな人間ばかりが殺人をおかすわけではない。

三浦という殺されていた男がもし暴力団員なら、玉井を威しにきて、あべこべに刺されたという可能性だってある。あるいは、三浦は、偽刑事二人の仲間だったのかもしれない。

いずれにしても確かなのは、講習会は開かれない、という事実だ。今日、「城東文化教室」に、素知らぬ顔で玉井が現れるとは、とても考えられない。現れたら現れたで、児島と池田に即刻つかまってしまうだろうが。

いや、もしかすると玉井は昨晩のうちに拘束《こうそく》されているかもしれない。もしそうなら昨夜「城東文化教室」で何が起こったのか、警察にいけば、説明をうけられるだろう。

早めに家をでた坂田は、地下鉄の駅で新聞を買った。事件のことが記事になっているのかを知りたかった。

が、新聞には、足立区の綾瀬駅前で起こった殺人事件の記事はなかった。

児島が池田にいった「統制」という言葉を思いだした。

以前、北海道警察の刑事が「情報統制」という言葉を使うのを聞いたことがあった。マスコミなどに事件や捜査の内容を知らせないようにするのをさしているらしい。

玉井はともかく、偽刑事二人が三浦と無関係なら、今日「城東文化教室」にやってくる筈だ。もしこなければ、二人も昨夜のできごとを知っているということになる。

二人が三浦を殺したのだろうか。

それについてはまるでわからない。偽刑事を演じていたくらいだから、あの二人が何ひとつ坂田に真実を告げていなかった可能性は高く、そうなると暴力団員かもしれない三浦と何らかの関係があったとしても、まるで想像がつかない。

坂田がだまされていたのは事実だが、被害をうけたわけではない。強いてあげるなら、玉井から預かっていた、サンプルの健康枕くらいだ。その点では、二人の偽刑事が坂田から何かを奪おうとしていたのではない、とわかる。やはりあの二人の標的は、玉井だったのだろう。

二人が玉井の〝稼ぎ〟を横どりしようとしていたという自分の思いつきを、坂田は悪くないと考えていた。

ただ、実際にどう横どりしようとしていたのかは想像がつかない。少なくとも今日は、玉井が稼ぎを得ることはない。健康枕の販売が軌道にのり、大量の品物をメーカーから仕入れたあとが勝負になる――そう思いかけ、坂田ははっとした。

玉井がそうするつもりだったという確証はどこにもないのだ。というのは、その取りこみ詐欺の計画すら、森末たちが語ったことで、彼らが偽刑事とわかった今、どこまでその言葉が真実なのか、まるでわからないからだ。自分たちを刑事にみせかけるためにもっともらしく語っただけかもしれない。

もしそうなら玉井は詐欺ではなく、本当の商売をしようとしていた可能性だってある。かなり怪しげではあるが、健康枕の訪問販売そのものは決して犯罪ではない。

二人は玉井の詐欺仲間かなにかで、〝まっとう〟に稼ごうとしている玉井を、過去の経歴を材料にゆすろうとしていた――。もしそうであれば、坂田は危うく、恐喝の片棒を担ぐところだった。

考えてみれば、母親を知っている人間に詐欺の手伝いをさせるのは、いくらベテラン詐欺師とはいえ躊躇《ちゅうちょ》するのではないか。坂田の口から息子の犯罪を知らされたら、節子さんはひどく悲しむだろう。母親を悲しませても何とも思わない人間なら別だが、もしそうなら、「つるかめ会」にやってくることもない筈だ。

玉井は、詐欺を働く気ではなかったのだ。過去はどうあれ、坂田を巻き添えにした詐欺は、玉井にとってもリスクが高すぎる。

児島たちに会ったら、それをいわなければ。

もちろんそのことと、玉井が殺人事件の犯人であるかどうかは別の話だ。

だがもし玉井が犯人で、過去のことを材料に、偽刑事と組んだ三浦に威され、あべこべに刺したのだとすれば、同情したくなる話だった。しかもそうなった一因は坂田にもある。

森末や松川を本物の刑事だと信じて、「城東文化教室」のことや健康枕の話をしてしまったのだから。

考えているうちに坂田は気分が落ちこむのを感じた。結局のところ、自分の優柔不断が事件を引き起こした。

玉井の勧誘にのらず、偽刑事の協力依頼もぴしゃりと断っていたら、殺人など起きなかったかもしれない。

殺されたのがたとえ暴力団員だったとしても、殺されなければ更生するチャンスはあったわけで、それを奪ってしまった。

警察署に着いたのは、約束の午前十時より十分以上早い時刻だった。だが受付で名乗ると、すぐに児島が現れた。

連れていかれたのは、昨夜のような取調室ではなく、もう少し広い会議室らしき部屋だった。そこには、池田の他に二人の男がいた。

「坂田さん、ご苦労さまです。きのうもいいましたが、正式に捜査がひきつぎになりました」

池田はいい、二人の男が坂田をじっと見つめたまま、名乗った。

「白井《しらい》です」

「宮下《みやした》です」

二人は眼鏡をかけ、同じようなスーツを着ている。顔は似ていないのだが、どことなく兄弟のような雰囲気があった。頭に白髪が多いのが白井で、黒いのが宮下だ。

「あの、玉井さんは――」

坂田は児島の顔を見た。児島は首をふった。

「玉井早雄とは連絡がとれません。自宅にも昨夜から戻っていないようです。坂田さんのところに電話はありましたか」

「いいえ。誰からもきのうはかかってきませんでした」

「誰からも?」

宮下が訊きかえした。

「偽ものの刑事さんからも、という意味です」

「でかける前に写真を見ていただきたいのですが」

白井がいって、机の上においたノートパソコンの画面を坂田に向けた。

いかにもやくざという、恐ろしげな男たちの顔写真が並んでいる。

「この中に、刑事だといっていた二人はいますか」

坂田はじっと見て、首をふった。

「いません」

「確かですか」

「はい」

頷いた坂田が黙っていると、白井が説明した。

「昨夜、殺されていた男は、南城会《なんじようかい》という暴力団の構成員だったことが判明しました。お見せしたのは、こちらで把握している南城会の組員の写真です」

「南城会というのは、このあたりの暴力団ではないのです。縄張りがちがう。ですから三浦が昨夜綾瀬にきたのは、理由があってのことです」

宮下がつづけた。

「理由、ですか」

「そうです。南城会というのは比較的新しい組でしてね。系列的には、昔からある暴力団の傘下に属しているのですが、けっこう頭のいいシノギをやっているという情報があります」

「頭のいい、シノギ？」

「シノギというのは商売ですよ。通常、やくざのシノギというと、飲食店からショバ代、みかじめというのですが、をとったり、違法な薬物を売ったり、恐喝とか賭博になるのですが、南城会はそういう古いシノギはやっていない。地上げであったり、会社の乗っとり、手形詐欺といった、経済事犯につながるようなものが多いのです。ニュータイプの極道ですな」

ニュータイプの極道という言葉を、宮下はにこりともしないで使った。白井がつづけた。

「そういう点では、坂田さんが大阪で会ったような連中とはまるで異なります」

坂田は驚いて白井を見た。

「調べたんですか」

「ええ、もちろん。北海道にも問いあわせましたし。なかなかたいへんな経験をされていますね。失礼ですが、今朝早く届いた情報を読んだ限りでは、もっといかつい人だと思っていましたよ。大阪の極道やロシアマフィアと渡りあった方には見えない」

「渡りあうなんて、そんな。僕は巻きこまれただけです」

「だとすると、巻きこまれる才能があるんですな、極道の事件に」

白井はいって嬉しそうに笑った。

「驚きましたよ。資料を見せてもらって、私らも」

児島がいった。きのうとはちがい、どこか坂田を尊敬しているような口調だ。

「やめて下さい。あの、僕は本当に、あのときは……」

「つらい思いをした？」

「はい。きのうのことだって、ここへくるまでずっと考えていたんです。僕がよけいなことをしなければ、殺人事件なんて起こらなかったのじゃないかって」

「よけいなことって何ですか」

宮下が訊いた。坂田は説明した。玉井の依頼を受けなければ、偽刑事にだまされていろいろと喋らなければ、事件は起こらなかった。三浦だって殺されずにすんだ。

「そんなことを思ったのですか」

池田がいった。

「はい」

「考えすぎです」

児島が首をふった。

「そうでしょうか」

「詐欺師にせよ、極道にせよ、彼らはふつうの人間とはちがう。弾みやでき心で犯罪をしているわけではありません。連中はプロです。プロである以上、トラブルには傷害や殺人に発展する可能性がつきまとっています。むしろ坂田さんこそ巻きこまれてしまった被害者であって、自分に責任があるなんて思うのが不思議です」

白井がいった。まるで学校の教師のような口調だった。

「僕は、玉井さんが詐欺を働くつもりだったとは思えないんです。お母さんを知っている僕を巻きこむでしょうか」

「プロの詐欺師はそんなことを気にしませんよ。使えるものは何だって使う。詐欺師というのは天性の嘘つきです。自分のついた嘘に酔い、嘘だというのを忘れて信じてしまうような人間が多い。ましてや玉井の年齢で、もしまっとうに働く気があれば、もっと別の仕事を選んだでしょう」

児島がいった。

やはり刑事は、冷静というか、つきはなした見かたをしている。坂田は無言で頷く他なかった。

「そろそろいきますか」

児島がいった。

「坂田さんは、白井さんといっしょに、こちらが用意したバンに乗っていただきます。窓にフィルムが貼ってあって、外からは中が見えないようになっています。それを現場付近に止めて、見覚えのある者が現れたら知らせて下さい。私と池田は近くにいて、対応します」

警察署の駐車場にクリーム色のバンが止められていた。後部席にすわると暗い窓ガラスごしに外が見える。

白井と二人で後部席にすわると、初めて見る私服刑事が運転席との境にあるカーテンを閉めた。エンジンがかかり、バンが発進する。

「カーテンは、フロントグラスごしに坂田さんを見られないようにするためです」

白井が手にした無線機のイヤフォンを耳にさしこみながらいった。

「目のいい奴だと、遠くから見つけて逃げてしまうかもしれない」

坂田は頷いて訊ねた。

「三浦さんはどんな人だったのですか」

「南城会じゃ、そこそこ中堅の組員です。年齢は三十七歳。刺青《スミ》はしょってますが、あれでスーツを着ると、まあカタギに見えないこともなかったようです」

白井は答えた。

「それはカタギに見せる必要があったということですか」

「他のシノギとちがって、土地だの株だのをパクるときは、不動産屋や銀行などの人間がからんできます。そのあたりと最初に交渉するのは、フロントと呼ばれる、組の盃《さかずき》をもらっていない、表向きはカタギの人間です。立場はカタギだが、裏ではやくざとつながっている。こういうのが、実は今、ものすごく多くなっています。警察の締めつけが厳しいせいで、組の代紋じゃ商売がやりにくくなっている。そこで、カタギの人間がいかにもまっとうなビジネスをしているような見せかけが必要になる。その段階で、見るからにやくざというのはマイナスなんです」

坂田が黙って聞いていると、白井はつづけた。

「特に銀行なんかは、組員が取引にからんでいるとなると、絶対にのってきません。たとえ儲かる話だとわかっていても、あとあとの評判が恐いですからね。バブルの頃は、銀行の中にも、やくざと組んで地上げをやるような人間がいたそうですが。今は、それはよほどのことがない限り、やらない」

「よほどのこと?」

「銀行員だって、中には悪い奴がいます。やくざと組んで、自分の会社から金をひっぱろうと考えるのがいるかもしれない。ギャンブル好きで借金があったりすると、そこに食いつかれるんです。極道てのは情報が早いですからね。利用できそうなのが金に困ってるとか、女好きだなんてことがわかると、さっと食いつくんです。そういうときの素早さというか、えげつなさというのは、感心しますよ」

「じゃあ頭がいいんですね」

「頭がいいのもいます。もちろんイケイケでやたらすごんだりすることしか能がないってのもたくさんいます」

「三浦さんは——」

「まだ詳しいことはわかりませんが、必要ならどっちもできる器用なタイプだったようです。南城会というのは、そういうのが多いんです。フロントがいろいろ話を進めているときは、スーツにネクタイで、やくざのやの字も見せないようにしている。そのかわり、何かの弾みでこじれたりすると、すごむわけです。あの男がどんなシノギをしていたのか、今調べてもらっているところです。それがわかれば、玉井との関係も明らかになると思いますよ」

「あの、復讐とか、そういうことは……」

「南城会の、ですか？　それはどうですか。カタキをとるったって、金になるのならやるでしょうけれど、ただのメンツだけだったら動かない可能性もある」

「お話を聞いていると、ビジネスライクな暴力団という感じがします」

「そうですね。今どきの極道は、指を詰めたりもしませんしね。不始末の詫びをするなら、指よりも金をもってこい、といわれますよ。そのあたりは時代ですね」

バンが綾瀬の駅前についた。「城東文化教室」の入った雑居ビルの斜め向かいに止めると、運転していた刑事もカーテンのこちら側に移動してくる。

白井が無線機をもちあげ、口もとにもっていった。

「こちら一号車、監視位置に到着。状況を報告せよ」

応答はイヤフォンを通して流れるので、坂田には聞こえない。

「了解」

白井は返事をして、坂田を見た。坂田のかたわらの窓からは、ビルの出入口がよく見える。

坂田は時計を見た。十時二十分だった。

「駅の周辺とあのビルの周りに、二十人以上の刑事が張りこんでいます。玉井はもちろんですが、坂田さんの会われた偽刑事も、現れたらすぐに確保します」

講習会の告知というのが、どのようにされていたのか坂田は知らない。だから今日、本当に人がやってくるのかどうかもわからなかった。

「きのうのことはニュースには流れなかったのですか」

「いちおうマスコミには待ってもらっています。事件関係者がそれで逃げてしまうとまずいのでね。もっとも、三浦が殺《や》られたって話は、マルB関係者にはとっくに流れているでしょうが」

白井は答え、そういえば、とつづけた。

「三浦がもっていた携帯電話を調べたところ、こちらが把握している番号との通話記録はありませんでした。玉井や偽刑事連中と、きのうは話していません」

「すると玉井さんと待ちあわせていたわけではないのですね」

「携帯に記録がないからといって、待ちあわせていたわけではないということにはなりませんが。最近はマルBも賢くなっていて、あとで警察に知られちゃマズい行動をとるときは、自分の携帯では連絡をとりあわないんです。ちょっとした追いこみとかをかけるときは別ですが、誰かがカタギをさらうなんて場合は、調べられてもわからないように、別の携帯電話をもったりする」

バンの中で時間が過ぎていった。途中から会話もなくなり、坂田は目をこらして、「城東文化教室」の入ったビルの周辺を見つめていた。

「いませんか」

白井が訊ねてきたのは、十一時を二十分ほど過ぎたころだった。

「いませんね」

坂田は答えた。玉井も、森末と松川と名乗った偽刑事も、まるで姿が見えなかった。一瞬、あれは、と思う人間はいたが、渡された双眼鏡で確認すると別人だった。

白井は無線機を口に近づけた。

「こちら一号車、四階はどんなようすだ」

答に耳を傾け、いった。

「会場にも誰も現れないようです。つまりきのうの事件は、関係者に知れ渡っている、ということですな」

「僕のところにはまったく連絡はありませんでした」

「坂田さんはカタギです。何かを知らせれば、我々に筒抜けになる可能性が高い。ほうりだしたのだと思います」

「ほうりだした？」

「接触を断った、ということです。おそらく誰もこないでしょうね」

そうはいいつつも、張りこみを中止するとはいわない。

さらに一時間が過ぎた。

十二時半になると、白井がいった。

「どうやら張りこみは無駄になったようです。撤収します」

無線機にも撤収という言葉を送りこんだ。

カーテンのこちら側にいた刑事が運転席に戻り、バンはエンジンを始動させた。

「長びくな」

白井が舌打ちしてつぶやいた。

「長びく？」

「事件関係者が潜《もぐ》ってしまったので、捜査が長びくかもしれない、という話です。三浦が、つまらない喧嘩かなにかで殺されたのであれば別ですが、シノギがらみで殺られたとなると、周囲の連中も息を潜《ひそ》めてでてこなくなる。情報が集められないぶん、ホシを見つけるまでに時間がかかるというわけです。組関係は口が固くなるし」

「被害者の側であっても、警察には協力しないのですか」

「しませんね。とにかく警察には何も知られたくない、というのが本音でしょう。以前なら、マル暴刑事というのは、担当している組の人間とあるていど親しくなって情報をとれたのですがね。今は、そういうことに厳しくなりました。癒着《ゆちゃく》だなんだといわれるんで、仲よくなれないんですな。仲よくしている刑事というのは、だいたいがだんだんやくざみたいになってきますがね」

「すると僕はもう、お役には立てませんね」

坂田がいうと、白井はふりかえった。

「玉井や偽刑事から連絡があったら、すぐに知らせて下さい。玉井をおさえられれば事件の概要がつかめると思うのですがね」

「玉井さんが一番怪しいと疑っているのですか」

「決めつけてはいません。ただ重要な情報をもっていることはまちがいない。南城会と玉井とのあいだに何かあったとすれば、それが殺人の原因となった可能性はある」

「暴力団どうしというのは考えられないのですか」

「もちろんゼロというわけではありません。しかしこのあたりは南城会の縄張りではありませんし、酒場で喧嘩になったというのでもない。三浦も縄張りの外で喧嘩をするほど馬鹿ではなかったでしょう」

バンが警察署に到着すると、

「お疲れさまでした。今日はご協力ありがとうございました」

と、白井は告げた。もう帰ってよい、という意味のようだ。張りこみで空振りをしたのだからもっとくやしがるのかと坂田は思っていたが、淡々としている。もしかすると張りこみでの空振りは、刑事にとって日常茶飯事なのかもしれない。

「わかりました。どうもお疲れさまでした」

「坂田さんにとっては災難でしたね。しかしこれでもとの生活に戻れると思います。嫌なことは忘れて、お仕事、がんばって下さい」

白井は笑顔を見せた。

「はい」

駅に向かって歩きだした。何となく割り切れない気持はある。

だが、見つけた死体が、玉井や偽刑事ではなくてよかった、と坂田は思った。一度でも話をした人間が殺されたとなれば、もっとショックは大きかったろう。

ショックといえば、咲子だ。結局講習会は開かれなかったのに、そのことで咲子を怒らせたままになっている。

明日、「つるかめ会」にいけば、起こった事件の説明ができるだろう。桑山や大河原はきっと仰天《ぎょうてん》するにちがいない。咲子だって驚いて、もしかすると「たいへんだったな」と、少しは坂田に同情してくれるかもしれない。

そんなことを考えながら地下鉄に乗り、白山駅で降りたのが、午後二時過ぎだった。

地上にでて、自宅に向かって歩きだしたとき、

「坂田さん――」

と呼びとめられた。

見知らぬ男だった。デザイナーズブランドのジーンズをはき、革のジャケットをはおっている。茶髪で日に焼けており、妙に白い歯を見せて笑みを浮かべたまま歩み寄ってきた。年齢は坂田と同じくらいだろうか。

「はい」

「よかった。渡したいものがあって、ずっと捜してたんだよね」

なれなれしい口調でいって、男は坂田にぴったりと寄りそった。腕まで坂田の肩に回してくる。コロンなのか、甘ったるい香りがした。

「渡したいもの?」

「そうそう。こっちきて。俺ひとりじゃもちきれないから、そこの車においてあるんだ」

男が目で示したのは、ハザードランプをつけて止まっている、黒のワゴンだった。

「何を渡すんです？」

「見りゃわかるよ。ほら、こっち」

男の腕に力がこもり、坂田はワゴンに押しやられた。

ワゴンの後部席のドアが開いた。そこにも見知らぬ男が乗っている。こちらはノーネクタイに黒のスーツ姿だ。

車をのぞきこみ、坂田はあっと思った。前の席に男が二人いて、助手席にすわっていたのが、森末と名乗った偽刑事だったからだ。

「あなたは――」

次の瞬間、坂田は激しい勢いで背中を衝《つ》かれ、ワゴンの中に押しこまれた。

「乗れや！」

口調を荒くした茶髪男がいった。

「ちょ、ちょっと――」

「おとなしくいうことを聞いて下さいよ。そうすりゃ、怪我人もでない」

スーツの男がいった。顔色が悪く、どこか虚《うつ》ろな目つきをしている。

「で、でも」

「すわれって、坂田くんよ！」

茶髪男が背後から体全体を押しつけてきた。うしろ手で、ワゴンのドアを閉じる。

「何なんですか、いったい」

「おう」

茶髪男が運転席にすわる坊主頭の男に顎《あご》をしゃくった。Tシャツ一枚だが、筋肉ではちきれそうな体つきをしている。

ワゴンが急発進した。いきなり割りこまれ、ブレーキを踏んだタクシーがクラクションを鳴らした。

坊主頭が窓をおろし、

「やかましい、こら！　やんのか、おお」

と怒鳴った。

坂田はわけがわからず、車内の男たちを見回した。ふりかえっていた森末は、ワゴンが発進すると坂田に背を向け、前を見ている。

「森末さん、これはどういうことです」

「まあまあ」

茶髪男が坂田の腕に触れた。

「どこいきます？」

坊主頭がいった。関西訛《なま》りがある。

「飯田橋でいいだろう。このあたりなら」

スーツの男が答えた。

「了解」

ワゴンは白山通りに向かって走りだした。

「あの、俺を降ろして下さいよ」

森末がいった。坂田が一度も聞いたことのない弱々しい口調だ。

「わかってるって。あせるなよ。この辺で降ろしちゃマズいだろ。誰かが見てるかもしれないんだから」

スーツが森末の肩をうしろからぽんぽんと叩いていった。

「高速に乗る前に降ろしてやるよ」

「本当ですね、約束ですよ」

森末は今にも泣きそうな声だった。

坂田は気づいた。森末はこの男たちに脅されていたのだ。脅された目的は、坂田を見つけだすことだ。

綾瀬駅前で、坂田が刑事たちとしていたのとすっかり同じことを、この男たちは森末と白山駅前でしていたのだ。

坂田は無言で携帯電話をとりだした。警察に連絡しなければならない。

「おっと」

茶髪がいって、坂田の手首をつかんだ。

「離して下さい」

「今、電話は困るな」

「じゃあ僕を降ろして下さい」

「それも困るんだ」

スーツの男がいって、どんよりした目で坂田の顔をのぞきこんだ。

「坂田勇吉さん、俺ら、あんたに別に何の恨みもない。話さえしてくれたら、指一本触れないで帰すって約束するよ。でも、俺たちに協力してくんなかったら、ちっと嫌な展開になるぜ」

何かを握りしめた右手をひょこひょこと動かしていた。坂田はそれを見た。

アイスピックだった。尖った先端が坂田のわき腹を向いている。

「預かっとく」

茶髪が携帯電話をもぎりとった。すぐに画面を開いている。

「何するんです」

「いいから、いいから」

着信と発信の記録をチェックしているのだった。

坂田の背中がうすら寒くなった。この男たちはまともではない。自分は拉致《らち》されたのだ。

ワゴンが赤信号で停止した。首都高速道路の飯田橋インターチェンジの近くだった。

「いいぞ、降りても」

スーツの男が森末の背を押した。

「ただし、電話はいつでもつながるようにしておけよ。ばっくれたらお前、どうなるかわかってるよな」

「もちろんです」

森末が裏返った声でいった。

「森末さん！」

坂田の声には返事をしない。

森末はワゴンの助手席のドアを開け、外に降りたった。とたんに信号が青にかわり、発進しかけた車がクラクションを浴びせた。森末は片手を拝《おが》むように上げ、詫びる仕草をくり返しながら、車道を横断した。

ワゴンはまっすぐ首都高速道路に進入した。合流するとスピードを上げ、あっというまに中央環状線に入った。

「おいおい、あんまり飛ばすなよ」

スーツの男がいって、アイスピックを上着の内側からとりだしたプラスチックケースにしまいこんだ。

「わかってますって。のんびり走りますわ」

坊主頭が答えた。左のウインカーをだし、走行車線に移ると、一定の速度を保つ。

「どうだ？」

スーツの男が茶髪に訊ねた。

「最後がきのうの午後五時っすね」

「かけたのか、かかってきたのか」

「かかってきたのが、です。かけてんのは……。九時一分」

何の話をしているのか、恐怖で動かなくなっている頭でも、すぐにわかった。坂田の携帯電話の通話記録だ。玉井からかかってきた最後の電話が、きのうの午後五時だった。

「それはつながりませんでした」

「嘘をつけ」

「本当です。電源が切れているって」

「メールはどうなってる？」

「待って下さい」

　坂田は唇をかんだ。こいつらは坂田の携帯電話を好きなようにいじり、記録やメールの中身を見ている。なのにやめろといえる状況ではない。

「ないっすね。何だよ、仕事とかのメールばっかじゃん。もてないんだねえ、坂田くん」

　茶髪は嬉しそうにいって肩をぶつけてきた。

「とりあえず、電話帳、コピっとけ」

　スーツの男が命じた。

「オッケーっす」

「何をするんです」

　坂田は思わずいった。

「あんたの友人、家族、いれば恋人の電話番号やメルアドをおさえさせてもらう。念のためってやつだ。万一、あんたが誠意のない対応を俺らにしたときに備えて。ま、そんな面倒なことしなくても、こうして走ってる最中に、車からほうりだせば、カタはつくんだけどな」

　淡々とした、事務的な口調だった。明日の天気はどうなのだろうといった調子で、坂田を高速道路走行中の車からほうりだすといっているのだ。

「ただそれであんたは楽になるだろうが、俺らの仕事は終わらねえ。あんたの友だちや身内を追いこむのが待っている」

「なぜそんなことをしなきゃならないんです？」

声が少し震えた。

「だから、あんたの誠意を見せてもらいたいがためさ」

「誠意、誠意って何です。僕があなたたちに何をしました？」

「何もしてないよ、もちろん。してたら坂田くん、とっくにこの首都高で血まみれのぺしゃんこになってるってば」

茶髪が嬉しそうに喉を鳴らした。こういう状況が楽しくてたまらないようだ。坂田はぞっとした。人が苦しむのを見たり、痛めつけるのを楽しいと感じるような人間が実際にいることを、大阪で目のあたりにした。そういう人間はたいてい、暴力団の下のほうに所属している。

「玉井だよ。どこにいる？」

スーツがぶっきら棒にいった。

「知りません。警察が捜している筈です」

「そんなことは百も承知だ。けど、奴はつかまってない。逃げ足だけは速いからな」

坂田は息を吐いた。

「僕だって玉井さんがどこにいるのか、知りたいくらいです。あんなことになって」

「あんなことってどんなことだ」

スーツが坂田の襟《えり》をつかみ、いきなり向きなおらせた。

坂田は男の顔を見つめた。知らないのだろうか。もしそうなら、もっとまずいことになるかもしれない。

「いえよ、ほら」

「きのうのことです」

「きのう？」

「講習会をやる筈だった教室で人が死んでいました」

スーツの男は無言だった。驚いているようすはなく、かといって知っている、ともいわない。

「誰が死んでいたんだ」

茶髪が訊ねた。

「僕の知らない人です。刺し殺されたように見えました。玉井さんと待ちあわせた時間にいったら、倒れていたんです」

「坂田くんがやっちゃったんじゃないの？　え？」

茶髪がおどけた口調でいった。

「何いってるんですか。会ったこともない人なのに」

「警察呼んだのか、お前」

スーツがいった。

「もちろんです。警察に全部話しました。さっきの森末さんが偽刑事だったこともそれでわかりました」

「なるほどね。それで警察は玉井を捜しているわけか。やったのは玉井だってか」

「そう決めてはいないけど、重要な情報はもってる、そういっていました」

「お前、玉井と、あいつのおっ母《か》さんのところで知りあったんだって？」

「老人会です」

「何だ、お前の親もそこにいんのか」

坂田は首をふった。

「ちがいます。ボランティアでいって」

とっさにいった。会社のことまでこの連中に知られたくない。

「そこで玉井に見初《みそ》められたってか」

「やられちゃったの？　坂田くん」

茶髪が笑いながら訊ねた。

「玉井って大のノンケ好きじゃん」

「何のことです」

「そうつんけんすんなよ」

肩をぶつけてくる。

「講習会を手伝ってくれないかって誘われただけです。お年寄りを対象にした訪問販売のセールスマンを集めて――」

「どうやって儲けようって話なんだ」

「森末さんに渡した健康枕を売るっていっていました」

「枕ぁ？」

茶髪があきれたように声をあげた。

「そんなこと、ひと言もいってなかったぞ」

「見たい、というから森末さんに渡しました。富山のメーカーさんが作っているそうです。二万五千円で売る、と」

「馬鹿じゃねえのか。たかが枕を二万五千円だと」

「僕も驚きました。でも高いほうが効果を信じる人がいるから、と」

「玉井は本気でその枕で稼ぐ気だったのか」

スーツが訊ねた。

「僕にはわかりません」

「なんでだよ。お前、いっしょになって稼ぐつもりだったのだろうが」

「ちがいます。僕が誘われたのは、本当に講習会だけです」

「そんなわけねえだろ。縁もゆかりもねえのに引き受ける馬鹿がどこにいる」

「でもそうなんです。お年寄りと話すのがうまいから、セールスマンの人たちにそれを教えてやってほしいっていわれたんです」

「へえ。それでいくらくれるっていわれたの」

茶髪が訊いた。

「一回につき五万円といわれました」

「安いねえ」

スーツが首をふった。

「たった五万でそんな面倒引き受ける馬鹿がいるわけないだろう。本当は別に成功報酬とか約束してたのだろうが」

「そんなのありません」

「お前、ふざけんなよ。本当は玉井と組んでぼろいこと考えていたのだろうが」

「まるでちがいます。森末さんたちにもちゃんと説明しました」

「聞いたさ。信じられるわけねえだろ。早く本当のことをいったほうがいいぞ」

「本当です！　嘘なんかいってません」

思わず声に力がこもった。この男たちは、坂田を玉井の詐欺の共犯者だと思いこんでいる。

「僕は無関係なんだ」

「無関係じゃねえだろう。玉井の仕事を手伝おうってことになってたのだから」

「でも実際には何もしていません。それどころか殺人事件に巻きこまれ、今、あなたたちにこんなことをされて――」

「俺らが何したってんだ、この野郎。いい加減なこというと、ぶっ殺すぞ！」

いきなり茶髪が怒鳴った。

「ああ？　いいのか、そんなこといって」

「それが脅迫じゃないですか」

いきなり茶髪が坂田のわき腹に肘打ちをみまった。坂田は息を詰まらせた。大阪の悪夢がよみがえる。暴力団の事務所で、さんざんいたぶられた。

「何をしたって、知らないものは知らないんだ」

恐かったがいった。誤解をとかない限り、こいつらはいつまでも坂田につきまとい、嫌がらせをつづける。

「そうかもしれん」

スーツがあっさりいった。坂田は驚いてスーツの顔を見た。

「お前は何の関係もなく、たまたま気に入られて、玉井の仕事を手伝ってくれと頼まれた。その結果、野郎が殺しをやらかした場にいきあっちまった」

玉井が殺したかどうかわからない。だがそういえば、なぜわからないと決められるとつっこんでくるだろう。因縁をつけるのが得意な連中なのだ。だから黙っていた。

「殺されたのは俺らの知り合いでな。サツがいろいろ探りにきたんで、仲間には知れわたってる。そりゃ熱くなってるのもいるわけだ。カタキとんなきゃやってられないってな。そういうのに、お前の話はとうてい信じちゃもらえないだろう。よくて半殺し、悪きゃ、それまで、だ」

これも威しだ、そうに決まっている。坂田は自分にいい聞かせた。

「何黙ってんだよ、何とかいえよ」

茶髪がいった。

「僕は玉井さんの居どころを知らない。だから何をいわれても、返事のしようがないんです」

「何い!?」

茶髪の声のトーンがはねあがった。大阪での経験で、こういう暴力団の下っ端連中は、こちらが恐がっていると思わせれば思わせるほど、つけいってくるということを学んだ。恐怖につけこみ、無理難題をあたかも当然のように押しつけてくるのだ。

「お前、意外といい度胸してるな。ふつうなら小便ちびって、何でもしますから助けて下さいっていう場面だぞ」

「僕を殴ろうが殺そうが、玉井さんの居場所はわからない」

坂田はスーツの男の目を見つめていった。

「別にかまわねえよ、それならそれで。お前を叩き殺して、ただすっとしたいだけかもしんねえだろ」

乱暴な口調で茶髪がいった。

「お前がさらわれたことは誰も知らねえ。このまま秩父《ちちぶ》の山奥あたり連れてって、ぼこぼこにして生き埋めにして帰ってきたって、サツも誰も気づかない」

スーツの男は無言だった。

「なあ、さっさと吐いちまえよ。本当は玉井とつるんでるんだろ。奴がどこにいるか知ってるんだろうが」

坂田は茶髪に向きなおった。

「なぜ僕が知っていると思うんです？ 玉井さんと僕が関係のないことは、森末さんからも聞いて知っているでしょう」

「なんだよ、何、いい返してんだよ」

茶髪は驚いたようにのけぞった。

「お前、本当に状況がわかってんのか。お前のこと殺して埋めても、こっちはぜんぜんかまわねえって思ってんのに、偉そうに——」

「いいよ」

スーツの男がいったので、茶髪は口をつぐんだ。

「お前が本当に玉井の居どころを知らないって話を信じてやってもいい。そのかわりそれが嘘だとわかったら、お前も家族も、とんでもねえ目にあわす」

「嘘はついてません」

「あのよ、玉井と会った老人会のことをもうちょっと聞かせろや」

坂田は黙った。

「何を黙ってる」

「ふつうの老人会です。地域のお年寄りを集めて、ボランティアが中心になっている」

「お前の地元なのか」

「ちがいます。僕は各地の老人会にボランティアでいっていて、たまたま玉井さんのお母さんのいる老人会にもいっただけです」

「偉いねえ」

茶髪がまぜっかえした。

「さっきの野郎から聞いた。『つるかめ会』ってんだっけ」

「だっせえ名前」

茶髪がつぶやく。

「玉井のお袋てのはいくつくらいなんだ」

「八十くらいです」

「ぴんぴんしてんのか」

「いえ、足が悪くて車椅子を使っています」

嫌な予感がした。

「名前は？」

坂田は首をふった。教えたくない。

「知りません。何人もお年寄りはいるので」

「見ればわかるんだろ」

「それは……」

「だったらさらうか」

「ふだんどこにいるのか僕は知りません」

「そんなの調べりゃすぐわかる」

「玉井さんがお母さんに連絡しているとは思えません。心配させたくないでしょうから」

いったがスーツの男は無視した。何かを考えている。

坂田は我慢できなくなった。

「玉井さんはいったい何をしたんですか」

「人殺しじゃん」

茶髪が答えた。

「まだ警察も玉井さんが殺したとは決めていません」

「俺ら、警察とちがうし」

「貸しがある。でっけえ貸しが」

スーツがあっさりといった。

「殺された三浦は、玉井と組んである仕事をしてな。そのアガリを、玉井はひとりでがめて逃げた。おかげで、三浦は相当絞られたんだ。だから玉井を追っかけていた」

「じゃあ誰かが、三浦さんに、あそこに玉井さんがいることを教えたんですね」

「それがお前がさっき会った男だ。あいつも玉井には恨みがあって追っかけてた。それで玉井の母親を見張ってて、お前に目をつけたんだ」

坂田は息を吐いた。玉井は本当にあちこちで恨みを買っていたようだ。

「三浦は当然、玉井に落とし前をつけさそうと乗りこんだ。それがああなったってことは、返り討ちにあったと見るのがふつうだろう」

「――かもしれません」

認める他ない。

「他の奴が殺《や》ったのなら逃げる必要がねえ」

「やっとわかったか？」

茶髪がいった。

「銭をがめられ、身内も殺られて、俺らが知らん顔できねえってことがよ」

「それはわかりました。でも僕にできることは何もありません」

「いや、あるな」

スーツの男は坂田の目を見た。

「玉井ってのは、用心深い男だ。なかなか人を信じない。裏切るのは得意だが。その玉井が素人《しろうと》のお前を、仕事に巻きこんだ。ということは、お前は玉井に信用された。奴は必ずまたお前に連絡をしてくる」

「理由がありません。警察も動いているし、僕に会うのは危険だと思う筈です」

「理由はある。お前さ。玉井はお前に惚《ほ》れている」

「は？」

「わかってるだろ、奴が男好きだってことは」

坂田はあっけにとられた。

「とぼけんなよ」

茶髪がすごんだ。

「そ、それは、もしかしたらそっちの趣味かもしれないとは思いましたが――」

「そっちの趣味なんだ。お前は奴のタイプなのさ」

「僕はちがいます」

「怪しいね。お前の携帯、女からのメールとかねえじゃん」

茶髪がいう。

「それはたまたまです」

「いいんだよ。玉井てのは、ノンケ好きつって、ホモには興味のない男を落とすのが好きなんだ。お前がホモだったら、逆にハナもひっかけない。タイプのお前で、信用できると踏んだからこそひっぱりこんだのさ。だから必ずまた、ほとぼりが冷める頃、お前に連絡をしてくる」

坂田はスーツの男を見返した。

「ありえない」

「あったらどうする？」

「警察に知らせます」

「その前に俺らだ」

スーツは指先で坂田の胸をつついた。

「そうすりゃお前も得をするぞ」

「何の話ですか」

「一、命が助かる。二、銭ももらえる」

茶髪がいった。

「悪くないだろ。嫌だっつうなよ。嫌だっつったら、本当に殺すぜ」

声が低くなった。

坂田は深呼吸した。

「考えさせて下さい」

「駄目だ。今すぐ答えろ。いっておくが警察に泣きついたって、何の意味もねえ。お前の家族、友だち、携帯の番号から調べれば、すぐにどこの誰だか調べがつくんだ。そいつらひとりずつ、とんでもねえ目にあわせてやる」

「そんな卑怯《ひきよう》な――」

肘打ちが顎にきた。坂田がぐらりとなると、スーツの男がつきとばした。

「甘いことといってるんじゃねえ。俺ら命を張ってんだ」

坂田は思わずスーツの男をにらんだ。

「おう、上等じゃねえか。やるってのか」

男は坂田をにらみ返した。

「威したら何でもいう通りになると思ってるのなら、まちがってる」

坂田はいった。スーツの男はじっと坂田をにらみつけている。坂田も目をそらさない。

「この野郎、やっちゃいましょうよ」

茶髪がいった。こみあげてくる恐怖と坂田は戦った。こんな威し、大阪でも北海道でもうけてきた。もっと過酷な、もっとどうしようもない状況でも、自分は何とか生きのびられた。

こんな理不尽ないいがかりで殺されることなんてありえない。

必死に自分にいい聞かせていた。

一方で、世の中ではどんな理不尽なことも起こりうるともわかっていた。特に暴力団に所属しているような連中は、まったくのいいがかりを材料に、他人にひどい暴力をふるっても平気でいる。それが一生癒《い》えない障害となったり、悪くすると死んでしまうような大怪我をさせても、逆らったからだとか、運が悪かったでかたづけるのだ。犯人が刑務所に入れられたとしても、死んだ人間は決して生きかえらない。

まちがっているとかまちがっていない、という議論は、こういう奴らにとっては何の意味もない。

スーツの男が不意に笑った。そしてまるで友人にするように、坂田の肩に腕を回してきた。

「なあ、頼むよ。妙な威しをしたのは悪かった。俺らも本当、命がけなんだ。玉井の野郎を見つけなけりゃ、とんでもない目にあわされる。助けると思って、協力してくれないか」

その言葉はストレートな威しより恐かった。したてにでての依頼を断れば、本物の怒りにかわるかもしれない。

「協力のしようがありません」

「玉井が連絡をしてきたら、俺たちに知らせてくれればいい。あんたはホネがある。さっきの詐欺師みてえな奴なら、ちょっと威せばいうことを聞かせられるが、あんたはちがうようだ。だから頼むんだ」

「玉井さんが警察につかまったら連絡はしてこられません」

「そのときはそのときだ。なっ」

男は坂田の肩を揺すった。

「考えるなんていわないで、知らせますっていってくれよ。必ず礼はする。俺らだって被害者なんだ」

「あなたの名前を教えて下さい」

「黒崎《くろさき》だ。こいつは中尾《なかお》」

答えて、男はもう片方の手で携帯電話をとりだした。

「これが俺の番号だ」

待受画面はプードルの写真だった。それを見て奇妙な気分になった。こんなに簡単に人を威すような人間が犬をかわいがっている。

「今からお前の番号を鳴らすぞ」

黒崎はいって、茶髪に顎をしゃくった。茶髪が坂田の携帯電話の番号を告げ、黒崎が入力する。

「おっ、きたきた」

中尾が坂田の携帯電話を握りしめていった。

「よし。これであんたは俺の番号がわかったわけだ。いつでも俺に連絡がとれる。玉井から何かいってきたら、サツに知らせる前に必ず俺に知らせてくれ」

「連絡がこなかったら？」

「そのときはそのときだ。そうだ、今この場で玉井にかけてみようぜ」

「今ですか」

「そうだ。中尾」

「はい」

中尾は坂田の携帯電話を操作した。耳にあてる。

「呼んでるか」

「いえ、留守電です」

答えて、中尾はいきなり坂田の顔に電話を押しつけた。

「伝言しろや。連絡くれって」

黒崎も頷いた。

メッセージが流れ、信号音が鳴った。

「坂田です。連絡をして下さい」

やむをえず、坂田はいった。中尾が電話を切った。

「まあ奴もすぐにコールバックをよこすほど甘ちゃんじゃないだろうが、あんたをよほど気に入ってりゃ魔がさすってこともある。もちろん奴から電話があっても、俺らの話をするんじゃないぞ」

「かかってきません」

「わかんねえ。もしかしてってことがある」

坂田は黒崎を見つめた。黒崎は妙に楽しそうな顔になっていた。

「おい、どっか適当なところで高速を降りろや」

運転手の背中に告げた。

「了解っす」

「もしかしてってのが、どういう意味かわかるか？」

黒崎が訊ねた。坂田は答えなかった。

「どういう意味なんですか」

中尾がいった。黒崎は坂田の肩をつかんだ。

「こいつがさっきいってたろう。玉井が殺しをやったとは限らねえって。それだ」

「それ？」

「玉井が本当に三浦を殺ったのなら、まずこいつに連絡はしてこねえ。だが万一、殺しが玉井じゃなかったら、連絡をしてくる可能性はある」

「玉井じゃなかったら、誰なんです」

中尾が訊ねた。

「誰かな。奴のがめた銭を捜しているのは俺らだけじゃないだろうからな」

坂田は思わず訊ねた。

「玉井さんはいったい何をしたんです？」

「銭をもち逃げした」

「いくら？」

黒崎は首を回した。おもしろがっているような目だ。

「現金で三億」

坂田は言葉を失った。

「わかるだろう。俺らが必死になるのも。一億でお前、人ひとりくらい簡単に消されるって時代に三億だ。玉井を抜いても二人までなら殺したってチャラって額だ」

ひとり一億という計算の根拠がどこにあるのかはわからない。が、確かに三億もの現金を玉井が奪ったのだとしたら、暴力団が目の色をかえるのもわかる。

「なんで逃げなかったんすかね」

中尾がいった。

「そんだけの銭がありゃ、どこへだって逃げられるでしょうが」

「なあ。俺もそう思う。なのに奴は東京にいて、新しい仕事をしこみやがった。解《げ》せないよ」

坂田も同感だった。三億もの金があれば、世界中どこにでもいけるだろう。それが逃げなかったがために、こうして自分は巻きこまれる羽目になった。

東南アジアでもアメリカでも、どこかへ逃げていてくれれば、殺人事件とも暴力団ともかかわらずにすんだ。

はっとした。

節子さんだ。玉井は、母親の節子さんをおいて逃げられなかったのではないだろうか。高齢で、車椅子が必要な節子さんを連れて外国へ高飛びするのは難しい。といって、日本に残して逃げたら、節子さんに万一のことがあったときどうすることもできない。

追われる身でいながら、「つるかめ会」に姿を現した理由もそこにある。

もちろんそんなことをこいつらに話すわけにはいかない。話せば、節子さんをさらって人質にしようとするに決まっている。

ただ玉井がなぜ、健康枕の訪問販売をやろうとしたのかは、坂田にも謎だった。たとえそれがまともな事業であれ詐欺であれ、三億もの金をもっているなら、そんな商売をする必要はない筈だ。


そのとき坂田の携帯電話が鳴った。

「おっ」

中尾が声をだした。

「誰だっ、奴か?」

黒崎が訊ねた。中尾は画面を見た。

「ちがうみたいっす。『小川咲子』? なんだ、女かよ。坂田くんにもガールフレンドいるんだ」

坂田は手をのばした。咲子だ。咲子が電話をくれたのだ。

「貸して下さい」

「何いってんだ、お前」

中尾が電話を握った手を高く掲げた。車がバウンドする。ワゴンが首都高速の出口を抜け、信号で停止したのだ。

電話は鳴りつづけ、やがて止《や》んだ。

坂田は唇をかみしめた。

「彼女か」

黒崎が訊ねた。

「ちがいます。ボランティアの仲間です」

「ボランティア？　老人会のか」

坂田は頷いた。考えてみれば、こいつらの前で咲子と話すことなど不可能だ。咲子がどんな気持でかけてきてくれたにせよ、玉井の話はもちろん、お互いの感情のもつれについてだって、話せるわけがない。

信号が青にかわり、ワゴンが発進した。

「どの辺だ？」

黒崎が運転手に訊ねた。

「有明の出口っす」

「わかった。どっか適当なとこで止めろ。こいつを降ろす」

「いいんですか。サツに知らせるかもしれませんよ」

中尾がいった。

「そうしたら、小川咲子か、そのボランティア仲間の姐《ねえ》ちゃんが不幸な目にあう。手始めだがな」

坂田は目をみひらいた。

「なぜです。彼女は何も関係ない」

「運が悪いのさ。俺らといるあいだに、お前の携帯を鳴らした唯一の人間だ。それだけだが、とりあえずターゲットは選ばなけりゃならん」

「ひどすぎる」

「むきになるなよ。別にお前の父ちゃんや母ちゃんでもいいんだ」

坂田は唇をかんだ。

「もちろん、お前がサツにタレコまなけりゃ、誰にもなーんにも起こらない」

絶対、警察に知らせてやる。心の中で坂田は誓った。そんな威しに負けたら、こいつらの思うままだ。

ワゴンが止まった。

「ええですか、このあたりで」

運転手が訊ねた。

「電車通ってるのか」

「何や、『ゆりかもめ』ってのが走ってるらしいです」

フロントグラスの向こうをすかし見ながら運転手は答えた。

「それなら大丈夫だな。よし、降りろ」

中尾が携帯電話をさしだそうとした。そのとき、また鳴りだした。

「何だ、また小川咲子ちゃんか？」

いって画面を見た中尾が叫び声をあげた。

「奴です！」

「何⁉」

黒崎が携帯電話をひったくった。

「本当だ。玉井ってでてやがる。野郎、本当に電話してきやがった」

画面を見つめ、坂田につきつけた。血相がかわっていた。

「いいか、どっかで会おうってもちかけるんだ。なるべく早くだ！」

坂田は電話を受けとった。ボタンを押し、耳にあてる。

「もしもし――」

「坂田クン⁉」

特徴のある声が耳に流れこんだ。

「玉井さん」

「よかったあ、坂田クン、無事だったのね」

「玉井さんこそ、どうしているんです」

「もう大変だったの。ごめんなさいね、今日、いけずに」

「そんな問題じゃないでしょう？」

思わず声が大きくなった。

「いったいどうなっているんですか」

「話せば長いのよ」

黒崎が無言で坂田の肩を小突いた。

「どこかで会えませんか」

しかたなく、坂田はいった。

「そうね……」

玉井は迷っている。やがて訊ねた。

「坂田クン、警察の人と話した?」

「もちろんです。僕が一一〇番したのですから」

「そう。やっぱり……」

「やっぱりって、玉井さんが——」

「ちがう! ちがうわよ! あたしがあんなことできるわけないじゃない!」

「じゃいったい誰があんなことをしたんです⁉」

「わかんないのよ、それが」

途方に暮れたように玉井はいった。

「でも絶対あたしが疑われる。坂田クンにもそう思われているのじゃないかって、気が気じゃなかった」

玉井は悲しげな口調でいった。

「警察にいくべきです」

黒崎が目をむいた。何てことをいうんだ、という表情だ。

「このままじゃ殺人犯にされてしまいますよ」

「わかってる。でもあたしにもいろんな事情があるのよ」

「玉井さんを捜している人はたくさんいます」

坂田はいった。謎をかけたつもりだ。伝わるだろうか。

「そうね……。だと思うわ」

玉井は暗い口調でいった。

黒崎は口だけを動かした。イマ、ドコニイル。

「玉井さん、今どこです？」

「都内某所」

答えて力なく笑った。

「いいわ。坂田クンに会う。待って、どこがいいかしら……」

玉井は間をおき、

「銀座なんて、どう？」

と訊ねた。

「銀座ですか」

「そう、銀座四丁目の交差点。時間はそうね、午後四時では？」

坂田は時計を見た。一時間ほどある。

「わかりました」

「じゃあ、四時に、銀座四丁目の交差点で待ってる」

玉井は告げて、電話を切った。

「どこだ⁉」

黒崎が勢いこんで訊ねた。

「銀座四丁目の交差点です」

「何？」

ぽかんと口を開けた。

「何を考えてんだ、あの野郎」

「土曜の銀座ですよ。人がえらくいる。そうだ、歩行者天国《ホコテン》やってますぜ、きっと」

中尾がいった。

「ホコテンだと、冗談じゃねえぞ」

黒崎は顎をしゃくった。

「場所をかえろ、すぐに」

「場所をかえたら怪しまれます。そうしたら玉井さんはきっとこない」

坂田はいった。歩行者天国なら、坂田を拉致した手口は使えない。車を止められないのだ。それに人が大勢なので、暴力だってそう簡単にはふるえないだろう。交通整理のための警官もいる。

「野郎、気づいてやがるのか」

黒崎はつぶやいた。

「でもホコテンじゃサツが張りこんでいても見分けがつきません。わざわざそんなとこ指定しますか」

中尾がいった。

「それもそうだな。つかまらねえと思ってるのか」

「玉井さんは犯人じゃないといってました」

「わざわざ犯人だっていう馬鹿がいるかよ。お前がタレコんだら一発だろうが」

黒崎が運転手に告げた。

「おい、銀座にいけ」

「銀座っすか」

「四丁目になるべく近いとこに止めるんだ」

「了解っす」

玉井が銀座四丁目を指定したのは、歩行者天国がおこなわれているのを知った上でにちがいない。つまり玉井は、警察よりこの連中のほうを警戒しているのだ。

やはり玉井は殺人犯ではないのかもしれない、と坂田は思った。

殺人犯ではないが、暴力団に追われている。金を持ち逃げしたというのは事実なのだ。

三十分ほどでワゴンは銀座に入った。晴海《はるみ》通りを北西にあがる。

「うわあ、えらい人や。こんなんどこにも車止められるとこありませんわ！」

運転手がいった。築地《つきじ》から三原橋《みはらばし》の交差点を過ぎたあたりだった。

土曜の上に久しぶりの晴天ということもあって、多くの人が銀座の街に足を踏み入れている。

中尾の予想通り、銀座四丁目で晴海通りと交差する中央通りは歩行者天国になっていた。パイロンがおかれ、制服警官が立って右左折を禁止している。

「どないします」

「とりあえずまっすぐいけ。まだ時間がある」

ワゴンは銀座四丁目の交差点を直進した。三越《みつこし》、和光、三愛といったビルの前には、歩行者が溢《あふ》れ、信号がかわるのを待っている。この人混みに紛れていたら、いくら派手な格好が好きな玉井でも、簡単には見つけだせないだろう。

ワゴンは数寄屋橋の交差点まで進み、黒崎の指示で左折した。ソニービルの前でようやく路肩に寄せるスペースを見つけ、一時停止をする。

「あの野郎。悪知恵を働かせやがって」

黒崎がいった。悪いのはお互いさまだろうといいたいのを、坂田はこらえた。

「どうしますか」

中尾がいった。

「どうもこうもねえ。おい、野郎がきても妙なことをいうんじゃねえぞ。もしいったら、お前の女友達がとんでもない目にあう。女友達だけじゃない。親兄弟も、後悔してもしきれないくらいの目にあわせてやる」

黒崎が坂田の顔をのぞきこんだ。

「携帯、とりあげときましょう」

中尾がいって、坂田の手からひったくった。

「ホコテンの中から一一〇番されたのじゃたまらねえ」

「そうだな。いいか、俺らはお前のすぐそばにいる。お巡りなんかに近づこうとしたら、ぶっすりいくぜ」

ケースに納めたアイスピックを黒崎は見せた。

「玉井が現れたら、すぐにホコテンを離れて、こっちまで歩いてこい。俺たちはお前らのすぐうしろにいる」

「玉井さんにわかりますよ」

「あいつは俺たちの顔を知らねえんだよ。お前さえ黙ってりゃわからねえ」

黒崎が答えた。中尾がスライドドアにのばしかけた手を止めた。黒崎をふりかえる。

「やっぱりヤバくないっすか。こんな人混みの中でやるのは」

迷ったような口調だった。

「じゃどうしろっていうんだ。こいつをこのままいかせるのか。玉井にべらべら喋られるのがオチだ。いかせなかったらいかせなかったで、玉井は怪しむぞ。二度とこいつに連絡してこないかもしれない。そうしたら奴をつかまえるのは難しくなる」

「でもお巡りもいましたぜ」

「今さら何をびびってんだ。状況がわかってんのか、お前。玉井から連絡うけといて逃がしたなんて本部に知れたら、エンコだけじゃすまねえぞ」

黒崎はすごんだ。そして坂田を見た。

「何度もいいたくはないが、玉井と自分や自分の身内と、どっちが大事か、ようく考えろよ」

「そんなこといわれなくてもわかってる」

「だよな」

アイスピックの入ったケースで坂田の胸を小突き、黒崎は笑った。

「じゃ、いこうや。中尾、お前、先に行け。そうだな、和光の前にでも立って、奴がいないか前もって捜せ。あと、サツが張りこんでないかも要注意だ。電話してこい」

「応援を呼ぶって手もあります」

「馬鹿。今から呼んで間にあうか」

腕時計をかざした。四時まであと十分を切っている。

「わかりました。いってきます」

中尾はうなだれ、ワゴンをでていった。

黒崎が、シートを移動した。坂田の斜め向かいにすわる。左手には中尾から受けとった坂田の携帯電話がある。

「こいつの電源は切っとくぞ。この先連絡がとれなけりゃ、奴は現れるしかない。なんでつながらなかったか訊かれたら、電車に乗ってたとでもいえ」

ボタンを押し、上着の内側にしまいこんだ。

「あなたたちは何なんです。暴力団ですか」

黒崎はフンと笑った。

「知らねえほうがいいのじゃないか」

「今さらそんなことをいわれても」

黒崎は顔を近づけた。

「いいか、玉井を追っかけてる奴はごまんといる。誰が最初に奴をおさえるか。レースみたいなものなんだ。だからこういう非常手段をとらざるをえない。奴にかかわったのがお前の不運だ」

黒崎の携帯電話が鳴った。

「おう、どうだ」

中尾からのようだ。

「そうか。よくあたりを見ろよ。奴のことだ、どっかビルの中から監視しているかもしれん」

間があった。

「わかった。とにかく四時少し過ぎに、俺らはそっちにいく。それまで目を皿にしてるんだ」

黒崎は電話を切った。

「奴をこの車まで連れてきてさえくれりゃ、お前の仕事は終わりだ。全部忘れて、明日からはもとの暮らしに戻れる。そうじゃなけりゃ、今日が地獄の始まりだ」

黒崎はいって、煙草をくわえた。火をつけ、煙を坂田に吐きかける。

「まったくとんでもない目にあったもんだな、おい。玉井さえいなけりゃ、今日だってこの天気のいい土曜を、お互い別の空の下で楽しめたってのによ」

それはまったくその通りだ。だが、今の坂田には、玉井よりこの黒崎や中尾のほうが腹立たしい。

やくざはいつだってこうだ。自分が人を傷つけたり威しても、その理由は他人にある、という。へ理屈なのだが、それを本気で信じているようにしか見えない。おそらくはそうでなければ、やくざの世界では生きていけないのだろう。

煙草をたてつづけに二本吸い、黒崎は時計を見た。四時になっていた。

「そろそろいくか」

坂田に顎をしゃくった。

「お前が先に降りろ。逃げようなんて思うなよ。ここを逃げても、家も勤め先も全部わかってるんだ」

プラスチックケースを開き、むきだしのアイスピックを上着の胸ポケットにさしこむ。

「俺はダーツの名人でね。お前が走っても、うしろから首のつけ根にぶっ刺してみせる」

坂田は無言でスライドドアをひき開けた。

「ゆっくり歩け。きょろきょろもするな」

背後から黒崎がいった。

ワゴンを降りて歩き始めると、黒崎が携帯電話をかける気配がした。

「俺だ。今、そっちに向かって歩きだしてる。どんなようすだ」

声はまうしろから聞こえた。

「そうか。目を皿にしてろよ」

パチンと携帯電話を畳《たた》む音がした。

「いい調子だ。そのままおとなしく歩け。俺のほうを見るんじゃない」

坂田は歩きつづけた。並木通りの入口を過ぎ、ブランドショップの前を通る。

晴海通りをはさんだ向かいに和光が見えてきた。人通りが増えてくる。

黒崎はまだぴったりとうしろについてくるのだろうか。坂田はふりかえりたいのをこらえた。

姿が見えないと、かえって不気味だ。

三愛の前まできた。交番がある。制服警官が二人、立ってあたりを見回していた。

助けて下さい、ととびこんだらどうなるだろう。

おそらく黒崎や中尾は姿を消すだろう。ワゴンは走り去り、坂田の携帯電話は奪われたままになる。

問題は、黒崎のいったように、そのあとだ。黒崎たちが暴力団なら、これで終わるということはない。家族や咲子に嫌がらせが及ぶかもしれない。

だがそれでもここは――。

思いかけたとき、右腰にチクリという痛みが走り、坂田は息を詰まらせた。思わずふりかえるとアイスピックを握った手があった。

「妙なこと考えてるんじゃねえだろうな」

黒崎がささやいた。

「別に」

「じゃあいけよ。信号がかわった」

魔法のようにアイスピックが姿を消した。言葉通り、晴海通りを渡る歩行者信号が青にかわったところだった。人波に押されるように、坂田は歩きだした。

中央通りは自動車が通行止めになり、人で溢れている。子供たちが走り回り、チラシを配る者やワゴンセールの売り子の声がとびかっていた。

「止まれ」

三越と和光にはさまれた車道のちょうど中間で、黒崎がいい、坂田は立ち止まった。

ざっと見渡せる範囲だけで千人近い人がいるだろう。カップルや家族連れ、犬を散歩させる人、皆が楽しげで天気のよい土曜の夕方を満喫しているように見える。

「動くなよ。じっとしてるんだ」

次に聞こえた声は、少し離れた位置からだ。

坂田は言葉にしたがい、目だけを動かした。

見える中に、黒崎の姿はない。中尾もいない。おそらく人混みに紛れ、離れた場所から自分を監視しているのだろう。玉井が近づいてくるのを待つ気なのだ。

黒崎がすぐそばからいなくなったというだけで、坂田は少しほっとした。人混みの中で人を刺すなんてできっこないと思いながらも、刺したら刺したで案外簡単に紛れこめるかもしれない。この中でもし人がばったり倒れたら、周囲の目は倒れた者に集中する。そっとその場を離れれば誰も気づかないだろう。

坂田はゆっくり息を吸いこんだ。叫び声を上げるなら今だ。

助けて下さい！　刃物をもったやくざに威されているんです！

きっと黒崎と中尾の二人は逃げる。注目されている人間をわざわざ刺しにはこない。

そのとき、大柄な女が坂田の前に立った。金髪の白人だった。キャップをかぶり、無造作に金髪を束ねている。レンズの大きな濃いサングラスをかけ、ジーンズのショートパンツからスニーカーまで長い脚をむきだしにしていた。Tシャツは日本人なら決して着ない、浮世絵の柄だ。ショルダーバッグをかけている。

白人の女はカメラを顔にあて、坂田に背を向けるようにして、あたりを撮影している。

「坂田クン」

不意に聞き覚えのある声がした。

「知らんふりをして聞いて」

坂田は思わず女の背中を見つめた。

「何も喋っちゃ駄目。もし返事をするなら咳をして」

玉井の声はくぐもっていた。まちがいない。カメラをかまえたこの白人女が玉井なのだ。

信じられなかった。とても男にも日本人にも見えない。

坂田は口もとに手をあてた。咳をする。

「いい感じよ。じゃ訊くわね。あなたの周りに刑事はいる？　イエスなら一回、ノーなら二回咳をして」

女の手がカメラのシャッターボタンを何度か押した。

ゴホン、ゴホン、ゴホン。

「三回したわね。じゃ、刑事以外の誰かがいるってこと？」

オッホン。

「それはやくざ？」

ウォッホン。

玉井は黙った。浮世絵の背中を坂田はまぢかから見つめた。

「何人」

ゴホン、ゴホン。

「二人。二人しかいないのね」

浮世絵が揺れて、坂田は正面から玉井と向きあっていた。カメラに隠されていない顔の半分に、こってりとファンデーションが塗られている。白人に見えたのは濃い化粧のせいだった。だがそれは本当に近づかなければわからない。

「あたしが声をかけたら京橋のほうに歩きだして。ゆっくりでいい。だけど立ち止まっちゃ駄目。何をされてもいわれても立ち止まらないで」

カメラのシャッターを切りながら、玉井はいった。

「二人をまいたら以前のお鮨屋さんにきて。わかった？　わかったら咳をして」

有無をいわせない口調だった。ゴホン。

「必ず坂田クンを助けるから、あたしを信じて。じゃ、歩いて！」

坂田は号令をかけられたように歩きだした。まっすぐに歩行者天国の中を進む。きっと黒崎と中尾が駆け寄ってくるだろう。玉井はいったいどうするつもりなのか。

玉井はその場にとどまっていた。坂田は三越の前を通り過ぎた。次のブロックが松屋だ。背中に汗がふきだした。

「おい、おいっ」

誰かが呼びかける声がした。それが自分になのか、他の誰かになのかはわからない。坂田はわき目もふらず歩きつづけた。

松屋の前にさしかかったところで、いきなり黒崎が立ち塞がった。

「何やってんだ、お前――。誰が勝手に動いていいっていったよ」

走ってきたのか、わずかに息を切らしている。坂田は黒崎を押しのけ、前にでた。

とにかく歩く、それだけだ。

「手前《てめえ》――」

「待てっつってんだろうが」

黒崎が坂田の腕をつかんだ。それを払いのけた。

近くにいる何人かが二人を見た。それに気づき、黒崎が顔を赤くした。

「こっちこい」

「嫌だ」

坂田はいって、歩きつづけた。自然、黒崎も坂田のかたわらを歩くことになる。

「何だってんだ、いったい。どうなってもかまわねえのか、おい」

「玉井さんがきた」

「何っ」

黒崎が叫び声をあげた。

「どこに？　どんな格好をしていた」

中尾の姿が目に入った。十メートルほど前方に立ち、眉をひそめて二人を見ている。不意にその目が広がった。

「黒崎さん！」

周囲の人がふりかえるほどの声をあげた。

「あいつ！　あいつです」

中尾が人混みの一角を指さした。黒崎がそちらを見る。坂田も見た。二人にカメラを向ける玉井の姿がある。

玉井がカメラをおろし、正面から坂田たちを見た。黒崎が息を呑んだ。

「あの野郎……」

不意に玉井が背を向けた。三越と松屋にはさまれた通りの方角に走りだす。中尾があとを追った。

黒崎は一瞬迷ったように、坂田と逃げた玉井を見比べた。

「くそっ。お前のことはずっと見張ってるからな」

いい捨てて黒崎も走りだした。玉井と中尾のあとを追い、歩行者天国をつっ切っていく。

坂田だけがそこに残った。

一瞬のできごとだった。さっきまで威され、監視されていたのが嘘のようだ。黒崎も中尾も玉井を追ってどこかにいってしまった。

坂田は我にかえった。ここにいつまでもいてはいけない。玉井をつかまえても見失っても、二人は戻ってくるだろう。玉井は自分を囮《おとり》にして坂田に逃げるチャンスを与えたのだ。

坂田も走りだした。方角は三人が走り去ったのとは逆、数寄屋橋の交差点に向けてだった。

10

途中で気づき、走るのをやめた。この人混みで走っている者は少ない。走ればそれだけ人目を惹《ひ》く。歩いているほうがむしろ目立たないのだ。

警察にいかなくては。

歩きだしてからはそればかりを考えていた。が、黒崎にぴったりくっつかれていたときとはちがい、交番にとびこむよりもっと具体的な通報をしなければ、と思う。

白井か宮下に連絡をとるのだ。交番の制服警官より、事件の捜査にあたっている人間に知らせたほうが話が早い。

だが携帯電話は黒崎に奪われたままだ。二人の刑事の携帯電話の番号を坂田は聞いていない。警視庁に電話をして、二人のうちのどちらかにとりついでもらう他ないだろう。

それをすればすぐに刑事がやってくる。

坂田は立ち止まった。そうなったら結果として坂田は玉井を警察に引き渡すのと同じだ。

——必ず坂田クンを助けるから。

玉井の言葉がよみがえった。もちろんこんな状況になった責任は玉井にある。だが、だからといっていきなり玉井を刑事につかまえさせていいものなのか。

玉井は囮となって自分を逃がしてくれたのだ。それなのに警察に引き渡したのでは、裏切りではないのか。

いや、もし玉井が黒崎と中尾につかまっていたら、一刻も早く通報すべきだと思い直した。玉井の命が危ないかもしれない。

どうすればいいだろう。坂田は唇をかみしめた。

理性では通報すべきだとわかっている。が、その一方で玉井の口から直接、何があったのかを聞きたい気持も強かった。警察に知らせるとしても、それからで遅くはないのではないか。

玉井が無事、「おがわ」にこられるなら、それでいい。もしこなかったら、黒崎たちにとらえられているということだから、すぐに通報しよう。

坂田はそう決心し、再び歩きだした。

「おがわ」のある一角は、土曜でしかも夕方の早い時間ということもあってひっそりとしていた。表の晴海通りや中央通りの人混みが嘘のようだ。

「おがわ」の前まできて、坂田は足を止めた。

「本日休業」の札がさがっている。

当然だった。銀座のネオン街にある飲食店は、一部のバーや居酒屋をのぞけば、土曜日曜は営業していない。

もっとも開いていたとしても、中には入れない。万一、黒崎や中尾がやってきたら、咲子やその兄を巻きこんでしまうからだ。

そう考え、坂田は恐ろしい可能性に思いあたった。もし玉井が黒崎たちにつかまって、ここでの待ち合わせのことを話したら、自分は再び連中に拉致されるかもしれない。

坂田は踵を返した。少なくとも「おがわ」の前につっ立っていては危ない。

とたんに玉井とぶつかりそうになった。いつのまにか、すぐうしろにいたのだ。

「玉井さん！」

玉井は大きく胸を喘《あえ》がせ、滝のような汗を流している。そのせいでファンデーションやマスカラが落ち、近くで見るとかなり不気味な顔になっていた。

「待ってて、見ないで」

玉井はいって顔を手でおおった。あたりを見回す。

「あそこがいい」

指さしたのは、バーやクラブの看板が並んだ小さな雑居ビルだった。入ってすぐの場所に階段がある。

「こっちにきて、ちょっと待ってて」

玉井はいって雑居ビルの階段を駆けあがった。坂田はあとを追った。

テナントの店はどこも閉まっている。

玉井は一階と二階をつなぐ階段の踊り場にしゃがむと、ショルダーバッグをおろした。

階段にいれば確かに外からは姿が見えない。坂田も階段を数段登り、腰をおろした。

キャップを脱いだ玉井が金髪のカツラをむしりとった。それを押しこむかわりに、バッグから大きな化粧ポーチをとりだす。

坂田に背を向け、しゃがんだままポーチの中身を使って顔をいじり始めた。

やがてポーチをしまい、Tシャツを脱いで、黒いシャツとジーンズに着がえた。そんなに大きくも見えないショルダーバッグなのに、変装用のいろいろな道具が詰まっていることに坂田は感心した。

詐欺師という仕事柄なのだろうか。そういえばキティ柄のキャリーケースをいつもひっぱっていたのも、変装用の衣装を運ぶためだったのかもしれない。

「これでよし。あと一分だけ待って」

玉井はいって、別のカツラをバッグからとりだした。小さな鏡で確認しながら頭にかぶせる。

ふりかえると、まるで別人になっていた。

「よく逃げられましたね」

いってから、自分は何をいっているんだろうと坂田は思った。もっとちがう、訊くなりいうなりしなければならないことがある筈だ。

玉井はにこっと笑った。

「足の速さには自信があるのよ。中、高と陸上部にいたから」

「あいつらは――」

「まだ捜してるか、逃げたかのどちらかね。たぶん、逃げた。坂田クンが警察にいったらヤバいもの」

「あいつらは僕の家の近くで待ち伏せていたんです」

「わかるわ。何でもやる連中だから」

「あなたが大金を盗んだといっていました。本当なんですか」

玉井は大きく息を吸いこんだ。

「それは……。あいつらから見れば、そうかもしれない」

「そうかもしれないってどういうことです」

玉井は目をそらし、首をふった。

「話せば、もっと坂田クンに迷惑がかかる」

迷惑ならもう充分にかかっている。アイスピックをつきつけられ、携帯電話を奪われたあげく友人や家族をひどい目にあわせると威されたのだ。

「警察にいきましょう」

坂田は玉井の目を見ていった。

「警察にいかなかったら、玉井さんはあいつらに追われるだけじゃなく、殺人の犯人にされます」

玉井は顔を歪めた。

「あたしが人殺しなんてするわけないじゃない！」

「だったらそれをちゃんと説明しないと」

玉井は目を伏せた。

警察に出頭するのは嫌なようだ。

「何があったんですか」

坂田は訊ねた。もし玉井がこのまま逃げるというなら、無理に警察に引っぱっていくことは自分にはできない。だったらせめて玉井から話を聞き、それを警察に伝えるのだ。

「あたしにも全部はわからない。殺されたのは三浦なのでしょう？」

玉井は上目づかいで坂田を見た。

「ええ、刑事さんはそういってました」

「あたしのことを三浦はずっと捜してた。きのうの晩、城東文化教室であたしが準備をしていたら、三浦がきた。三浦は講習会のことをどこかで聞きつけたのよ。助かりたかったら金を渡せ、といった。渡せば組にも黙っていてやるって」

「組というのは、三浦さんが入っていた暴力団ですか」

「南城会。あたしは南城会と組んで仕事をした」

「仕事というのは詐欺ですね」

玉井は否定しなかった。

「さっきの黒崎というやくざは、あなたが三億円を取ったといっていました」

「それは総額よ。あいつらの取り分は半分の一億五千万だわ。もっともそれも渡しちゃいないけれど」

「警察にいきましょう」

「駄目よ。いけば必ずあたしは犯人にされる。それで刑務所に入れられたら今度は刑務所の中で命を狙われる。南城会だってあたしが殺したと思ってるだろうから」

「犯人は玉井さんじゃないんですね」

「もちろんよ」

玉井はきっぱりいった。

「じゃあ誰なんです」

「それが、わからないの」

「え？」

坂田は玉井の顔を見なおした。

「その場にいたのじゃないのですか」

玉井は首をふった。

「三浦がきて少ししてから、あたしは打ち合わせがあったのであのビルをでたの」

「打ち合わせ？」

「講習会にサクラを呼ぶ手配師よ。本当は城東文化教室でやるつもりだったのだけれど、三浦がいすわってるんで、電話して外にしてもらったの」

「サクラというのは、講習会にくる人たちですか」

玉井は頷いた。

「セールスマンの芝居をしてもらう予定だった」

「訪問販売の話はやっぱり嘘だったんだ」

「そうよ。でも坂田クンにギャラを払うつもりだったのは本当よ。あたしの狙いは、健康枕のメーカーだから」

森末や松川のいっていた通りだ。

「僕やサクラのセールスマンを使って枕メーカーの人をだまし、商品の取りこみ詐欺をするつもりだったのですね」

自然、口調が険《けわ》しくなる。

「結果として坂田クンを利用しようとしていたことはあやまるわ。本当のことをいったら協力してもらえないだろうし、たとえ協力してくれるとしても、素人のあなたがそれっぽくお芝居をするのは無理だと思ったの」

「詐欺だとわかっていたら、絶対に協力なんかしません」

「あなたにバレるとは思わなかった。講師をやってもらい、ギャラを渡せばそれきりだから。『つるかめ会』でこれからも会うかもしれない人に、詐欺を手伝わせたなんて思われたくなかったし」

「そうですよ。もし僕が節子さんに話したら、どれだけ悲しむか」

玉井は苦笑した。

「それは大丈夫なのだけどね」

「え？」

「お袋の話はいいわ。それよりあたしが取りこみをやろうとしてたってどうしてわかったの？」

「待って下さい。きのうの晩の話が先です」

坂田は首をふった。

「正確に教えて下さい。何時何分に三浦さんがきて、何時何分に玉井さんは外に出たんです？」

玉井は息を吐いた。

「三浦がきたのは、そうね、八時二十分くらいだったかしら。あたしが城東文化教室に入ったのが八時頃だったから。で、手配師から電話があったのが八時半頃。手配師と三浦を会わせたくなかったから、駅前で会おうといって、でていったの。十分くらい話をして、城東文化教室に戻ってきたら、三浦があんなことになってた」

坂田はけんめいに頭を働かせた。

「三浦さんは玉井さんを追っかけていたのでしょう。打ち合わせにいくといって玉井さんが逃げだす気じゃないかと疑わなかったのですか」

「逃げる気はないっていったの。逃げたくとも逃げられないし」

「逃げたくとも逃げられない？」

玉井は悲しげに目をしばたかせた。

「三億なんてお金、あたし、もってないもの」

「どういうことです？」

「あたしだってわからないのよ！」

玉井はびっくりするほど大きな声をだした。

「消えちゃったの！　手に入れたお金が。でもあたしが盗んだと皆は思っていて、どうにもならなかった。三億なんて金があったらあんなケチな取りこみやろうとするわけないでしょう。とっくにカリブかどこかに逃げているわよ」

　わけがわからなくなってきた。

「待って下さい。玉井さんは南城会と組んで、詐欺で三億円を儲けたのじゃないのですか」

「儲けたわ、確かにキャッシュで。でもそれが隠し場所から消えちゃったの。南城会とこっちとで分配する前だった。まっ青になって捜したけど、どこにもない。だったら逃げるしかないでしょう。消えたなんていったって、信じてもらえるわけないのだから」

　坂田は息を吐いた。何が何だかわからなくなってきた。

「つまり、その、詐欺で儲けたお金を、誰かにとられてしまったと、そういうことですか」

「そうよ。南城会の他にも分け前を払わなけりゃならない仲間が二人いて、そいつらからも逃げるしかなかった」

「待って下さい。その仲間というのは、背が高くて眼鏡をかけている人と、小柄だけどがっちりした人じゃありませんか」

　玉井は驚くようすもなく、頷いた。

「やっぱり会ったのね」

「『ブラジル』をでた直後に声をかけられました。刑事だといわれて……」

「あいつらその手を使ったのか。だからあたしが取りこみをやろうとしてるってわかったのね」

「そうです。あなたのことをずっと追っている、といいました。そのうちのひとりが、黒崎に僕のことを教えたんです」

「黒崎は南城会で、三浦といっしょだったの。あたしからお金を取り返すためなら何でもやる。でもあたしは、お金がどこにいったのかまるでわからない。誰かがあたしをハメたのよ。三億盗んで、それをあたしのせいにした」

どこまで信じてよいのかわからず、坂田は玉井を見つめた。

「本当なの。でも、こんなこと南城会にいったところで絶対にむり。死ぬまで拷問《ごうもん》されて、どこかに埋められるのがオチよ。だから逃げるしかなかった。なのに三浦に城東文化教室をつきとめられ、その三浦が今度は殺された。絶体絶命よ。そう思うでしょ」

そうかもしれない。玉井が三億を持ち逃げした犯人なら、追ってきた三浦を殺したのも玉井だと南城会が考えても不思議はない。

玉井がこの期に及んで嘘をついている可能性もある。だが、三億を盗み、三浦を殺した犯人なら、とっくにどこか遠くに逃げている筈だ。

それに何より、玉井は自分を囮にして坂田を助けだしてくれた。殺人犯なら決してそんな真似はしないだろう。

「やっぱり警察へいくべきだと思いませんか？」

「それこそあたしをハメた奴の思うツボよ。警察がでてくれば、三億は決してとり返せない。だって犯人以外は全員、あたしが盗んだものと考えているのだから」

「警察が捜します」

玉井はふっと笑った。

「捜さないわよ。三億をあたしたちにカモられた奴は、脱税してためこんでいたの。もしそれが公になれば、追徴金《ついちょうきん》を国税局に払わなけりゃならないから泣き寝入りするしかない。だからこそ狙った」

「詐欺を訴えられてはいないのですか」

「そういうこと」

得意げに玉井は頷いた。

「カモのことを調べてきたのが南城会で、それをどうひっかけるか、あたしが計画をたてた。儲けは折半《せっぱん》という約束で」

「でもそれを誰かが盗んだのですね」

玉井の顔がしぼんだ。

「そうなの。三浦は、なぜあたしが外国に逃げなかったのかを不思議がっていた。その上あんなケチな取りこみを今さらやるのが理解できないって。だから金を盗まれたことを話した」

「信じてくれたのですか」

「だってそれ以外、あたしが城東文化教室にいた理由なんて考えられないじゃない。あきれてたけど。金を盗んだ犯人を見つけて取り返すしかないだろうっていわれたの。それはそうだけど、あたしは三億の件で手持ちの資金をつかっちゃってすっからかんだった。とにかく元手を作らなけりゃいけないんで、健康枕の仕事をすることにしたの。本当は万単位で取りこまなけりゃ大きな稼ぎにはならないのだけれど、今回はとりあえず千単位で当座の資金にしようと思った」

「メーカーから取りこんだ枕はどこかに売ろうと思っていたのですか」

興味も手伝って坂田は訊ねた。

「蛇の道はヘビって奴で、そういうネタを買いとってくれるところがあるの。一度中国にもっていって、メーカーのタグや何やかやを全部すり替えて、スーパーや通販の会社に卸すのよ」

坂田は息を吐いた。

「たぶん三浦は個人的に金に詰まっていたのだと思う。だから組に内緒にしてやるから金をよこせといった。でもあたしは金がない。盗んだのは誰だという話になって……」

「誰なのかわかったのですか」

「まさか。わかっていたらあたしだって取り返してる。三浦はいっしょに捜そうといった。あたしもそうするしかなかった。それで打ち合わせがすむまで待ってといって、城東文化教室をでていったの。戻ってきたら、殺されていた。これじゃあ南城会には、あたしが金をがめたあげく、追ってきた三浦を殺したようにしか見えない。もうどうにもならないと思って逃げたわ」

「訊いていいですか」

「何？」

「部屋をでていくときに電気を消しましたか？」

「ええ。坂田クンがくるのはわかってた。電気を消しておけば中に入らないで帰ると思ったの」

「だったら鍵もかけておいてくれればよかったんです。そうすれば死体を見ずにすんだし、僕が一一〇番することもありませんでした」

坂田は思わずいった。

「ごめんなさい。降りるときはエレベータも使わなかった。あなたと鉢合わせするのが嫌だったから」

それでエレベータが四階で止まっていたのだ。最後にエレベータを使ったのは、犯人ではなく玉井だった。あくまで玉井ではない者が三浦を殺したとして、だが。

「なぜ、僕を助けてくれたんです?」

「今日のこと?」

「ええ」

「坂田クンにはとにかくあやまらなければならないと思ってた。だから他の電話は全部無視したけれど、坂田クンにはかけ直したの。警察が本気であたしを捜しだしたらこの携帯は処分しなけりゃならない。でもぎりぎりまで、坂田クンからの電話を待とうと。そうしたら今日かかってきた。ようすがおかしいってすぐにわかったわ」

「銀座を指定したのは、僕を助けるためだったのですか」

「あなたをつかまえているのが南城会なのか警察なのか、電話ではわからないでしょ。歩行者天国にこさせて、遠くから見極めようと思った。ちょうどいい喫茶室がデパートにあるのよ。壁がガラスばりになっていて、そこから見ていたらあなたがきた。すぐうしろにいる奴が妙だったから、南城会だとわかった。もし刑事がいっしょだったら、あなたには何もいわずに逃げたわ」

「お礼をいいます。助けてくれてありがとうございました」

「いいのよ」

玉井は首をふった。

「坂田クンにはまだお願いしたいこともあるし」

坂田は耳を疑った。

「僕に、ですか」

玉井はまっすぐに坂田を見つめた。

「三億を取り返すのを手伝ってほしい。あなたの助けがあたしには必要なの。もし取り返せなかったら、あたしは南城会に殺される。警察にもあたしは助けられない。三浦殺しの犯人にされれば刑務所いきだし、犯人にされなかったらずっと南城会に追いかけられる。ううん、たとえ刑務所に入っていたって、中で殺されるかもしれないわ」

「どうして僕なんです」

「あなたが信用できるから」

「待って下さい。僕がどうして信用できるってわかるんですか」

「ここにきた」

「ここに？」

「南城会の奴らから逃げられたのだから、まっすぐ警察に駆けこんだっておかしくない。それなのにまずあたしに会いにここにきてくれた」

「それは、何が昨晩あったのかを直接玉井さんから聞きたかったからです。その上で二人で警察にいこうと思っていました」

「いったってあたしが助からないってことはわかったでしょう。警察はアテにならない。三億の詐欺があったのは警察は知らないし、たとえいっても、カモは税務署が恐いから絶対に認めないわ」

「でも南城会からは守ってくれます」

「いつまで？　一生守ってくれるわけじゃない。南城会は、あいつらの取り分をあたしから回収するまではあきらめない。まして三浦を殺したのもあたしだと思われているのよ」

坂田は息を吐いた。確かに玉井のおかれた状況は悲惨だ。殺人犯が玉井でないという証拠も今はない。一番怪しく見えるのは玉井だし、真犯人がつかまらない限り、警察は容疑者として玉井を捜しつづける。

警察と南城会の両方に追われながら、奪われた金を取り戻すのは大変そうだ。

「あなたしかいないの」

沈黙している坂田に玉井はいった。坂田は首をふった。

「無理ですよ、そんなの」

「あなたに断わられたら、あたしは死ぬしかない」

「そんな。ちょっと待って下さい。僕は警察にいきます。いって全部話すつもりです」

「かまわないわ。でもそれであたしが助かると思う？　警察が南城会の連中を、フロントもひっくるめて、全部刑務所に入れてくれる？」

「それは……」

坂田は言葉を呑みこんだ。警察が動くのは、いつだって事件のあとだ。玉井が殺されたら、犯人をつかまえるだろうが、殺される前に助けてくれるとは思えない。玉井はそれでなくても詐欺師であり、殺人の容疑者なのだ。

「お金を取り返せば、南城会はあたしを見逃す」

「でも三浦さんを殺したのが玉井さんだと思っていたら、お金だけじゃすまないのではないですか」

「それは説得できると思う。お金がまず一番。お金さえ渡せば、あいつらも聞く耳をもつ」

ワゴンの中で黒崎がいった、「ひとり一億」という言葉を坂田は思いだした。分け前の一億五千万以上の金を渡せば、南城会は見逃すと玉井は考えているのかもしれない。

「警察にいくのは、坂田クンの勝手。あたしも止めないわ。でも警察はお金を取り返してはくれない。かりにどこかで見つけたとしても、あたしや南城会に渡してくれる筈もない」

当然だろう。暴力団や詐欺師に警察がそんな大金をあっさり渡す筈がない。

「警察はお金のでどころを徹底的に調べる。その結果、全員がヤバくなる。あたしも南城会も、カモも。その恨みがどこにいくかといえば、やっぱりあたししかない」

坂田は息を吐いた。

「南城会の黒崎というやくざは、僕の携帯電話をもっています。電話番号をもとに、家族や友だちの居どころを調べて、ひどい目にあわせてやると威してきました」

「あいつらの常套句《じょうとうく》よ。実際は、何も関係ないカタギに手なんかださない。もしだしたら、それこそとことん警察にやられるから」

「ただの威しってことですか」

「もちろん威しじゃすまないこともあるわ。でも坂田クンが今ごろ警察に駆けこんでるだろうと思ってるから、しばらくは手をだしてこない」

玉井にそういわれても、安心はできない。

「あいつらが坂田クンの身内にちょっかいをだすとすれば、それは坂田クンがあいつらの欲しいものをもっているとわかったとき」

「たとえばお金とか？」

玉井は頷いた。

「だから今は心配する必要はない。どう、助けてくれる？」

講師をひきうけるのとはまるでちがう。嫌だというのは、玉井に死ねといっているようなものだ。考えさせて下さい、ともいいにくい。そんな余裕などないだろう。

「いったい何をすればいいんです？」

いってから、結局こうなる自分の運命を坂田は呪《のろ》った。刑事の白井がいった言葉を思いだす。

『巻きこまれる才能があるんですな、極道の事件に』

そんな才能、いらない。ふつうのおだやかな生活がしたい。

「『つるかめ会』にいってほしいの」

「えっ」

坂田は玉井の顔を見なおした。

「『つるかめ会』ですか」

「そう」

玉井の顔は真剣だった。

「なぜ『つるかめ会』に？」

「三億を隠した場所だからよ」

坂田はぽかんと口を開いた。

「あの、『つるかめ会』をやっている場所に隠したのですか」

「そう。鶴亀銀座の振興会館。あそこはふだん商店街の寄り合いとかにしか使われてないわ。金目のものなんか何もおいてないいし、隠し場所には絶好だったの」

「でも現金で三億でしょ。どうしてそんなところにおいたんですか」

「考えてみて。三億といったら、ダンボールひと箱ぶんよ。コインロッカーにだって、いつまでもおけないいし、銀行に預けるのは論外」

「自宅は――」

玉井は首をふった。

「ハメられたカモが最初に捜すのはどこ？　あたしの家よ。もちろん本名も自宅も教えていないけれど、蛇の道はヘビで見つけられるかもしれない。カモはカモで、別の極道とかを雇《やと》う可能性があるし」

また暴力団だ。南城会以外の暴力団も玉井を捜している可能性があると知って、坂田は目の前が暗くなった。

同時に、黒崎のいった「レースみたいなものなんだ」という言葉の意味もわかった。

「明日の日曜も『つるかめ会』がある。当然、あたしはいけない。警察が張りこんでいる可能性もあるし」

坂田は額をおさえた。

「どこにお金をおいたんです」

「振興会館に地下室があるのを知ってる？　『演物《だしもの》』のときに使うくらいなのだけど」

月に一度、「つるかめ会」では余興《よきよう》をやっている。キャンペーン中の歌手や落語家、講釈師を呼んだり、場合によってはバスで大衆演劇に連れていったりする。玉井が「演物」の裏方をやっていたのを、坂田は思いだした。

「地下室は物置になってるのだけれど、『演物』のときは、楽屋として使ったりする。鍵をあたしが預かることが多いんで、合鍵を作ったの。そこにおいておけば、盗まれることは絶対にないと思ってたんだけど……」

「玉井さんはいつそこにお金を隠したんです？」

坂田は訊ねた。

「ちょうど一ヵ月くらい前よ。仕事がうまくいって、受けとった現金をその日のうちに運びこんだ。誰にも手伝わせず、あたしひとりで運んだの」

「そういえば一ヵ月ちょっと前に『演物』がありましたね」

「そう。あのときに地下室の物置を使おうと決めたの。あそこには古いダンボールが何箱も積んである。中身は湯呑みとか古い商店街のチラシとかよ。誰も興味がなくて、でも振興会館の財産だから捨てるわけにもいかず、とってあるわけ。ふだんはその物置にも振興会館にも鍵がかかっているから、安心だと思ったの。それに一週間以内に、お金を分配する約束だったから」

「南城会はすぐによこせとはいわなかったんですか」

「ちょうどその前後、別件で警察のガサ入れがあるって噂が流れてたの。だから事務所はもちろん、組員の家にもそんなお金はおいとけないってことで、とりあえずあたしが預かった。それで一週間後にあたしがとりにいったら、消えていた」

「現金が？」

「そう。ダンボールごと。開けてもすぐにはわからないように古チラシとかを上にのせてあったのに」

「ゴミとまちがわれて処分されたとか？」

「だったら他のダンボールもなくなっていなけりゃならない。お金のダンボールだけが消えたの」

玉井はバッグの中に手を入れ、小さな鍵をつかみだした。

「これがその地下の物置の鍵よ。渡しとく。明日にでも、もう一度、捜してみて」

坂田は鍵を見た。南京錠《なんきんじょう》に使うような鍵だった。

「何かのまちがいならいいと思って、必死になって捜したわ。でもなかった。もし商店街の誰かが見つけたのなら大騒ぎになる。もちろんそいつがこっそりもっていったのなら別だけど」

「この鍵のもとはどこから？」

「大河原よ。履物屋の」

大河原がそんな大金をこっそり盗むとは思えない。

「鍵をもってるのは、大河原と商店会長の二人だけ。この合鍵を別にして。商店会長は、地元のスーパーの社長で『つるかめ会』にはめったにでてこない」

商店会長のことは聞いている。鶴亀銀座で最も大きなスーパーマーケットの経営者で、親から継いだ店を拡張させ成功したという話だった。商売熱心だが、反面、店の利益につながらない活動には消極的らしい。鶴亀銀座のような小さな商店街では、スーパーと小売店の共存は微妙な問題だ。スーパーが敵役《かたきやく》にされる場合もある。そうした理由もあって、地元老人会の集まりに顔をだしたがらないのかもしれない。

「でも鍵をもっているのがその二人だけだとしたら――」

「だから坂田クンには、大河原のようすを探ってほしいの。あいつが急に金づかいが荒くなったりしてないかとか」

「だってお金が消えたのはひと月前でしょう。その間に玉井さんも大河原さんに会っていますよ」

「会ってるけど、あたしはそんなに親しくない。あたしのことを変な色眼鏡で見ているのもわかってるし」

それは否定できない。

「確かに前回の『つるかめ会』のあと、僕は大河原さんたちと飲みにいきました。でもどこもかわったようすはありませんでした」

玉井は肩をすくめた。

「大河原じゃないかもしれない。地下室の鍵は、いえば誰でも借りられる。何かの用で借りて地下室に入った誰かが見つけて、盗みだした可能性もある」

いずれにしても「つるかめ会」の関係者だということだ。

「坂田クンなら、他のボランティアとも仲がいい。誰があの三億をもっていったのか、見当をつけられる」

「そんな簡単にいくわけありません。第一、三億円も手に入ったら、どこかへ逃げだしている」

「どうかしら。『つるかめ会』に自分の身内がいたら、見捨てて逃げだすわけにはいかない。地元で商売してるなら、すぐ畳むこともできないし」

坂田は息を吐いた。「つるかめ会」に参加しているお年寄りは、「東江苑」の入所者もあわせてざっと四、五十名はいる。ボランティアの数も十人近い。その中から見つけるとなると簡単ではない。

「お願い。『つるかめ会』にいって、誰か怪しい人がいないか捜してくれるだけでいいの。もし誰かそれらしい人が見つかったら、そのあとはあたしが何とかする」

「何とかするって――」

「大丈夫よ。やくざを使ってどうこうするとかは考えてない。お金を返してくれるように頼むだけ」

それで戻ってくるなら苦労はない。万一それらしい人間を見つけて玉井に報告したら、かえってトラブルが深刻化するような気がする。

「警察にいってもいいから。ただしあたしのことは黙っていて」

坂田は頷く他なかった。

11

玉井と別れ、坂田はとりあえず自宅に向かった。玉井はああいったが、黒崎たちが再び待ち伏せをしていない、という保証はない。自分の安全だけを考えるなら、家に帰らないのが一番だが、家族のことも心配だった。携帯電話を奪われた今、親に何かがあって坂田に連絡をとろうと試みても、つながらない。

びくびくしながら白山で地下鉄を降り、自宅に徒歩で向かった。日はすっかり暮れていた。

昨夜の事件のことも家族には告げていなかった。心配をかけたくないし、あれこれ訊ねてくるであろう母親に説明するのも面倒だった。

自宅の一階にあるコンビニエンスストアの前まできた。外からレジに立つ母親の姿が見えた。元気そうでほっとする。コンビニエンスストアの周辺にも、それらしい連中が張りこんでいるようすはない。

坂田は大急ぎで六階の自分の部屋にあがった。

部屋に入ってどきっとした。留守番電話の着信を示すランプが点滅している。自宅の電話に何者かがメッセージを残していた。

再生ボタンを押した。黒崎だろうか。

『えー、白井です。本日はお疲れさまでした。携帯のほうに電話をしたのですが、電源が切れているようなので、こちらにメッセージを残します。その後、関係者から連絡はありましたでしょうか。あったら、私どものほうに一報願えると幸いです。一応、私の携帯の番号を伝えておきます——』

　あわててメモをした。刑事の白井からだった。警察の人間だと断らないのは、万一坂田の家族が聞く可能性を配慮したのかもしれない。

　録音されたメッセージはその一件だけだった。

　坂田は白井の番号のメモを手にソファに腰をおろした。

　今すぐ電話すべきだった。玉井も警察に知らせてかまわない、といったではないか。

　だが警察にどこまで話していいものなのか。

　玉井のことを告げずに黒崎たち南城会に拉致されたと話せば、どうやって逃げたのかをいぶかられるだろう。

　スキを見て逃げた、といいくるめても、警察が黒崎や中尾をつかまえれば、玉井もその場に現れたことが知れる。そうなったらなったで、坂田が玉井をかばっていると疑われてもしかたがない。

　事実、かばっている。坂田は、玉井のいうことを信じていた。

　玉井が三浦殺しの犯人だとは、どうしても思えない。犯人ならわざわざ、坂田を助けに現れたりはしないだろう。詐欺で稼いだ三億円を誰かに盗まれたというのも、間抜けな話ではあるが信《しん》憑性《ぴょうせい》がある。盗まれていなければ、南城会に追われることもなかっただろうし、とっくにどこか遠くに逃げだしている。

　玉井は本当に切羽詰《せっぱ》まっているのだ。

もうひとつ、警察に知らせるのをためらう理由があった。「つるかめ会」だ。詐欺で得た三億を、あの振興会館に玉井が隠していた話を知れば、警察は必ず「つるかめ会」にやってきて、誰がその金を盗んだのかを調べるに違いない。それは結果、ボランティアやメンバーを疑うことにつながる。

ただでさえ悪化している咲子との関係は、絶望的になる。

白井がメッセージを吹きこんだのは、午後五時過ぎだった。雑居ビルの踊り場で玉井と話をしていた時間だ。

黒崎は、奪った坂田の携帯電話の電源を切ったままにしているらしい。

そこまで考え、坂田は、咲子から電話があったことを思いだした。

呼びだしてもでなかった自分を、咲子はどう思っているだろう。勝気な性格の咲子のことだ、坂田が居留守をつかったと怒っているかもしれない。

明日「つるかめ会」で会ったら、電話を落とした、といおう。実際、携帯電話会社に連絡して、あの端末を止めてもらうべきかもしれない。

明日の一番でそれをしようと決め、坂田はシャワーを浴びた。くたくたで食欲もない。

こんな日は寝てしまうに限る。警察に知らせようという気持は、いつのまにか失せていた。

ベッドに入る。悪い夢をみそうな予感がした。誰かに追いかけ回され、うなされそうな気がする。

だが気づくと朝になっていた。夢をみたのかどうかすら覚えていない。

きのうのできごとのほうが、まるで夢だったようだ。ベッドに横たわったまま、ぼんやりと天丼をみていた。

咲子の顔が思い浮かんだ。咲子はいったいどんな態度で自分に接してくるだろう。

坂田は苦笑した。盗まれた三億より、咲子の機嫌のほうが、今の自分は気になる。

起きて身支度をすませ、隣室の両親の部屋をのぞいた。父親は店にでていて、母親だけがいた。

ご飯食べるかい、とのんびり訊いてきたくらいだから、今のところ脅迫めいたできごとは起こってなさそうだ。

顔をだしておいて何もせずでていくのも変に思われかねない。うん、と答えて、坂田はトーストと目玉焼きを食べた。

ごちそうさんというと、テレビを見ていた母は小さく頷き、手をふった。あたり前のやりとりだが、これを壊されたくない。

警察にやはり知らせるべきかもしれない。部屋に戻って考えこんだ。

気づくと「つるかめ会」にでかける時間だった。知らせるのは今度でもいい、と決め、でかける支度をした。会社からもち帰った菓子の包みが大量にあるのだ。

携帯電話を止めてもらうように連絡して、坂田は家をでた。

「つるかめ会」は午後一時から五時までの集まりだが、準備を手伝うため、坂田はいつも昼前に入ることにしていた。

菓子のダンボールをキャリアでひっぱり、坂田は電車を乗りついで鶴亀銀座に到着した。振興会館は商店街のほぼ中央にある。

アーケードの下を歩き、振興会館の前まできた。ちょうど反対側から振興会館に向かって歩いてくる姿があった。咲子だ。

坂田は思わず立ち止まった。咲子はジーンズにTシャツ、ベストという格好で髪をうしろで束ね、化粧気もない。見慣れた咲子がなぜか懐《なつ》かしかった。

「おす」

咲子は坂田に気づくと無愛想にいった。

「おはよう」

「きのう電話したんだ」

「そうなんだ。ご免。実は携帯電話を落としちゃって」

「落とした？」

坂田の顔を初めて咲子は見た。

「どこで」

坂田は詰まった。

「講習会をやったところ？」

講習会？　と訊きかえしかけ、咲子は中止になったことを知らないと気づいた。

「中止になったんです」

「なんで？　警察につかまったから？」

「そうじゃなくて――」

いいかけ、坂田はあたりを見回した。

「中に入りませんか」

「うん」

咲子がジーンズのポケットから鍵をとりだした。

「大河原さんも桑山さんも昼過ぎになるっていうから、今日はオレが鍵を預かってきた」

扉の錠を開け、中に入った。「つるかめ会」をやるときは、一番大きな部屋にパイプ椅子とテーブルを並べる。それがもっとも大変な準備だった。

「テーブルとか椅子の準備は皆がきてからでいいって」

咲子の声を聞きながら、坂田はキャリアで運び込んだダンボールの封を切っていた。

「なんか今日、多いな」

「いつもより余分に準備しました」

咲子がわずかに間をおいた。

「最後だからかよ」

「仕事としては」

坂田は感情を殺していった。

「仕事としてはって、どういうことだよ」

「それより――」

坂田はがらんとしている部屋の隅にあったパイプ椅子をふたつ組立てた。

「きのう、講習会が中止になった理由です」

坂田の変化にとまどったような顔で咲子は腰をおろした。

「僕は咲子さんにとんでもない迷惑をかけてしまうかもしれません」

「はあ？　どういうことだい」

「金曜日の晩、打ち合わせのために講習会が開かれる予定だった綾瀬のカルチャースクールにいったんです。そこで——」

坂田は息を吸いこんだ。

「やくざの人が殺されているのを見つけました」

咲子の目がまん丸になった。

「殺されたのは、南城会という暴力団の三浦という人でした。警察がきて、教えてもらいました」

「あんたが警察を呼んだってこと？」

坂田は頷き、これまでのできごとをすべて話した。駅前で声をかけてきた刑事が偽者だったことを告げると、

「うそっ」

咲子は小さな叫び声をたてた。家の近くで黒崎たちに拉致され、銀座で玉井に助けられたところまで説明した。

「マジで？　信じられない。それであんた、よく平気でいられるな」

「平気じゃありませんよ。すごく恐かったです」

坂田は苦笑した。

「笑ってるじゃん」

「今だからです」

「オレだったら家からでられない」

「ここにこられないじゃないですか」

「あんた、『つるかめ会』のために、きたのかい」

「もうひとつ、あります」

いうべきかどうか迷った。だが今は、「つるかめ会」のボランティアを長くやっている咲子の協力が必要だ。

「実は、玉井さんは詐欺で稼いだお金をここに隠していたんです」

「ここって——」

「この振興会館の地下の物置です。ダンボールに入れて。それを誰かがもっていってしまった。そのことがすべての始まりみたいなんです」

咲子はぽかんと口を開いた。

「いったいいくら隠してたの」

「三億円だそうです」

自然に声が低くなった。

「三億!」

あべこべに咲子は叫び声をあげた。

「ええ。そのうちの半分は、南城会という暴力団の取り分でした。でもそれを分ける前に、誰かがここの地下からもっていってしまったんです。その結果、玉井さんは逃げ回る他なくなってしまった」

「そんな……本当に?　マジで?」

あきれたように咲子はいった。

「本当にここからなくなったの？」

「嘘じゃないと思います。僕に嘘をついてもしかたありませんし、もう一度調べてきてほしいって、地下の物置の鍵も預けられましたから」

咲子はあらぬ方角を見つめた。頭を働かせているようだ。

「別のところにお金を隠しておいて、盗られたっていってんのじゃないの」

「そうならさっさとどこか遠くへ逃げています。健康枕の詐欺をはたらく必要もなかった。実際ははたらけなかったわけですけど」

「そうか」

「これから下にいってみます。咲子さんも入ったことありますよね」

「何回かはあるよ」

「じゃ、つきあって下さい」

咲子は頷いた。坂田は振興会館の地下室へと向かった。

地下室は、振興会館の一階の廊下のつきあたりにある階段を降りたところだった。降りきった場所がボイラー室になっていて、その隣が物置だ。

扉にはもともと鍵などついていなかったようだが、あとから掛け金とそれを固定する南京錠がとりつけられたのだ。

玉井から渡されたのは、その南京錠を開ける鍵だった。

「こんなとこに三億円も隠したのかよ」

咲子がつぶやいた。

「こんなところだからだと思います。誰もそんな大金があるなんて考えない」

「まあ、確かにな」

南京錠に鍵をさしこみ、錠を開いた。掛け金から南京錠を抜いて、扉を開く。

物置は八畳ほどの広さで、正面と左右の壁ぎわに金属製の棚がおかれ、そこにいくつものダンボールが積まれているのが、うす暗い中、見てとれた。

坂田は明りのスイッチを探した。見あたらない。だが天井には蛍光灯がはめこまれているので、どこかにある筈だ。

「明りのスイッチ、どこだかわかります?」

「あ、ここのスイッチ、わかりにくいんだ」

咲子がいって、入った右側の棚に手をのばした。棚の裏側に隠れていたようだ。カチッと音がして、蛍光灯が点った。

「湯呑み」「歳末大売出」「福引」などとマジックペンで記されたダンボールが並んでいる。大きさはそれぞれだが、十以上のダンボールが金属棚に積まれていた。

坂田は右手の棚に近づいた。とにかくひとつずつチェックするしかない。

ダンボールは大半が、清涼飲料水や野菜などの運搬用を再利用したものだ。したがって底側はともかく、上側は封すらされていない。

「湯呑み」には確かに新聞紙でくるまれた急須と湯呑みが、「福引」には福引に使うくじの器械と大当たりを知らせる鐘が、「歳末大売出」と書かれたダンボールにはチラシと福引用の券が大量に入っていた。

他にもさまざまなもの、たとえば大売出の飾りつけや町内会の祭りのようすを撮影した写真のアルバムなどがある。

次々とダンボールを開いては中身をチェックする坂田のようすを、咲子は無言で見守っていた。すべてを見終わるのに十五分近くかかった。

「ないな、やっぱり」

坂田は汗をぬぐった。咲子をふりかえる。

「あるわけないよ、そんなもの」

咲子は怒ったようにいった。

「あるわけないって？」

「絶対だまされてる。ここに三億隠したなんて嘘だ」

「僕に嘘をつく理由はないと思います」

「それはそうかもしれないけど、お前がかわりに捜してやる理由もない」

「それは……」

「だって見つかったって結局、玉井のところにその金はいくんだろ」

「そうしなければ、今度こそ玉井さんは殺されてしまいます。警察に届けても玉井さんは助かりません」

「そんなの自業自得《じごうじとく》じゃないか」

「だからって殺されるのを見過ごせません」

「なんでそうなんだよっ」

咲子は地団駄を踏んだ。

「え？」

「お前さ、もっと怒れよ。玉井のせいでこんな目にあって、それでも助けてやりたいってのがわかんないよ」

坂田をにらみつける。

「責任の一端は玉井さんにあるとは思います。でも、だからこそ玉井さんはきのう、僕を助けてくれたんです」

「そんなのあたり前じゃないか」

「根っから悪い人じゃないし、僕しか頼れる相手がいないから、そうしたわけです。だったらそれを見捨てるようなことはできないじゃないですか」

「お前って――」

いいかけ、咲子は言葉を呑みこんだ。

「わかってます。馬鹿だし、お人好しすぎるっていいたいんでしょう。前もそうでした」

「前？」

「出張でいった先で、ロシアマフィアのトラブルに巻きこまれました。撃ちあいとかあって、北海道の警察の人にもあきれられました」

「何だよ、それ」

「綾瀬の事件の刑事さんにもいわれました。才能があるって、暴力団のトラブルに巻きこまれる

――」

坂田は息を吐いた。

「僕はやくざなんて大嫌いだし、犯罪の片棒を担ぐなんてとんでもない。なのにいつのまにか、気がつくと、とんでもないことに巻きこまれている。それはもしかすると、お人好しだからかもしれません。でもお人好しなんて世の中にいっぱいいる筈です。僕以上のお人好しだってもっといる。なのに、どうしてなんだろう。本当は僕自身が僕に一番うんざりしているんです」

「サカタ……」

咲子は目をみはっていた。

「結果として、それが咲子さんや家族を巻きこみかねないことになっている。それが一番腹が立つ。もし僕が関係ない、玉井さんの自業自得だといってつっぱねたとしても、きのう僕を威した連中はほっておいてはくれないでしょう。お金が見つかるまで、玉井さんや周りの人間を追いかけまわすと思うんです。たとえ警察がでてきたって、やくざは何人だっている。僕の会ったことのない奴らが今度は家族のところに押しかけてくるかもしれない。僕ひとりですべてができるとは思わない。でも僕が何もしなかったら、きっと何もかわらないんです」

咲子は無言だった。無言で坂田を見つめている。やがて口を開いた。

「オレ、サカタのことを勘ちがいしてた」

「勘ちがい？」

「人に何かをやれといわれたらそれを断れない、自主性ゼロの駄目な奴だとばかり思ってたよ」

「確かにそうかもしれません」

咲子は首をふった。

「ちがうよ。お前は、すごい男気がある」

「男気なんかないです」

「お前がここにきたのは、自分の意思だろう。玉井のおっさんを助けてやりたいって本気で思っているからだろう。他に誰も玉井を助けてやれる人間がいないから」

「それは……ええ」

「それが男気じゃないか。やくざとも警察とも関係なしに助けてやろうと思ってる」

「そうかもしれませんけど、まるで関係ないってわけにはいかないと思います」

坂田は少しあわてた。咲子は思いこみの激しいところがあるようだ。この前までは物好きだの、甘いだのと罵っていたのに、極端な変化だ。

「オレ、反省したよ。この前いろんなこといって悪かった。本当は寂しかったんだ。サカタは一流企業のサラリーマンだ。こっちは下町の運送屋じゃん。本当の友だちになんかなれないだろうなって」

「そんなの、ぜんぜん関係ないじゃないですか」

「あるんだよ。お前にはわかんないだろうけど」

咲子が自分を見直してくれたのは確かなようだ。坂田がほっとしていると、今度はとんでもないことをいいだした。

「よし、決めた。オレもお前を助ける」

「ちょ、ちょっと――」

「金を捜そうぜ。そのまま玉井に渡していいものかどうかは正直悩むけど、ここで盗まれた以上、オレも知らん顔はできない。三億をもっていったのは、『つるかめ会』の人間なのだから」

「待って下さいよ。そう決まったわけじゃないです」

「決まってるじゃないか。この物置に入れるのは、鍵をもっている人間か、そいつから鍵を借りられる人間だ。どっちにしたって『つるかめ会』の関係者しかいない」

坂田は考えこんだ。ふつうなら、別の用事で入った物置から三億もの大金が見つかれば大騒ぎになる。それが起こっていないというのは、見つけた人間は金を自分のものにしようともち去ったのだ。

「疑わなけりゃいけないんですよ、『つるかめ会』の人を」

坂田がいうと、咲子も神妙な顔になった。

「わかってるよ。だからひとりひとりに訊いて回るなんてことはできない」

「お金がなくなったのは、前回の『演物』から一週間くらいのあいだです。それ以降、顔を見なくなった人はいますか」

「メンバーで？　それともボランティアで？」

「まずはボランティアで」

「ボランティアは基本、自由参加だからね。他に用事がある人はこない。うちに登録しているボランティアは全部で二十人くらいいるけど、必ずくる人は四、五人かな。あとはその回によってきたりこなかったりだ」

「最近、急にこなくなった人はいますか」

咲子は首をひねった。

「いるかな。大河原さんに桑山さん、篠原さん、上条さん……」

指を折って数えている。篠原、上条というのは、女性のボランティアで、篠原は洋品店の奥さん、上条は眼科の女医さんだった。

坂田もこれまでに会ったことのあるボランティアの顔ぶれを思い返す。

「あ、でもここに入るのは、ボランティアだけとは限らないよな。玉井もそうだけど、『演物』のときなんかは、メンバーの身寄りでも手伝ってくれる人はいる」

咲子が気づいたようにいった。そのとき、

「おーい、サッコ。どこだあ」

という声が階上から聞こえた。大河原だった。二人は大急ぎで一階に戻った。

「あれ、坂田君もきてたんだ。二人で下で何してたの」

大河原は怪訝《けげん》な顔でいって、にやりとした。

「怪しいな、二人」

「そんなんじゃないです」

坂田はあわてて首をふった。

「前に『演物』を手伝ったときに落としものをして、それで物置にないか、捜しにいったんです」

「物置に？　鍵かかってたろう」

大河原は眉根をよせた。

「ええ」

「だから、捜せなかった。大河原さん、鍵をもってるんだろ」

咲子がとりなした。すると大河原が今度はあわてた表情になった。

「それがさ、なくしちまったみたいなんだ」

「なくした？」

「うん。『演物』のときだと思うんだけど、上がったり降りたりどたばたしてるうちにどこかに落っことしちゃったみたいで」

「物置の鍵を？」

大河原は頷いた。

「参っちゃったよ。まだ捜してるんだけど」

「見つからないんですか」

「うん。まあ、どうしても見つからなければ、『あおいや』の社長のところへいって借りてくればいい。合鍵もそれで作れるし」

大河原は答えた。

「でもまずくないですか。誰かが拾って、勝手に中に入ったりしたら」

「別に金目のものなんか何もないからね。どうってことはないよ。ただ『あおいや』の社長に頭を下げるのがちょっと癪《しゃく》なだけで」

「あおいや」というのが、もうひとつの鍵をもつ商店会長が経営しているスーパーだ。

坂田はすばやく咲子と目を見交した。

玉井は確かに「合鍵を作った」といった。すると大河原のもっていた鍵が見つからないのは、それを拾った人間が返していないからだ。その人物が物置から三億円をもち去ったのではないだろうか。

「どこでどんな風になくしたのか覚えてないの？」

咲子が訊ねると、大河原は情けなさそうに首をふった。

「それが全然。南京錠にさしこみっぱなしにして掛け金にぶらさげておいたような気もするし、鍵だけをどこかそのあたりにおいていたのかもしれない。どっちにしても、もっていく人なんていないと思うから、まるで気にしてなかった」

「駄目じゃない、そんなの」

大河原は肩をすくめた。

「失敗したよ。最悪、新しい鍵ととりかえる。費用はもちろん私がもって」

「そういう問題じゃない」

「うーん、サッコは厳しいな。勘弁してくれよ」

坂田ははらはらした。咲子が今にも三億のことをいいだすのではないかと思ったのだ。そこで話の方向をかえた。

「でも誰が物置の鍵なんかもっていったんでしょうね」

「そこだよ。私も不思議でしょうがないんだ。鍵は鍵だから、落とした人が困ってるんじゃないかってふつう考えるだろう。もしかするとお年寄りの誰かが拾って、そのまま忘れちまったのかもしれない」

「ありえますね」

坂田はいったものの、そうではないと思った。拾った人間は好奇心から、その鍵を使って地下室に入ったのだ。そして三億円を見つけた。

「今日の『つるかめ会』でいってみたら？　鍵を拾った方はいませんかって」

咲子がいった。

「あ、それ名案。訊いてみよう」

咲子が坂田に目配せした。もちろん拾った人間が名乗りでるとは思えないが、怪しいそぶりをみせる者がいるかもしれない。

やがて桑山がやってきた。大河原が進んで鍵の話をした。桑山はきょとんとしている。

「へえ、そうなの。じゃ、訊いてみようか。もし見つからなかったら、掛け金ごとドライバーで外しちまうって手もあるし」

やはりたいした問題ではない、といった表情だ。

他のボランティアも三々五々、姿を現し、坂田たちは協力してテーブルと椅子の配置をすませた。やがて一時になり、お年寄りたちがやってきた。

「坂田さん、いよいよ今日が最後ですか」

話しかけてきたのは、チェックのジャケットにループタイを締めた教授だった。

「本当におなごりおしいですわ。またいらして下されればよろしいのに」

上品なワンピースを着た姫さんがにこにこ笑いながらいった。

「僕もできればそうしたいと思ってます」

「でもねえ、お仕事だからね」

教授がいう。

「あらそんなことおっしゃって。坂田さんがいらっしゃらなくなったら、ユキオさんもきっと寂しがられるわ」

姫さんの目は、会場で将棋盤に向かっているユキオさんを見ていた。対局しているのは桑山だ。

「そうですな。あの人が打ちとけてこられたのは、何といっても坂田さんに将棋で敗れてからですから」

「あたし威勢がよい殿方って好きですわ」

姫さんが微笑む。咲子がいった。

「そんなことをユキオさんに聞かれたら、舞いあがっちゃうよ」

「そうそう。バラの花束をあなたにもってくるかもしれない」

教授がいう。姫さんはおほほほと声をたてた。

「馬鹿なことおっしゃって」

「バラの花束なんてガラじゃないって」

咲子も笑った。

坂田は会場を見回した。ふだんの「つるかめ会」と異なったところはないようだ。お年寄りたちは、ボランティアと遊戯《ゆうぎ》をしたり、坂田のもってきた菓子を食べながらお喋りを楽しんでいる。

節子さんに目がいった。節子さんはいつものように会場の隅にひっそりといた。坂田は歩みよった。節子さんは目を上げ、坂田を見た。

「玉井さんは今日、急なお仕事でこられなくなったみたいです」

節子さんは無言だった。目鼻立ちのはっきりした顔で、口もとには頑固そうな皺《しわ》がある。結んでいる唇は一本の線だ。

「寂しいでしょうけど、次にはきっとこられますから」

坂田はいった。初めて節子さんが口を開いた。

「あの子がそういったんですか」

「え?」

「次にはきっとくるって、あの子がいったんですか」

「いや、そういうわけではないのですが。玉井さんはお母さんのことを気にしてらっしゃいますから」

坂田は口ごもった。節子さんの口調にはどこか辛辣《しんらつ》な響きがある。

「あの子がそんなことをいうわけありませんよ。あたしのことは厄介者ぐらいにしか思っちゃいない。早く死んでくれと願ってるにちがいないのよ」

「そんな――」

坂田は言葉を失った。節子さんは坂田を見やり、口もとをほころばせた。

「いいのよ、気にしなくて。あんたは優しい人だね」

坂田は首をふる他なかった。そのとき、

「皆さーん」

と大声が聞こえた。大河原だった。

「お楽しみ中、申しわけありません」

全員の目が大河原に注がれた。大河原はちょっと顔を赤くしている。

「えーとですね」

咳ばらいし、どう切りだしたものか迷ったようにかたわらの咲子を見た。救いを求められたと気づいたのか、咲子が進みでた。

「実は、地下の物置の鍵が行方不明なんです。大きさはこれくらいで、ふつうのお家の鍵よりは小さいです。どなたか、拾ったり、見かけた方はいらっしゃいませんか」

一瞬しんとして、それからいっせいにお年寄りたちが喋り始めた。誰もが知らないとか見てない、と口ぐちにいっている。

坂田はかたわらの節子さんを盗み見た。節子さんは無表情だった。何も耳に入らなかったかのようだ。

「よろしいですか」

手をあげた人がいた。教授だった。

「はい」

大河原が応えた。

「その鍵を最後に使ったのはいつですかな」

「先月の『演物』のときです。本当は私がきちんと管理しなければいけなかったのですが、どたばたしているうちにどこかに落としたか、置き忘れてしまったみたいで」

「ふーん。するとひと月近くになるというわけですか」

「ええ。この振興会館にあると思って探していたんですが……」

「誰か拾ってもってっちまったんじゃねえのかよ」

いったのはユキオさんだ。手の中で将棋の駒をもてあそんでいる。

「もっていってどうするのかね」

やはり地元のお年寄りで、理髪店を隠居したフジさんというお年寄りがいった。

「そんなのいちいち考えてねえだろう。拾って忘れちまったんだよ」

ユキオさんはいって、この話題からは興味をなくしたように棋盤に目を落とした。

「その可能性もあると思って、お訊ねしたんです」

咲子がいった。会場が再びにぎやかになる。覚えがある、といった人はいなかった。

「――したんだよ」

小声でいうのが坂田の耳に入った。

坂田はふりかえった。節子さんだった。節子さんの目は大河原に注がれている。

「今、何かおっしゃいましたか」

坂田は節子さんに訊ねた。節子さんは無言で坂田を見やった。首をふる。

「別に。何でもないよ」

坂田は落ちつかない気分になった。節子さんは鍵に関して何か知っているのかもしれない。

が、それを教える気はないようだ。

「『演物』のとき、地下室に入ったのは誰だっけ」

桑山がいった。

「ええと、俺と咲子さん、それに玉井さんかな。他、誰かいたっけ」

大河原が答えた。

「寺谷《てらや》さんがいたわよ」

眼科医の上条さんがいった。

「お茶をもってきてくれたの」

寺谷というのは、商店街でお茶屋をやっている人だと坂田は思いだした。確か新茶をもってきたのだ。「つるかめ会」で坂田が見たのはその時が初めてだった。

「湯呑みとか片したじゃない」

「そうか。玉井さんからは鍵を返してもらった覚えがあるんで、玉井さんじゃないと思うんですよ」

大河原がいった。

「先月の『演物』は何でしたかな」

教授がいった。姫さんが、笑う。

「いやですわ。もうお忘れになって。漫談だったじゃございませんか。ギターをそれはお上手にお弾きになって」

トニー・健という名の漫談家を呼んだのだった。あまり売れていない芸人らしく、坂田も知らない男だった。五十代のどこかでひどく痩《や》せていて、顔色も悪かった。だがそれなりにおもしろく、初めの三十分は漫談で笑わせ、あとの三十分は懐メロの歌謡曲を歌って、場をもたせた。咲子の話では、三万円のギャラでひきうけたという。

トニー・健を紹介したのは玉井だった。

「そうでした、そうでした。あの人の小林旭はなかなかよかった」

教授が頷いた。

咲子が坂田に目配せした。寺谷のことを意味しているようだ。坂田は頷いた。

「物置になんざ、ガラクタくれえしか入っちゃいねえんだから、がたがた騒ぐこたあねえよ」

ユキオさんがいって、駒を棋盤に叩きつけた。

「ほい、これで詰み、だ。おーい、坂田、相手しろや。他の奴は弱っちくていけねえや」

ふふ、という笑い声がした。節子さんだった。その目がユキオさんを見ている。

「節子さん、将棋はされますか」

きっかけになると思い、坂田は訊ねた。節子さんが首をふった。

「しませんよ。でも将棋を指してる人を見るのは好きですよ。考えごとしてるときの顔がいい」

節子さんの目はユキオさんに注がれている。もしかしたらユキオさんに好意をもっているのかもしれない。

お年寄りにだって男女の感情はある。若い人間ほどわかりやすくはないし、露《あらわ》にすることへのためらいもあるだろうが、さまざまな形で思いを表現する人を見た。

「じゃ僕とユキオさんの対局をそばでご覧になりませんか」

「駄目ですよ、そんな」

節子さんはあわてたように手をふった。

「そういわずに」

坂田はいって、節子さんの車椅子のうしろに回った。節子さんが車椅子を使っているのは、足が弱っているからで、まるで歩行できないというのではない。

坂田が車椅子を押し始めると、節子さんはそれ以上嫌がらなかった。

「はい、ユキオさん。お待たせしました」

桑山が苦笑いしながら立ちあがった。ユキオさんはちらりと節子さんを見た。

「節子さんは将棋をしているところを見るのがお好きなんだそうです。だからギャラリーできていただきました」

「えーと、あんた、玉井さんだったな」

「はい。玉井節子です」

節子さんは頷いた。目はじっとユキオさんに注がれている。

「『東江苑』の人かい」

「いいえ。川吉《かわよし》二丁目です」

「川吉？　じゃ近所だ」

ユキオさんは節子さんを見直した。川吉は地元の地名だ。

「川吉二丁目のどこだい」

「おおたかコーポ」

「ずっとそこか」

「二十年くらいですね」

「俺は、川吉一丁目だ。生まれてからほとんど川吉なんだ」

「そうですか」

節子さんの目はずっとユキオさんに注がれている。

「ユキオさん、上は何ていうんですか」

「俺か？　田所《たどころ》だ」

たどころゆきお、と節子さんは口の中でつぶやいた。

「そうだ。あんたは玉井節子さんだな」

「はい。堀船《ほりふね》っていう家を知りませんか」

節子さんはユキオさんに訊ねた。

「堀船？　堀船一家のことかい」

節子さんは頷いた。

「知ってるも何も、いっときだけど俺は厄介になっていたことがあらあ。あんまり性《しょう》にあわないんで、辞めちまったけど。俺は半グレって奴だったからな」

いってユキオさんは首をふった。そして坂田に顎をしゃくった。

「ほら、すわれや」

坂田は節子さんが気になった。まだ何かいいたそうな顔だ。だがユキオさんのほうは将棋を早く始めたいらしい。

振り駒をして先手を決め、二人は棋盤に駒を並べた。

勝負は三十分ほどでついた。ユキオさんの勝ちだった。さすがに坂田も盤に集中できず、序盤から手順を誤り、そのまま押し切られてしまった。

「ようし」

勝ったユキオさんは上機嫌で膝を叩いた。

「次はこの手でいこうって、決めてたんだ」

「負けました」

「もう一局、いくか」

「いや、今日はもう」

坂田は首をふった。ユキオさんはおもしろくなさそうに口をすぼめた。坂田は節子さんをふりかえった。

「どうでした」

「おもしろかったですよ。あたしはね、男の人がうんうん唸って考えてるのがかわいいって思うんです」

「俺はうんうん唸らねえぜ」

ユキオさんはいって立ちあがった。そのまま教授や姫さんたちのそばにいき、話を始める。

妙だった。ユキオさんは節子さんを避けているように見える。

節子さんはだが気にするようすもなく、ユキオさんを目で追っていた。

「早雄さんも将棋を指すんですか」

しかたなく坂田は訊ねた。

「あの子は指さないね。父親を嫌いだったからね」

ふっと節子さんがいった。「父親を嫌いだった」――ということはつまり、

「お父さんは将棋を指されたのですか」

「賭け将棋でね、身を滅ぼしたのよ」

「賭け将棋……」

言葉は知っている。麻雀などと同じで金を賭けて将棋を指すことだ。こづかい程度の金を賭ける場合もあるが、昔はスポンサーをつけて大金を賭けた勝負をしたこともあったらしい。中には、プロ棋士並みの腕前をもった、賭け将棋の勝負師がいたという話もある。

プロ棋士になるのは、今も昔も難しい。子供の頃からその道を進まなかった人間の中に天才がいれば、そういうこともあるかもしれない。

「おーい、坂田」

ユキオさんが呼んだ。

「ちょっと失礼します」

「はいはい。どうもありがとうございました。あんたは本当に優しい人だ」

節子さんはいって、自ら車椅子の向きをかえた。

申しわけないような気分になりながら、坂田はユキオさんや教授、姫さんに近づいた。

「何です?」

「今話していたんだけど、お前、本当に今日が最後なのか」

ユキオさんが訊ねた。

「会社の仕事としては」

「仕事てのは、菓子を配りにくることか」

坂田は頷いた。

「ずっと同じ場所では、宣伝にならないでしょうからね」

教授がいった。

「お前さんがこないと俺が勝負できるのがいなくなっちまう。教授は頭いいけど将棋はやらないっていうし」

「頭がいいわけではありません。多少、人より無駄な知識が多いだけです。もっとも最近はそのひきだしも錆《さ》びて開かなくなりましたが」

教授は首をふった。

「『つるかめ会』にはたいへんお世話になりましたし、いいお友だちもできましたから――」

坂田はいいかけた。

「いいお友だちってのはサッコのことだろ。隠すなよ。お前さん、サッコに惚れてんじゃないのか」

「ユキオさん！」

姫さんがいうと、ユキオさんは首をすくめた。

「そういうことは、外野がとやかくいうもんじゃございません」

「怒られちまったい」

坂田は笑った。そして訊ねた。

「さっきいってた、半グレって何です？」

「あれか」

ユキオさんはしかめっ面をした。

「やくざ者にもなれねえ、半端なチンピラって意味だ。あの婆さん、ただもんじゃねえな。堀船一家てのは、もうなくなったがいっときこのあたりを仕切ってた愚連隊なんだ。俺も若くて、今よりもっと馬鹿たれだった頃、そこにいたことがある。婆さんはそれを知ってるんじゃないか」

「ご主人は賭け将棋で身を滅ぼしたそうです」

「賭け将棋？」

ユキオさんが反応した。

「そりゃ、勝負師の玉井源一《げんいち》のことじゃねえか」

「誰ですかな」

教授が訊ねた。

「旦那に雇われて賭け将棋をするのが勝負師だ。いってみりゃ、競馬の馬主と馬みてえなもんだ。旦那になるのは、金持ややくざの親分衆だ」

「玉井源一というのは？」

坂田は訊ねた。

「このあたりにいた勝負師だ。俺なんかは近よれないような、でかい勝負で指していたらしい」

「でかいっていうと？」

「今から四十年くらい前で、一回百万とか二百万の勝負だ」

「とんでもない大金じゃないですか」

「ああ。玉井源一は強くて、大阪や九州まで遠征することもあったらしい。けど、あるとき名古屋で、有名な勝負師とやって負け、それがケチのつき始めで勝てなくなった。以来酒びたりで、最後は首をくくったって話だ」

「それが節子さんのご主人だったんでしょうか」

「わからねえ」

ユキオさんは首をふった。

「玉井源一は、何回も所帯をもったらしいから、もしかするとその相手のひとりだったかもしれん」

「そんな方の奥さまだったのなら、さぞやご苦労されたでしょうね」

姫さんがため息を吐いた。

「将棋を指してる人を見るのがお好きだというのは、その頃の思い出につながるからかもしれませんね」

教授がつぶやいた。節子さんは何ごともなかったように、会場の隅にぽつんとひとりでいて、菓子を食べていた。

もしかすると節子さんは息子の職業を知っているのではないか。だからこそ、あんなつきはなしたものいいをしたのではないだろうかと坂田は思った。

そこへ咲子が近づいてきた。

「ユキオさんに負けたみたいだね」

「今日の坂田はまるで歯応えがなかった。つまんねえ手を指しやがって」

「何か心配ごとがおありなんでしょ」

姫さんがいった。咲子が目を丸くした。

「姫さん、わかるの」

「そりゃあ、わかりますとも。教授とも心配していたのですよ」

咲子が坂田を見た。坂田は急いで首をふった。この人たちを巻きこんではいけない。

だが遅かった。

「サカタ、人殺しに巻きこまれちゃったんだ」

咲子がいった。

「サッコさん！」

「この人たちなら大丈夫だ。それに知恵を貸してくれるかもしれないだろう」

「人殺しとは、また穏《おだ》やかではありませんな」

教授が眉をひそめた。

「もとをただせば、この『つるかめ会』が原因なんだ」

「ちょっと待って下さい」

坂田は止めた。

「いいや、聞き捨てなんねえ。どういうことだよ」

ユキオさんがにらんだ。坂田はあたりを見回した。会も終盤に入り、こっくりこっくり始めているお年寄りも多い。疲れもあるのだろう、起きている人もぼんやりとした表情を浮かべている。

やむなく坂田はあたりの人には聞こえないように話した。

「恐ろしいですわね。そんなことがあったなんて」

姫さんが最初にいった。が、少しも恐そうには聞こえない。どこか浮き世離れしている口調だった。

「それはお困りですな。しかし手がかりといえるものがあまりに乏しい」

「とりあえずあとで寺谷さんのとこにいってみるか」

咲子がいった。

「鍵の行方だけでも確かめたい」

「あのお茶屋に、そんな金をがめる度胸はねえよ」

ユキオさんがいった。

「ていうか、ここにきている連中の中に、そんなのがいるとは思えねえ」

「でも誰かがもっていったんだよ」

咲子がいう。

「玉井は本当に金の隠し場所を誰にもいっていなかったのか」

ユキオさんが坂田に訊ねた。

「本人はそういっていました」

「具体的にはいわなくとも、ヒントを誰かに与えてしまったかもしれない」

教授がいった。

「誰に、です？」

「最初の詐欺をいっしょに働いた仲間です。刑事のフリをして坂田さんに近づいてきた二人組とか」

教授はいった。

「少なくとも彼らは『つるかめ会』のことを知っている。だから駅前で坂田さんに声をかけてきたわけです」

「でもお金を盗んでいたのなら、わざわざ僕に近づく理由がありません」

「二人が盗んだのであればそうかもしれない。だがどちらか片方だけであったら、盗んだことを知らない相手に玉井さんを追おうと誘われ、断われなかったという可能性もある」

「そんなのしらばくれて逃げちまえばいいじゃねえか」

ユキオさんがいった。教授は頷いた。

「確かにその通りだが、坂田さんの話を聞いていると、偽刑事に扮《ふん》した二人組は、ふだんからコンビでいることが多いように思えます。となると、関係を解消するのも簡単ではない」

「そういうもんかね」

ユキオさんは唇をすぼめた。

「そこまで仲がよろしいのなら、お金を分け合うのではございませんか？」

姫さんがいう。

「いや、そうとは限りません。お金がからめば人間は変化します。相棒が玉井さんや暴力団に密告するかもしれないと疑えば、何もいわないでしょう」

「教授がいうともっともらしく聞こえるな」

ユキオさんは腕組みした。

「だとしても、どうやって物置の鍵を手に入れたんだよ」

咲子が坂田と教授の顔を見比べた。

「問題はそこです。咲子さんにお訊ねしますが、物置の扉に強引に開けたような形跡はありませ

「え、どうだっけ——」

「ありませんでした」

　坂田は答えた。その点は意識して鍵を開けた。掛け金や南京錠の周辺に傷らしきものはなかった。

「すると犯人は、やはり鍵をもっていたことになります」

　教授は断言した。

「だけどよ、詐欺師の仲間がどうやってここの鍵を手に入れるんだい。地下の物置だけじゃねえぜ。振興会館の戸にだってふだんは鍵がかかってるんだ」

　ユキオさんがいうと、教授はとたんにしょんぼりとした顔になった。

「ですな。情報があまりにも不足している」

　坂田は、節子さんのことを話そうか迷った。さっき咲子と大河原が鍵について訊ねたとき、何か気になるひとり言をいっていた。

　が、この流れで節子さんの話をするのはためらわれた。ことにユキオさんは早呑みこみをして暴走しかねない。

　坂田は再び会場の隅をふりかえった。節子さんがいない。

　はっとして捜すと、ボランティアの上条さんと出入口の近くで話をしていた。その上条さんが、

「サッコちゃん」

と呼んだ。

咲子がそこに早足で歩みよった。上条さんとふた言み言話し、さらにかがんで節子さんと会話すると、坂田らのもとに戻ってきていった。

「節子さん、なんかあんまり具合がよくないんで、先に帰りたいって。オレ、送ってくる」

「それはたいへん」

姫さんが顔をくもらせた。

車椅子の参加者用に「つるかめ会」は区から昇降機付のワゴン車を借りている。運転は咲子と桑山が交代でしていた。

「川吉二丁目のおおたかコーポだ」

ユキオさんがいった。

「知ってるよ。前もいったことある」

咲子は頷いた。坂田は腕時計を見た。咲子が送って帰ってきたら、そろそろ「つるかめ会」もおひらきだ。

「よう、このあと何か用事あるのかよ」

ユキオさんが坂田に訊ねた。

「別にありませんけど……」

「だったら、俺らにつきあえよ。教授や姫さんもいっしょだ」

「え?」

「咲子とも話してたんだ。今日が終わったら、お前を囲んで一杯やろうって。教授たちはあとで咲子が送ってく」

「そうなんですよ。とても楽しみにしていたんですの」

姫さんがにこにこと笑っている。

「私たちは坂田さんにたいへんお世話になりました。その感謝の気持を少しでもお伝えしたいと思いまして。こんなことになってとてもそんなお気持になれないかもしれませんが、私たちでよろしければ、少しはお役に立てるかと」

教授が重々しい口調でいった。

「いや、そんな……僕は別に何も……」

「お前、何もなしでこれきり『つるかめ会』と縁を切るつもりだったのかよ。水臭《みずくせ》え奴だな」

「そうじゃありません。できればこれからもここにはお邪魔したいと思っています。ただ地元の方が中心になられているので、僕なんかが押しかけていいものか——」

「菓子もってくりゃ歓迎してやるよ」

「今回ほどはもってこられませんけど——」

「冗談だよ！　本当にお前はカタブツだな」

ユキオさんがあきれたように吐きだした。

「いちおう、五時から『ひさごや』に席をとってあります」

教授がいった。「ひさごや」は商店街の外れにある、ちょっと高級そうな割烹《かっぽう》料理店だった。

「東江苑」は前もって届けておけば、外食が可能だと聞いたことがある。

「ありがとうございます」

坂田は頭を下げた。

「何をおっしゃるの。お礼を申しあげなければならないのはこちらですことよ。坂田さんがいらして下さらなければ、ユキオさんともこうして親しくお話しすることもかなわなかったのですから。ねえ」

姫さんがユキオさんに同意を求める。ユキオさんは、少しあわてたような顔で、

「ま、まあ、そうだ。うん」

と頷いた。

三十分ほどで咲子が戻ってきて、「つるかめ会」はおひらきになった。ユキオさんと教授、姫さんには残っていてもらって、坂田は他のボランティアと会場のあとかたづけをした。

「今日はご馳走らしいね」

大河原が声をかけてきた。

「なんだか送別会をして下さるらしくて」

「それはそれで、気が向いたらまたきてくれますか」

「もちろん」

坂田はいった。仕事で別の老人会にいく日はこられないが、そうならない日はこようと思っている。もちろん、玉井の問題が無事解決すれば、だが。

「なにせ坂田さんがいないと、ユキオさんの将棋の相手がいなくなっちゃうし。メンバーはもう誰もやりたがらないんだよ」

坂田は苦笑した。負かされたあげく、脳足りんだの何だのと罵られるのだから無理はない。

あとかたづけが終わり、振興会館を皆ででると咲子がいった。

「教授たち、先に『ひさごや』にいっててくれる？　オレとサカタはちょっと寺谷さんとこ寄ってくから」

三人と別れ、商店街を逆方向に歩きだした。

「今日くるか、電話して確認しようと思ったらつながらなかった」

咲子がいった。拉致されていたときにかかってきた電話のことだった。

「咲子さんのほうから電話をもらえると思ってませんでした」

坂田がいうと、咲子はぶっきら棒に答えた。

「オレは頭にきてたんだ。でも姫さんから電話をもらって、どうしてもサカタの送別会をやりたいっていうからさ」

「嬉しいです、すごく」

「だんだんわかってきたよ、オレ」

「何がです？」

「お前のキャラ。いい人ぶってるエリートだと思ってたけど、本当にいい奴なんだ」

坂田は言葉に詰まった。

「僕はエリートなんかじゃありませんし、いい人でもない」

「エリートじゃん。大学でて誰でも知ってる有名企業の社員だ。お前の地元じゃどうかわからないけど、この辺じゃ立派なエリートだ」

「そんなの、人間としては関係ありません」

大阪で北海道で、裏社会の人間と向かいあったとき、会社や学歴が何かの役に立っただろうか。何ひとつ役に立たなかった。

「そういえるのもエリートだからだよ」

坂田は息を吐いた。

「だけどそれを別にしたら、お前は本当にいい奴だってことがわかった。ふつうはびびって警察に泣きついて、あとは少しでもかかわりになるのを避ける」

いつだってそうしたい。なのにできなくなる。

「まあいいや。とにかくオレはお前につきあうよ」

咲子はひとりで納得したようにつぶやいた。

なぜですかと訊きたいのを坂田はこらえた。もし訊けば、また怒りだすかもしれない。

寺谷は店にいた。今日「つるかめ会」にこなかったのは、店番を頼む奥さんが同窓会にでかけたからだという。

咲子が鍵の件を寺谷に話し、行方を知らないかと訊くと、

「物置の鍵ね、最後に閉めたのは俺だよ」

あっさりと答えた。

「それでどうしました?」

坂田が訊ねると、とたんあやふやな表情になった。

「どうだっけかな。大河原さんか桑山さんに渡したと思ったけどな。はっきり覚えてないんだよ」

「渡すのを忘れて、もって帰ってきちゃったってことはない?」

咲子が訊くと首をふった。

「いや、それはないのじゃないかな。もしもっていたら気づくもの」

「そうか……」

「大河原さんも桑山さんも知らないって？」

「大河原さんもはっきり覚えてないって」

「そうか。まあ、誰が拾って入っても、別にもっていきたくなるような品があるわけじゃないしな……」

「そうですね」

あいづちを打ちながら、坂田と咲子は顔を見合わせた。

「あっ」

不意に寺谷が小さく叫んだ。

「そういえば、鍵、貸したんだ」

「誰にです？」

「あの芸人だよ、『演物《だしもの》』にでた。楽屋として使ってたろう。『演物』が終わって帰るときに、楽屋に携帯電話忘れたかもしれないから見てくるっていわれて。それで貸した」

「で、そのあとは？」

「俺はね、先に帰る用があったんで、鍵を返しておいてくれって頼んだんだ。桑山さんのことをさして」

咲子が携帯電話をとりだした。桑山にかけて確認をとる気らしい。寺谷の店をでて、表の軒先《のきさき》で話をしている。

戻ってくるといった。

「もらってないって」

「何だ、そりゃあ。じゃあ、あの芸人がもって帰っちまったのかよ」

寺谷があきれたような声をだした。

「忘れてしまったのかもしれません。桑山さんがそのとき見えないかどうかして」

坂田はいった。あの日は、送迎バスの運転は桑山がやっていた。そのせいで会場からいなくなることがあった筈だ。

「調べてみるよ。連絡先はわかると思うから」

咲子がいった。

「頼む。結果として俺の責任になっちまうからさ」

寺谷はいい、二人は頷いて店をでた。しばらく互いに無言で商店街を「ひさごや」に向かって歩いた。

「どう思う」

やがて咲子が我慢できなくなったように訊ねた。

「どうなんでしょう。あの、トニー・健という人が忘れてもって帰ってしまったのか」

「もって帰っても、気づけば返してくるぜ。宅配便でも郵便でも、鍵いっこくらいなら送れる」

「面倒くさいと思ったのでしょうか。あんな南京錠の鍵くらいで」

「そういう問題か。あの芸人、誰の紹介だったか覚えているだろう」

坂田は足を止め、咲子を見た。

「ええ。玉井さんです」

「怪しいと思わないか。教授がいうように、あの芸人も詐欺の仲間だったかもしれない。それで金の隠し場所を玉井から聞いて――」

「待って下さい。玉井さんがお金を隠したのは、あの『演物』のあとですよ。だから前もって物置の鍵を手に入れようと考えるのは不自然です」

咲子は唸った。

「そうか、そうなるか。じゃあどうして鍵を返してこなかったのだろうか」

腕組みし、宙をにらんだ。その仕草が妙にかわいらしく、坂田は思わず笑った。

「何笑ってんだよ」

「え、いや。サッコさんがなんだかかわいくて」

怒ると思ったがちがった。

「馬鹿」

とだけいって、そっぽを向き、

「いこうぜ。教授に知恵を借りようや」

と歩きだした。

12

「ひさごや」に着くと奥の座敷で三人のお年寄りは待っていた。料理の注文はすでにすんでいるらしく、坂田たちがすわるのを待って、ビールが運ばれてきた。

乾杯すると早速ユキオさんがいった。

「で、なんだって？　お茶屋の寺谷は」

「それが――」

坂田はトニー・健がもっていったままになっているらしいことを話した。

「妙じゃねえか」

ユキオさんは唸った。咲子が教授を見た。

「あの芸人は、たしか玉井が連れてきたんだ。教授、怪しいと思わない？」

「二人がどういう関係なのかでしょうね。トニー・健さんの連絡先を咲子さんはご存知ですか」

「オレは知らない。けど大河原さんは知ってると思うよ。訊いてみるか」

刺身の盛りあわせが運ばれてきた。

「そうですね。いきなりトニー・健さんに問いあわせるかどうかは別として、まずはそこからでしょうね」

「まずは食おうじゃないか」

ユキオさんがいい、笑って全員が箸を手にした。

「お刺身は久しぶりです。とてもおいしゅうございますわ」

姫さんがいった。箸を使う仕草もとても上品で、坂田はちょっと見とれた。今、こんなに上品に箸を使う人はめったにいない。

「玉井さんに連絡はとれるのですか」

教授が坂田に訊ねた。

「ええ、玉井さんから僕の自宅に電話がかかってくることになっています。携帯電話はとられてしまったままなので」

今日の結果を玉井は知りたくてうずうずしているにちがいない。

「オレの携帯から玉井の携帯に電話してみたら？　確かオレの番号を知っている筈だから」

咲子がいった。

「それは賢明とはいえません」

教授が首をふった。

「追いかけている暴力団に玉井さんがつかまっていたら、咲子さんも関係者とみなされる危険があります」

「そうです。それはやめて下さい」

坂田はいった。これ以上被害にあう人間を増やしたくない。

「でも玉井とトニー・健がどんな関係かを知ろうと思ったら、どちらかに訊くしかねえだろう」

ユキオさんがいった。

「あの芸人がお金をもっていったのなら、当然玉井さんとの関係を否定する筈です。だから慎重にやるべきです」

坂田はユキオさんを見た。

「とりあえずオレ、大河原さんに訊くわ」

咲子が電話をとりだし、大河原にかけた。店に戻っていた大河原が番号を教えてくれた。携帯電話の番号だった。芸人だがマネージャーはおらず、自分で営業をしているらしい。

次の料理が運ばれてきた。ユキオさんが熱燗《あつかん》を頼み、仲居が、

「盃はいくつおもちいたしましょうか」

と訊ねた。

坂田は首をふった。咲子も飲む気はないようだ。姫さんが、おずおずという。

「わたくしも一杯いただきます」

ユキオさんが嬉しそうな顔になった。

「やっぱりここから玉井にかけようぜ」

咲子がいった。

「サカタが家に帰ってからじゃ話があとになりすぎる。教授の知恵を借りるのだったら今ここからかけたほうがいい」

「サッコさん!」

坂田は止めたが遅かった。

咲子が携帯電話のメモリーを検索し、ボタンを押した。姫さんがいった。

「咲子さんは坂田さんのことが心配でたまらないのですわ」

「僕だってサッコさんが心配です」

「よろしいわね、お若い方は」

姫さんが微笑んだ。

「どうです?」

教授が電話を耳にあてている咲子に訊ねた。

「鳴ってるけどでない」

「警戒しているのかもしれません」

坂田はいった。留守番電話にきりかわったのか、咲子が喋った。

「あ、『つるかめ会』の小川咲子です。もし聞いたらサカタから伝言があるので、かけて下さい」

電話を切り、坂田を見返していった。

「留守電にメッセージを残したくらいでびびることはないって」

教授が首をふり、ため息を吐いた。

「すみません。せっかく僕の送別会をしていただいているのに――」

坂田はあやまった。

「いいってことよ。俺ら、したくてやってるんだから。なあ、教授」

ユキオさんがいった。教授は頷いた。

「ユキオさんのおっしゃる通りですよ。私たちは坂田さんを、年は離れているが大切な友人だと思っています。それにこの犯罪には『つるかめ会』がかかわっている。私たちのために皆さんが尽力して下さっている『つるかめ会』が、です。知らぬ顔はできません」

「お気持だけで、本当にありがたいと思っています」

「そうだ、オレがトニー・健に電話するってのは？」

咲子がいった。

「鍵のことを知らないかって訊くのは、ボランティアとして不思議じゃないだろう」

「それはいい考えだ」

ユキオさんがいった。坂田はユキオさんをにらんだ。

「無責任なことをいわないで下さい」

「お前、びびりすぎなんだよ。いくらやあ公だって、電話ごしじゃ何もできねえ。サッコ、電話してみろ」

「教授——」

坂田は救いを求めた。が、教授も、

「玉井さんと連絡をとれない以上、ここは直接トニー・健さんに訊いてみる他はないかもしれませんね」

とつぶやいた。

「だろう」

咲子はいって、大河原から聞いたトニー・健の番号にかけた。

「あ、もしもし、突然お電話してすみません。わたし先月お世話になった『つるかめ会』のボランティアで小川と申します」

「すげえ。サッコがちゃんと喋ってるぞ、おい」

ユキオさんが目を丸くした。

相手が何かをいい、咲子は、はい、はい、と答えた。

「実は、先月ご出演いただいたときのことなんですが——え？」

咲子の顔が真剣になった。

「あ、はい。じゃあ、いつお電話すれば――」

急に電話を耳から離した。むっとした表情を浮かべている。

「切られたよ」

「え、どういうことです？」

坂田は訊ねた。

「『つるかめ会』のことは覚えているっていって。そのあと、今は寄席《よせ》の楽屋にいて、もうじき出番だからって切られた」

「何だよ、そりゃあ」

「あわてているような口調でしたか」

教授の問いに咲子は頷いた。

「最初は、はいはーいって機嫌よくでてきたくせに、『つるかめ会』ってこっちがいったとたんに声のトーンがかわった」

「やっぱり怪しいぜ」

「確かに。ただなくなったお金のことを調べられているとまでは思っていないでしょう。鍵の件を訊かれると考え、とっさにいいわけを思いつかなくて時間稼ぎをしたのではないでしょうか」

教授がいった。

「そうすると、次にこっちがかけるか、向こうがかけてきたときに、適当にいいつくろおうって腹か」

ユキオさんがいう。

「おそらくは。こうなると、やはりトニー・健さんと玉井さんの関係が重要になってきます」

「電話じゃラチがあかねえよ。トニー・健に直接会いにいったらどうだ？」

ユキオさんがいった。

「どうやって？　自宅もわかんないのに」

咲子が訊ねる。ユキオさんは額に手をあてた。

「そうか」

「寄席にでているというのが、本当なら、調べる方法があるのじゃないでしょうか」

坂田はいった。

「なるほど。東京の寄席にかたっぱしから電話して調べてみりゃいいんだ」

ユキオさんは手を打った。

「おーい、おねえさーん」

と仲居を呼ぶ。

「電話帳をもってきて。職業別のやつ」

「そんなことしなくても携帯で調べられる」

咲子はいって、ボタンを押した。インターネットにアクセスして検索する気のようだ。

「何でい」

ユキオさんはふくれた。それでも電話帳が届けられると坂田に渡し、いった。

「いちおう調べてみろや」

ページを開いてみて驚いた。上野や新宿にあるのは知っていたが、小さな演芸場も含めると意外に多くがある。

「こっちは出演者リストがあるけど、トニー・健の名前はのってない。明日のリストだからか、マイナーすぎるからか、どっちかみたい」

咲子がいった。

「坂田さん」

姫さんが自分の携帯電話をさしだした。蒔絵《まきえ》のシールが貼られた渋い電話だ。

「東京とは限らないかもしれません」

「でも寄席なんて、あちこちにはありません。東京以外では、名古屋や大阪のような大都市でしょう」

教授がいう。

「とりあえずかたっぱしから電話しよう」

仲居が鍋の用意をしに座敷にあがってきても、坂田と咲子は電話と首っぴきになった。

鍋の仕度が整う頃、咲子が〝発見〟した。

「トニー・健さんです。はい、本当に？　はい、ありがとうございます。何時頃に高座は終わるんでしょうか？」

全員が咲子を見つめた。

「出番が七時半で、八時まで。はい、わかりました。ありがとうございました」

「よほど熱烈なファンだと思われたでしょうね」

姫さんがおかしそうにいった。

「ここ」

電話を切った咲子が、電話帳のページをさした。項目の終わり近くにある「村田演芸場」という名前だった。住所は墨田区になっている。

「墨田区か」

坂田がつぶやくと、

「墨田のどこだい」

ユキオさんが訊ねた。住所を読みあげると、

「そりゃ錦糸町だ。駅の裏手のとこだ」

あっさりいった。姫さんが驚いたように目をみはった。

「ユキオさん、詳しくてらっしゃるのね」

「いや、その、昔あのあたりでよたってましたんで」

照れたようにユキオさんはいった。

坂田は時計を見た。まだ六時を少し回ったところだ。出番があると咲子にいったのは嘘ではないだろうが、いくらなんでも早すぎる。やはり方便だったにちがいない。

「八時までにいけば間にあうね」

咲子はいって、鍋に箸をのばした。

「食べようぜ」

姫さんがそれをおしとどめ、全員のぶんをとり分ける。

食事がすべて終わったのは七時だった。

「ひさごや」をでるとユキオさんがいった。

「おいサッコ、あとで必ず報告しろよ」

少し酔っている。

「大丈夫かよ、ユキオさん」

「大丈夫、大丈夫。這ってでも帰れらあ」

「私たちもここでタクシーを拾います。坂田さん、咲子さん、何かあったら連絡を下さい」

教授がいうと、ユキオさんはちょっと寂しそうな顔になった。が、それをふりはらうようにいった。

「次の『つるかめ会』にもこいよ、坂田」

「はい、うかがいます。どうもご馳走さまでした」

坂田は頭を下げた。食事代は、三人のお年寄りが払ってくれた。

「気をつけて」

姫さんがいった。

「大丈夫だよ、オレがついてる」

咲子が答えると、たしなめるように首をふった。

「咲子さんは女の子でしょう。いざとなったら殿方にはかないませんことよ」

「そうです。無茶はいけません。おふたりに何かあったら、私たちも後悔します」

教授が首をふった。

「はいはい、わかりました」

咲子はいって、坂田の腕をひっぱった。

「いこうぜ」

JRの駅に向かって歩きだす。錦糸町までは、せいぜい二十分足らずだ。

ホームに立つと、咲子は真顔になった。

「ユキオさん、寂しそうだったな」

「そうですね。何だかんだいっても、教授と姫さんは同じ『東江苑』ですからね」

咲子は息を吐き、視線を宙に向けた。

「片思いか。あの年でも恋はつらいんだろうな」

「若いときと比べ、できることが限られるぶん、よけいにつらいかもしれません。でも――」

「でも？」

咲子が坂田をふりかえった。

「節子さんはユキオさんのことを好きみたいです。将棋を指しているときも、じっとユキオさんのことを見ていましたから」

「そうなのかよ」

咲子は驚いた。

「節子さんの旦那さんは、賭け将棋の勝負師だったようです。将棋を指しているときのユキオさんの姿がそれを思いださせるみたいで」

「へえ」

「本人かどうかはわかりませんが、ユキオさんの話では、このあたりに玉井源一という有名な勝負師がいたそうです。もしかするとその人が節子さんのご主人で、玉井さんのお父さんかもしれません」

「さすが、ユキオさん詳しいね」

咲子は感心したように首をふった。

「地元の悪いことなら何でも知ってるわ」

電車がやってきて、二人は乗りこんだ。日曜だがちょうど帰宅時間と重なり、車内は混んでいた。吊り革が埋まっているので、扉近くで自然、体を寄せ合う格好になる。

「ユキオさんは独身なんですか」

「たぶんね。オレはよく知らないんだ。大河原さんの話じゃ、若い頃はけっこう悪くて、地元のパチンコ屋や麻雀屋で顔だったらしい。ただ本物の極道ってわけじゃなくて、トビの仕事もやってたみたいだ。うちの地元にはそういう年寄りが多いよ。サラリーマンとかじゃなくて、そこそこ好きに生きてきて年をとって、まあ気楽に暮らしてる」

「うらやましいですね」

坂田はいった。

「本当にそう思ってるのか」

「ええ、思っています。あくせく働かなくても、それなりに穏《おだ》やかな老後が送れるなんていいじゃないですか。リストラされるかもしれないとか、年金が破綻《はたん》するかもしれないとか、いつになっても悪い材料ばかりなのが僕らの世代です」

「サカタみたいに大企業につとめていてもそんなことを思うのかよ」

坂田は微笑んだ。

「昔の人たちの話を聞くと、僕らは貧乏クジの世代だって思いますよ。バブルとかいろんなことがあったみたいですが、それ以前は、誰もが明日は今日よりよくなると信じて働いていたような気がするんです」

「そうなのか。オレは若いときは、ひたすら働くもんだと思ってる。楽になりたかったら結婚でもするか、いっぱい貯めて年をとってからのんびりするか。結婚なんてこれっぽっちも考えられないから、今は必死になって働いてる。でも働くだけじゃつまんねえんで、『つるかめ会』を手伝ってるんだ。仕事以外で、誰かに必要とされたい」

坂田は息を吸いこんだ。つきあって下さい、というなら今だ、と思った。

が、電車がホームにすべりこみ、扉が開いた。降りる客、乗りこむ客に通路をゆずり、二人の間隔が開いた。

何もいえないまま、発車した電車に、坂田は揺られていた。

13

錦糸町駅で電車を降りた二人は、ユキオさんの言葉にしたがって村田演芸場を捜した。歩き回り、近くの店舗の人に尋ねて、ようやく見つけたのは、スーパー銭湯の隣にある小さな建物だった。演芸場につきものののぼりや木札が立っておらず、目の前なのに何度も素通りしていたのだ。

時刻は、八時まであと五分と迫っている。

「どうする」

訊ねた咲子に坂田はいった。

「今から中に入ってもしかたがありません。トニー・健さんがでてくるのをどこかで待ちましょう」

建物を見たところ、出入口は一ヵ所しかないようだ。高座が終われば、着替えるなどして、トニー・健はでてくる。それを待ちうけて話をする他ない、と坂田は思った。

村田演芸場の建物があるのは、細い路地が格子のようにいりくんだ一角だった。小さな居酒屋やスナックがドラッグストアや煙草屋、コンビニエンスストアと並んでいる。

昔は盛り場だったのが、今は少しさびれてしまったという印象だ。

演芸場の路地をはさんだ向かいに、オープンカフェがあった。オープンといっても、勝手に歩道にテーブルや椅子を並べたような店だ。坂田は咲子を誘って、そのテーブルのひとつにすわった。

さすがに二人とも酒を飲む気にはなれず、アイスティとグレープジュースを頼んだ。

八時になった。演芸場からはまだ誰もでてくる気配はない。寄席じたいは九時過ぎまでやっているようだ。

トニー・健は全部の演物が終わるまででてこないのだろうか。もしそうなら他の出演者や演芸場の客と混じって見つけだすのが難しくなるかもしれない。といって、楽屋に押しかけようとしても、簡単には通してくれないだろう。

じりじりする思いで、坂田は演芸場の出入口を見つめていた。隣のスーパー銭湯は、人がけっこう出入りしている。

八時三十分を過ぎた。

「出てこないな」

咲子も落ちつかなげにいった。

「ええ。でもここ以外に出入口はないようですから、とにかく待ちましょう」

二人がすわるテーブルは少し暗がりになっているから、トニー・健が万一、誰かの待ち伏せを心配したとしても簡単には見つからない筈だった。

坂田は路地を見渡した。男がひとり駅の方角から歩いてくる。ひょろりとしたそのシルエットに見覚えがあった。坂田は小さく声をたてた。

「どうした?」

咲子に首をふり、坂田はテーブルの下にしゃがんだ。

歩いてくるのは、松川と名乗った偽刑事だった。坂田の〝首実検〟に協力した森末の相棒だ。今日はスーツ姿ではなく、ポロシャツにスラックスというラフないでたちだ。しかも前とは違う黒ぶちの眼鏡をかけている。

松川は何かを捜しているように、あたりをきょろきょろと見回していた。そして村田演芸場の前で立ち止まった。坂田たちに背を向けたまま、スラックスから携帯電話をひっぱりだす。

ボタンを押し、耳にあてた。

「今、前にいる」

松川がいうのが聞こえた。すると間をおかず、演芸場の出入口から人影が現れた。

がりがりの体をジーンズの上下で包み、ギターケースを抱えたトニー・健だった。キャップをかぶっているが、「演物」のときに近くにいたので見まちがいようがない。

がたっと音をたて、咲子が腰を浮かせた。その膝を坂田はおさえた。

「待って」

小声でいう。

「あいつ何者なんだ」

ふりかえった咲子も小声で訊き返した。松川とトニー・健はその場で言葉を交わしている。

「偽刑事」

坂田が答えると、咲子の目がまん丸くなった。坂田はしゃがんだまま、会話を続ける二人に目をこらした。

「どうすんだよ、え」

松川がいうのが聞こえた。ふてくされたようにトニー・健が首をふる。

「そんなの知るかよ」

「馬鹿。いずれ俺らにも追いこみがかかるぞ。こうなったら東京を離れるしかない」

「離れてどこいくんだ」

トニー・健がいい返した。

「今どき地方になんざ儲け話はねえぞ」

坂田は立ちあがった。この二人がいっしょにいるというのは、トニー・健も詐欺師の仲間だった可能性が高い。

「松川さん」

呼びかけた。トニー・健は無反応だったが、松川のほうはぎくりとしたようにふりかえった。

坂田は歩道の明るい場所に進みでた。

いきなり松川は走りだした。それこそ脱兎《だっと》の勢いで、一瞬追おうかと思った坂田があっけにとられるほどの速さで表通りの方角へと走り去った。

「サカタ！」

咲子が叫んだ。が、どうにもならない。

坂田はトニー・健に向きなおった。トニー・健も目を丸くしている。

「何なんだ、おい」

「いいのかよ、サカタ。追っかけなくて」

かたわらにきた咲子がいった。そちらを見やり、トニー・健の目が険しくなった。

「今からじゃ間にあいません。すごい勢いでしたから」

坂田は答えて、トニー・健にいった。

「すみません、びっくりさせて」

トニー・健は咲子をにらんでいる。

「あんた、さっき電話してきたろう。鍵がどうとか、因縁《いんねん》をつけて」

「鍵？」

坂田はいった。

「そうだよ。だからきたのだろう」

「そうですが、さっきの電話で咲子さんは鍵の話はひと言もしていません。ただ、先月出演していただいたときのこと、といっただけで――」

トニー・健があっという表情になった。急に視線が落ちつかなくなり、あたりを見回す。坂田はトニー・健との距離を詰めた。

「あなたは逃げないで下さい」

「お前、何だよ」

トニー・健は肩をそびやかした。色が黒く、目の周りがくぼんでいるせいで、病人のようだ。

「覚えてらっしゃいませんか。僕も『つるかめ会』のボランティアです」

「ふーん」

「なんでひと言もいってないのに鍵のことだとわかったわけ」

咲子が詰めよった。

「何でかな。そうだ、前もおたくのボランティアから電話があったからだよ。鍵の件で。なんか俺がとったみたいにいわれて、むっとしてたからよ」

「何というボランティアですか」

坂田は訊ねた。

「そんなもん覚えてねえ。とにかく鍵のことなんか俺は知らないね」

今にも食ってかかりそうな咲子を坂田は目で制した。意地になっている人間に対して何度同じことを問いつめてもしかたがない。

「今、いっしょにいた方はお知り合いですよね」

「え？　ああ、あいつか。知り合いってほどじゃねえけど何なんだよ」

坂田はトニー・健を見つめた。松川が刑事を装《よそお》っていたことを知っているのだろうか。

「あのさ、立ち話も何だから、ビールでも飲まない？」

不意に咲子がいった。トニー・健の目が動いた。

「え？」

それで思いだした。トニー・健が「演物」できたとき、お茶をだそうとした咲子に、ビールはないのかい、と訊ね、坂田はあわてて買いに走ったのだった。買ってきたロング缶を瞬く間にトニー・健は飲み干した。相当な酒好きのようだとそのとき思った。

「何だよ、急に」

「変な疑いをかけてすみませんでした。お詫びに一杯奢《おご》らせて下さい」

咲子の機転にここはのってみようと、坂田もいった。

「お姐さんたちがご馳走してくれるってのか」

「ええ。ちょうどそこにバーもありますし」

今までいた店を坂田は示した。

「じゃ、一杯だけご馳走になるか」

いったトニー・健をうながし、坂田たちは同じテーブルに戻った。

「生ビールでいいですか」

咲子が訊ねると、

「いいね。ジョッキで一杯もらうか」

と答える。一杯だけといいながら、勧めればいくらでも飲みそうだ。

「じゃオレたちも」

咲子がいい、三人はビールで乾杯した。トニー・健がひと息でジョッキの半分を飲み干したのに対し、坂田たちはほんのひと口、口をつけただけだ。

「今日の高座はいかがでした」

「え？　別に、いつも通りだ。年寄りばっかりでよ。目を開けたまま寝てやがる」

「トニーさんはこの近くにお住まいなんですか」

とりあえずトニー・健の気持をほぐそうと、坂田は関係のない話をふることにした。

「近くってほどでもねえな。だけど電車で一本だ。市川《いちかわ》だから」

ゲップをし、ジョッキを空にしたトニー・健は勝手にお代わりを頼んだ。

「いいところですね」

「安アパートだ。駅に近いだけがとりえの」

「千葉でも高座にあがられることはあるんですか」

「ないない」

トニー・健は手をふった。

「たまにあっても健康ランドみてえなところだ」

「トニーさんはずっと漫談をやってこられたんですか」

「俺か？　ピンになったのは、この三年くれえかな。その前はトリオ漫才をやってた。さっきのあいつは、そんときの相方さ」

「あの、背の高い――ええと、名前は……」

「松枝《まつえだ》。松枝幸長《ゆきなが》ってんだ。トリオ漫才ということは、もうひとりメンバーがいらしたんですよね」

「どうぞ、どうぞ。侍《さむらい》みてえな名前だろう。おい、チュウハイ飲んでいいか」

「ああ、いたよ」

「おい、煙草もってるか」

チュウハイをトニー・健はジョッキで頼み、
と訊ねた。

坂田は首をふった。

「ちっ」

とトニー・健は舌打ちした。すると咲子が、

「メンソールでよかったら」

とさしだした。うけとりくわえたトニー・健にライターの火もさしだす。トニー・健はうれしそうに笑った。

「いいねえ。お姐さん、けっこうかわいいじゃない。そんなジーパンなんかはかないで、スカートはいて化粧したら、相当もてるんじゃないの」

怒ると思いきや、咲子は笑い声をたてた。

「本当ですか。プロの芸人さんにそんなこといわれたら喜んじゃう」

「おお、ぜんぜんイケてるぜ。そのあたりの婆あホステスなんかメじゃないね」

「うれしい。でもなんで漫才をやめちゃったんですか」

「それはよ」

いって、トニー・健は煙草を吹かした。

「もうひとりの相方がよ、パクられたからさ」

「パクられた？」

「おう、これが好きなんだ」

指先で空中から何かをつまみとる仕草をした。

「何です、それ」

「麻雀だよ、麻雀。それもハンパな額じゃねえ金を賭けるのが好きなんだ。相手もカタギじゃねえのが多くて、負けがこんじまってな」

「そんなに高額の賭け麻雀をしていたのですか？」

「ひと晩に五十、百って金が動いてたみたいでな。タマがなくなると、やくざ者が貸すんだ。高《たけ》え利子がつく」

「大変じゃないですか」

「おう、大変だよ。五十万の借金がひと晩で六十、七十になっちまうんだから。それでどうにもならなくなって……」

トニー・健は言葉を呑みこんだ。

「どうにもならなくなってどうしたんです？」

咲子が訊いた。トニー・健は咳ばらいをした。

「まあ、結局、つかまったわけだ。雀荘にサツが踏みこんでな。その野郎は前歴があったから、実刑をくらって、トリオは解散よ」

「今でも刑務所にいるのですか」

「いや、とっくにでてはきてるさ。けどもう高座にはあがれねえ。別にパクられてた件はいいんだが、いろいろあってな」

「あのう、その人は、ずんぐりした豆タンクみたいな体つきをしていません？」

坂田は訊ねた。

「なんだよ、会ったことあるのかい」

「さっきの松枝さんといっしょにいるのを見かけました」

「そういや、なんでお前、あの野郎を知ってるんだ？」

トニー・健は少し赤くなった目を坂田に向けた。

「おかしいじゃねえか。ボランティアがどこであいつと知り合う？」

咲子がすかさずいった。

「トニーさん、もう一杯いく？」

「ん？」

チュウハイのジョッキが空いていた。

「そうだな。もらうか」

「チュウハイもう一杯！　濃いい目で」

咲子が叫んだ。トニー・健が坂田に目を戻す。坂田はいった。

「玉井さんのお友だちみたいなんですよ」

「玉井？　ああ、あのおかまか」

「トニーさんも友だちなんでしょう」

「友だちっつうか、何ていうか。親戚だ」

「ええっ！」

坂田と咲子は思わず声をあげた。

「親戚⁉」

「遠縁だけどな。あいつのお袋と俺のお袋がいいとこどうしなんだ」

「玉井さんのお母さんて、『つるかめ会』にいる節子さんですよね」

「らしいな」

トニー・健の口調が鈍《にぶ》った。

「らしいって、お知り合いなのでしょう」

「別にどうでもいいことだよ。お前らなんでそう、根掘り葉掘り訊くんだ」

急に怒った顔になる。

「それは――」

「トニーさんに興味があるから」

咲子が甘い声でいった。

「ふざけんなよ」

坂田も同じ思いだ。

「ふざけてないよ。芸人さんてカッコいい」

坂田は思わず咲子を見つめた。

「お前、そんなこといって、責任とれるのか、おう」

トニー・健は咲子を見つめた。

「責任てなあに？」

「そりゃ、お前、俺につきあうってことだ」

「いいよ、トニーさんなら」

坂田は腰を浮かせそうになった。演技だとしてもやりすぎだ。ひっこみがつかなくなったらどうするのだ。

「本気にするぞ」

「うん」

咲子は頷いて、ビールのジョッキをもちあげた。

「乾杯しよ」

新たにきたチュウハイのジョッキにぶつけた。

「イッキだよ」

「おうし」

トニー・健はジョッキを手にした。互いに目を見交しつつ、ジョッキの中身を一気に干す。おろすと咲子は笑い声をたてた。

「いいな、カッコいい。もう一杯いこ。チュウハイ濃い目と生ビール、お代わり」

「こいつは飲まないのか」

トニー・健は坂田を見た。

「駄目なの。なまっちろいサラリーマンだから」

咲子が首をふる。そんな、といい返したいのを坂田はこらえた。確かにそれほど酒には強くない。一気飲みなんて無理だ。

新たな酒が届くと二人はまた乾杯した。それを坂田は惨めな気持で見つめた。もし咲子が本気でトニー・健をカッコいいと思っているのなら、ここにいる自分はただの邪魔者だ。

「あれから玉井さんには会ってないの?」

「玉井に? 会ってねえよ。親戚だっておかまにゃ興味ねえ」

咲子の問いにトニー・健は首をふった。

「じゃあもうひとりの相方の人は? さっきいった松枝さんじゃないほうの。何て名前だっけ——」

「森本《もりもと》か?」

森本が森末、松枝が松川。二人は本名を一字かえただけの偽名をつかっていたのだ。

「そうそう、森本さん」

「あいつに会ったのはいつだっけな……。ひと月前か。玉井のこと捜しててよ。だからお前んとこの何たら会ってのの話を教えてやった」

「玉井さんと森本さんは友だちなんだ」

「友だちっていうか。去年、玉井が仕事を手伝ってくれる人間を捜してるって、俺んとこに電話してきてよ。そいで松枝と森本を紹介してやったんだ。あの二人は、俺と組む前は、コンビ漫才をやってたんだが、ぜんぜん駄目でな。映画やテレビのエキストラやったり、警備員のバイトしたりって、まるで目がでなかった。俺と組んでトリオになって、ちょっと日があたったところで、あの馬鹿がしくじりやがった」

「しくじるというのは、さっきの麻雀の話ですか」

坂田は訊いた。トニー・健は坂田をふりかえった。

「何だ、お前、まだいたのか。酒も飲めねえガキは帰れよ。これからは大人の時間だよ、大人の時間。なあ姐ちゃん」

咲子をふりかえる。

「もうちょっといさせてあげようよ」

咲子が笑った。

「あたしもまだ飲みが足りないし」

「いいねえ。もう一杯いこうか」

お代わりを頼むと咲子が訊ねた。

「しくじったって麻雀のことなの」

トニー・健はしゃっくりをした。体が小刻みに揺れ、目が赤く光っている。

「そうだよ、あの馬鹿。借金漬けでにっちもさっちもいかなくなりやがって、自分でサツにたれこんだんだ」

「わかんない。どういうこと?」

甘い声を咲子がだし、それだけで坂田は傷ついた。未だかつて聞いたことのないような声だ。

「え？　だから、麻雀打ってる現場にサツが踏みこむようにしたんだよ。そうすりゃ自分もパクられるが、金を貸してたやくざもパクられる。そいでもって借金がうやむやになる、と勘ちがいしたのさ」

「勘ちがいということは、借金はうやむやにはならなかったのですか」

坂田は訊ねた。

「そんなもん決まってんだろう。相手はやあ公だぜ、つかまってム所いくのは仕事みてえなもんだ。逆にチクったのはお前かって追いこみかけられて、本気で殺されそうになったらしい」

「でも殺されずにすんでいます」

「そりゃ、どうにかしたのだろうさ。必死にいいわけして、分割で借金払うとか何とか」

「その借金をしたやくざの人は、何という人なのですか」

「んなの、俺が知るわけねえだろう。足立連合の誰かだよ」

「足立連合ってこのへんを仕切ってる組だよね」

咲子がいった。

「そうだよ。森本が通ってた雀荘も錦糸町だからな」

いって、トニー・健は手をぶらぶらと動かした。

「おい、煙草」

「はいはーい」

咲子はいって煙草をくわえさせ、火をさしだした。首がぐらぐらと揺れ、なかなかつけられない。

ようやく火をつけ、一服するとトニー・健はいった。

「そういや、お前んとこの鍵、森本に渡したわ。玉井に返しとけって。今、思いだした」

「そっかあ。ありがとう」

咲子はいった。

「いいってことよ、姐ちゃん。そろそろホテルでもいこうぜ」

トニー・健はうれしそうに笑う。

「うん。じゃ、これ飲んでからね」

咲子はジョッキを掲げ、トニー・健のチュウハイのジョッキに当てた。

「おう」

トニー・健の指先から吸いかけの煙草がぽろっと落ちた。瞼がだんだん降りてくる。何回か瞬きをしてこらえたが、限界がきたのか、トニー・健は椅子にもたれかかり、目を閉じた。半開きの口からいびきが洩《も》れだした。

「サカタ、勘定してきて」

「わかりました」

二人は先に帰るが、ひとりは残るからここまでの勘定をしてくれといって、坂田は金を払った。

店先に戻ると、咲子が立って待っていた。トニー・健は眠っている。

「いいんですか、おいていって」

坂田がいうと、咲子はにらんだ。

「どういう意味だよ」

「いや。なんか仲よさそうだったから」

坂田は目をそらした。いきなり耳たぶをつかまれた。

「痛っ」

すごい力でひっぱりよせられた。咲子が耳もとでいった。

「あんた、あれを真に受けてたのかよ」

いきなり尻を膝で蹴られた。

「馬鹿じゃないの」

「だって、咲子さんがカッコいいなんていうから――」

「いけよ」

肩をつきとばされた。二人はバーを離れ、ＪＲの駅に向かって歩きだした。

「全部お芝居だったんですか」

「決まってるだろう」

坂田は大きなため息を吐いた。咲子が目を丸くして見つめた。

「お前、本気にしてたのか」

「最初はもちろんお芝居だと思って見てました。でも途中からそう思えなくなってきて」

「なんで？」

「あんなやさしそうな声だすの、聞いたことがなかったので」

咲子は目を閉じ、首をふった。

「大丈夫ですか」

「馬鹿」

目を開き、咲子がいった。目もとが赤らんでいた。

「ヤキモチ焼いてたんだ」

坂田は返事に詰まった。

「どうなんだよ」

「酔ってますね」

「関係ない。ヤキモチ焼いたのか」

恐い顔をしている。

「焼きました」

坂田は認めた。殴られるかもしれない。

次の瞬間、耳を疑った。

「うれしい」

咲子がいったのだった。笑っている。

「えっ」

とたんに咲子は笑みを消した。

「いいから、いくよ」

「どこにです？」

「サカタん家《ち》。玉井に、鍵をもっていったのが森本なら、お金をとったのもそうだって教えてやんなきゃ」

14

咲子は坂田の自宅で玉井の連絡を待つ気のようだ。とことん助けるつもりらしい。坂田はうれしいが申しわけない気分だった。それにこれ以上巻きこむのも恐い。

だが今の咲子に、これ以上かかわらないでくれという勇気はなかった。ただでさえ勝ち気な上に酔っている。そんなことをいおうものなら、激怒するに決まっていた。

ＪＲから地下鉄に乗りかえ、白山に到着したのは十時半過ぎだった。あたりは、ひっそりとしている。

「静かなとこだな」

マンションに向かって歩く坂田のかたわらで咲子がいった。少し酔いがさめてきたようだ。

「住宅街ですし、日曜の夜ですから」

「やっぱ、オレの地元とはちがうね」

自宅の前まできた。両親の経営するコンビニエンスストアが一階にあるマンションだ。母親がレジに立っているのが見えた。

咲子が不意にいった。

「喉渇いたな。コンビニ寄っていこうぜ」

止める間もなく、扉を押した。

「いらっしゃいませ」

母親が声をかけ、うしろの坂田に気づいた。

「お帰り」

店内には他に客がいない。清涼飲料水のコーナーに向かいかけた咲子が足を止めた。

「ただいま」

咲子が驚いたような顔で坂田と母親を見比べている。

「あの、お袋です。母さん、こちら小川咲子さん」

母親もちょっと驚いたように咲子を見つめた。

「老人会のボランティアの方で、すごくお世話になってるんだ」

坂田はいった。

「まあ、そうなの。それはそれは、勇吉がお世話になって」

母親は頭を下げた。

「いえ、そんな、お世話なんて。こっちこそ、すごく助かってて……」

咲子はしどろもどろになった。

「えっと、このあとのことを打ち合わせしようってなって……」

「そうなの。あんた、部屋きたなくしてないでしょうね」

「大丈夫だよ」

咲子は顔をまっ赤にしていた。ウーロン茶のペットボトルを手に、レジに近づくと、

「あ、お代はけっこうですから」

母親がいった。

「いえ、でもそんな——」

「いいんですよ。あ、これもよかったら」

母親もいつもとはちがうようすだった。レジ前においてあったクッキーの袋をつかむと咲子に押しつける。

「召しあがって下さい。なんか新商品でおいしいらしいです」

見ると坂田の勤めるササヤ食品のライバル企業の製品だ。坂田はあきれた。

「母さん、それ——」

「なに？　どうしたの？」

「何でもないよ」

坂田は首をふった。

「ゆっくりしてって下さいね。あの、よろしくお願いします」

母親は妙に上ずった声でいって頭を下げた。あげくに二人が店をでるとき、

「ありがとうございました」

とまでいった。坂田は笑いだした。

「え？　どうしたの。サカタ、あたしおかしい？」

咲子が立ち止まった。右手にペットボトル、左手にクッキーの袋をもっている。

「おかしくありません。おかしいのはお袋です。何も買ってないのに、『ありがとうございました』って」

「そうか。よかった。あたしかと思って焦っちゃったよ」

「咲子さんもおかしいですよ。第一、急にあたしなんて」

「しょうがないだろ。まさかいきなりサカタのお母さんに会うとは思わなかったんだから」

「すみません。いおうと思った矢先に店に入っちゃったものだから」

坂田は店の横にあるエレベータホールに向かいながらいった。

「だってさ――」

咲子はふくれ面になりかけ、すぐにしょげた。

「オレ、酒臭かっただろうな。うちのお袋、鈍感ですから」

「大丈夫ですって。最悪」

「そういう問題じゃない」

だがきっと驚いたろう、と坂田も思った。自宅に女性を連れてきたのは初めてだ。女性とつきあった経験がないわけではないとは知っているだろうが、こうして面と向かったことはない。そう考えると、ちょっと悲しい気分になる。本当に咲子とつきあっていて、自宅に連れてきたのならどれほどよかったろう。

実際は、玉井からの連絡を待つだけのために帰ってきたのだ。

それでもエレベータを降り、部屋に入って二人だけになると坂田は緊張した。リビングの明りをつけ、

「すわって下さい」

というとき、声がかすれたような気がした。

緊張は咲子も同じのようで、ぎこちない仕草で部屋を見回した。

「き、きれいじゃん。掃除とかしてもらってるのかよ」

「いえ、自分です。あんまり部屋にいることもないんで、よごれようがなくて」

目が部屋の電話にいった。メッセージの録音を示すランプは点滅していない。

玉井はまだ電話をかけてきていないようだ。

「なに？　この部屋にお母さんも住んでるんじゃないの？」

「お袋と親父は、隣の部屋です。ここは前、姉が使ってたんですが結婚してでていったんで、僕の部屋になりました」

「姉さんがいるんだ」

「はい」

それきり会話がとぎれた。咲子はソファに腰をおろすと、ペットボトルの封を切った。

「あっ、コップもってきます」

「いい。いいって」

咲子はラッパ飲みし、ふうっと息を吐いた。

「酔いがいっぺんにさめた」

「なんか、不思議な気分です。ここに咲子さんと二人でいるのが」

坂田はソファの向かいの床にあぐらをかいた。

「オレ、図々《ずうずう》しかったか。押しかけちゃって」

坂田は首をふった。

「そんなことないです。咲子さんがうちにくるなんて、ありえないと思っていただけで」

「なんでありえないんだよ」

「それは、僕のことなんか何とも思ってないだろうから……」

「あのな――」

電話が鳴りだし、二人はとびあがった。

「サカタ！」

「はいっ」

坂田は電話にとびついた。

「もしもし」

「坂田クン？　玉井です」

「玉井さん！」

「お金はどうした？　あった？」

玉井の口調は切迫していた。

「いえ、それが捜したけれど、やっぱりありませんでした」

「そう……」

玉井の声は暗くなった。

「でも、手がかりはありました」

「手がかり？」

「森本さん、わかりますよね」

「森本？　うん。あいつがどうしたの」

「地下の物置の鍵をもってるんです。『演物』のあと、トニー・健さんから渡されて」

「森本が⁉」

「ええ。玉井さん、森本さんにお金の隠し場所のことを話していませんか」

「えっ」

玉井は黙りこんだ。記憶を探っているようだ。

「森本さんは賭け麻雀で暴力団に借金をしていたらしいんです。お金を払わないと命が危なかったみたいで」

「わかんない。話したかもしれない……」

「もし話していたのなら、お金をもっていったのは森本さんという可能性があります」

「森本……」

「森本さんは松枝さんといっしょになって玉井さんを捜していましたが、それはお金をとったのを隠すためのお芝居だったかもしれません」

「二人のこと、どうしてわかったの」

「トニー・健さんに訊きました。三人で昔、漫才をやっていたそうですね。トニーさんと玉井さんは親戚なのでしょう」

「そう。トニーは、うちで暮らしていたことがあった。両親が別れていくところがなくて、あたしの母親がひきとって一年くらい面倒をみていたのよ」

「そうなんですか」

坂田は驚いた。

「そう。いっときは兄弟みたいにしてた。もちろんあっちがお兄ちゃんだけど。それから再婚したお父さんとこにひきとられていって、グレたらしい」

トニー・健はそんなことは何ひとついっていなかった。むしろ親戚だがそれがどうした、という口調だった。兄弟同様の時期があったにしては、玉井にまるで興味を抱いていないように見えた。

「それからは、忘れた頃に連絡があるくらいだった」

「玉井さんは、森本さんの連絡先をご存知ですよね」

「知ってる」

玉井はいって黙った。どうすれば金をとり戻せるか、考えているようだ。

「そういえば、トニー・健さんのところに松枝さんがきてました。でも僕の姿を見て逃げだしましたけど」

「そりゃそうよ。あなたを南城会に売ったのだから、殺されてもおかしくないと思ってるわ」

「その南城会ですけど、その後は――？」

「あたしのことを捜してるとは思うけど、今のところは特に変化はないわ。たぶん警察が恐いんで我慢しているのだと思う」

それなら自分も安全だろうと坂田は思った。

「松枝は何しにきたの？」

玉井に訊かれ、坂田は我にかえった。

「何か相談をしにきたようでした」

「相談？」

「松枝さんはやくざを恐がっていたみたいです」

「どっちのやくざだろう」

玉井がつぶやいた。

「足立連合なのか南城会か」

「そう。あの二人があたしの仕事を手伝ったのもその借金を返したかったからよ。松枝は関係ないのだけれど、二人がコンビだったのを地元のやくざは知ってるから、もし森本が逃げたら自分がひどい目にあわされるかもしれないって松枝は思ってるの」

「でも森本さんが借金を返せば大丈夫なわけですよね」

森本が三億を盗んだのならとっくに借金を清算している筈だ。

「そうね。だったら足立連合じゃなくて南城会だわ。つまりもうあいつらはあたしのお金をつかっちゃったってことね」

玉井の口調にくやしさがにじんだ。

「なぜ逃げなかったのでしょう」

坂田はいった。

「え？」

「三億もお金があって、借金を清算したのなら、逃げだしていいと思うんです」

「わからない。松枝にいえなかったのかしら」

「森本さんは自分だけでは逃げだせない理由があるのですか」

「松枝にはこれまで迷惑をかけたという負い目があるみたい。ひとりで逃げないとしたらそれが理由かも」

だとすると森本はかなり複雑な立場だ。金を盗んでおきながら、被害者のフリをして刑事になりすまして玉井の居どころを捜し、相棒の松枝にも真実を告げられず、それがために逃げだすこともできずにいる。

「森本を捜すわ」

「そうして下さい」

「ありがとう、坂田クン。本当にありがとう」

「いいえ。でも――」

いいかけ、坂田は黙った。

お金をとり戻したら警察にいって下さい、という言葉が喉につかえていた。そんなことはありえない。

とり戻した金は南城会に分配される。その結果、玉井の命は助かるだろうが、今度は森本が追われるかもしれない。

「うまくいったら連絡するから」

「あの――」

「何？」

「携帯に咲子さんからの伝言が入っていたと思うんですが、それは僕が入れてもらったんで忘れて下さい」

「咲子さん？」

「『つるかめ会』のボランティアです」

「そうなの。わかった」

坂田は妙な気配を感じた。玉井は自分の携帯電話をチェックしていないのだろうか。

「玉井さん、携帯電話をなくしたのですか」

「そうじゃない。ずっと電源を切ってたから気づかなかったの。じゃあね」

玉井は電話を切ってしまった。急に会話を打ち切られたようで、坂田は呆然と受話器をおろした。

「どうした⁉」

咲子が勢いこんで訊ねた。

「ええと……」

坂田は玉井とのやりとりを咲子に語った。咲子はペットボトルを口にあて、眉根に皺を寄せて話を聞いている。

「どうやらもうこれで、僕の出る幕はないみたいです」

「でも、おかしくない？」

「おかしいことはいっぱいあります」

「だよな。まずその森本てのが金を盗んだのなら、なんで松枝といっしょに逃げださないんだよ。あたしだったら絶対逃げる。その松枝だって詐欺の片棒をかつぐくらいだからマトモな奴じゃない。だったら事情がわかれば、いっしょに逃げるほうを選ぶと思うけど」

「ですよね」

「それに玉井もおかしいよ。もし森本に金の隠し場所を話してたのなら、まっ先に疑うと思う。今まで忘れてたなんてありえない」

坂田は頷いた。確かにその通りだ。

「玉井は何かお前に隠してる」

「かもしれません」

答えて、坂田は不安になった。やはり殺人犯は玉井なのだろうか。

今日は消えた三億円のことばかりを考えていたが、一番重大なのは殺人事件だ。城東文化教室で南城会のやくざ三浦を殺したのはいったい誰なのか。

玉井の詐欺に松枝と森本が加担したのは明らかだ。つまり南城会からすれば、分け前をもち逃げした玉井の〝共犯〟ということになる。

が、黒崎は森本を見逃している。「いつでも連絡をとれるようにしておけよ」といって、ワゴン車から降りるのを止めなかった。

それは玉井ひとりが〝犯人〟だと決めてかかっているかのようだ。

そう考えた理由は何なのか。森本が自分の〝無実〟を訴えたからではない。そんなことで信用されるなら、坂田だって簡単に解放された筈だ。

「――そうか」

坂田はつぶやいた。殺人事件だ。玉井のもとを訪ねた三浦が殺されたことこそが、玉井をすべての〝犯人〟らしく見せているのだ。

「何がそうかなんだよ」

咲子が目をみひらいて坂田を見た。坂田は答えず、考えを巡らせた。

玉井が〝犯人〟に仕立てあげられたのだと仮定する。それをできるのは、玉井のごく近くにいる人間に限られる。玉井の行動を知る者だ。城東文化教室に金曜の晩、玉井がいるのを前もってわかっていた人物。

まず、松枝と森本。この二人は坂田から聞いていた。

「待てよ」

坂田はつぶやいた。南城会の三浦はどこで城東文化教室のことを聞きつけたのだろう。

同時に、銀座の雑居ビルの階段で玉井と交した会話を坂田は思いだした。

――三浦は講習会のことをどこかで聞きつけたのよ。助かりたかったら金を渡せ、といった。渡せば組にも黙っていてやるって。

金曜日の夜の段階では、三浦しか城東文化教室のことを知らなかった。三浦はそこに玉井が現れるという情報をつかみ、所属する南城会には秘密でやってきた。つまり、情報源は南城会ではないのだ。

三浦に城東文化教室のことを知らせた人物こそが、玉井を〝犯人〟に仕立てたのだ。

やはり森本か松枝なのだろうか。だが坂田が見る限り、あの二人に暴力団員を殺す度胸があるとは思えない。乱闘になり、弾みで殺してしまったというのならまだありえるが、待ちかまえて殺すとなると、よほど冷静でなければできないことだ。

「サカタ！」

じれたように咲子が呼び、我にかえった。

「何をひとりでわかったようなこといってんだよ。オレにも説明しろよ」

坂田は口を開いた。

「玉井さんがもし犯人でないとするなら、誰が三浦を殺したのかを考えていたんです。それもなぜ」

「なぜ？」

「ええ。玉井さんが犯人なら、追いつめられて殺した、という動機がなりたちます。でも犯人でないのなら、誰がなぜ殺したのか」

「なぜ殺したって……」

咲子は口をとがらせ、黙った。

「きのう玉井さんから聞いた話では、三浦はひとりで城東文化教室に乗りこんできたようでした。もし組の分け前をとり返すつもりなら、もっとおおぜいで押しかけたでしょう。実際、玉井さんは、金を渡せば組には黙っていてやるって三浦がいったと」

「それって三浦ってやくざがこっそり玉井を威しにきたってことか」

「そうだと思います。そのやりとりのあと、玉井さんは別の打ち合わせがあるので教室をでていった。十分くらいして戻ったら三浦が殺されていたというんです」

「本当かな」

「それはわかりません。でも人殺しは詐欺より罪が重い。追いつめられてとっさに殺してしまったというのなら別でしょうけど、実際お金を盗まれている玉井さんがそうする理由はないような気はするんです。あそこで三浦を殺してしまったら、本当に、にっちもさっちもいかなくなります」

「そうだよな。警察とやくざの両方に追いかけられるなんて最悪だ」

「結果として、玉井さんはそうなってしまいました」

咲子は首をふった。

「金はとられる、両方から追われる。よっぽど恨みを買ってるな」

「そうか！」

坂田は目をみひらいた。

「恨みか。玉井さんを恨んでる人間なら、そうするかもしれない」

怪訝な表情を浮かべた咲子に話した。

「まず奇妙なのは、三浦がなぜあの夜、城東文化教室に玉井さんがいるのを知っていたのか、です。南城会全体で玉井さんを捜していたのなら、情報は共有され、三浦ひとりが乗りこんでくるというのは不自然です。誰かがこっそり三浦に玉井さんの居場所を教え、その結果、三浦はひとりで現れた」

「それは三浦がこっそり威しにくるように仕向けたってことか」

「可能性はあります。その人物は、三浦と玉井さんが会っているのを知っていて、玉井さんがでかけたスキに教室にいき、三浦を殺した」

三浦は激しい争いの末、殺されたというようすではなかった。ただ倒れていただけだ。それはつまり――、坂田は目を閉じ、深呼吸した。顔見知りの人間に殺されたということだ。

「三浦を殺してどうなるんだ？」

「これはあくまで僕の想像ですが、三浦が殺されたことで、詐欺で得た三億円を玉井さんが独占したという状況が決定的になりました。金を渡したくないから三浦を殺した、そう思われるからです。けれど実際は三億円は別の誰かがもっている。玉井さんは警察とやくざの両方から追われてそれを釈明したくともできなくなってしまった」

「全部を玉井に押しつけたってことか」

「もし玉井さんが犯人でないのなら、という条件ですが」

「なんでそんなことをするんだ」

「だから恨みです。玉井さんに対して激しい恨みをもつ人間が、いってみれば罠《わな》をかけた」

「そんな恨みをもつって、いったいどんな……」

いいかけ、咲子ははっと顔を上げた。

「詐欺の被害にあった奴か」

坂田は頷いた。

「玉井さんがプロの詐欺師だというのは、警察も認めています。これまでに玉井さんにだまされてお金を奪われた人はいる。そういう人の誰かが玉井さんを罠にかけたのかもしれない」

「人殺しまでしてか？　だったら玉井を殺したほうが早くないか」

そういわれ、坂田は困った。その通りだ。玉井に恨みがあるのなら、玉井を殺せばいいのだ。別の人間を殺してまで玉井を苦境に追いこむというのは、いくらなんでも無理がある。

そのとき咲子のポケットで携帯電話が鳴った。ひっぱりだし、画面を見た咲子が、

「教授だ」

といって耳にあてた。

「はい、サッコです」

どうやらトニー・健との話がどうなったのかを心配してかけてきてくれたようだ。

咲子があらましを教授に話した。やがて咲子が電話を坂田にさしだした。

「はい、かわりました」

「偽刑事二人組とトニー・健さんが知り合いだったというのには驚きました。玉井さんと二人組をつないだのは、トニー・健さんだったのですね」

教授が興奮しているような口調でいった。

「そのようです。しかも鍵は、森末と僕に名乗っていた、森本に渡したといっていました」

「それはいつです？」

「え」

訊き返され、坂田はとまどった。

「森本が玉井さんを捜していて、トニー・健さんに会いにきたときに渡したのですか」

「ええと、話の流れではそんな感じでした。ひと月前、といっていましたから」

「二人が玉井さんを捜したのは、分け前をもらえないからだ、と私たちは思っていました。つまりそのときはもう、地下の物置から三億円は消えていたわけです。そのあとに鍵が森本に渡ったとしても、盗んだのは森本ではない、ということになりますよ」

「そうか」

坂田は目をみひらいた。

「むしろ今のお話を聞いていて、一番怪しいのはトニー・健さんじゃありませんか」

教授の言葉に坂田は頭を殴られたような気分になった。

「トニー・健さんが？」

「錦糸町の演芸場の前に現れた松枝とトニー・健さんのやりとりの内容をサッコさんから聞きました。それによると、状況を危いと感じているのは、トニー・健さんも同様のようです。つまりトニー・健さんも玉井さんの詐欺に加担していた可能性があるわけです」

坂田は宙を見つめた。

――どうすんだよ、え。

松川こと松枝がいった言葉に対し、

――そんなの知るかよ。

とトニー・健が答えたのを聞いた。そのあと二人のあいだで、

――馬鹿。いずれ俺らにも追いこみがかかるぞ。こうなったら東京を離れるしかない。

――離れてどこいくんだ。今どき地方になんざ儲け話はねえぞ。

というやりとりがあったところで坂田は声をかけたのだ。

もっと二人の話を聞いていればよかったと後悔した。そうすればトニー・健と二人組、さらには玉井との関係がよりわかったかもしれない。

「おっしゃる通りです。確かにトニー・健さんも追われる危険を感じているようすでした」

「であるなら、トニー・健さんは玉井さんが三億円を隠しもっているのを知っていたとしても不思議ではありません。とすると、『演物』のあとで物置の鍵をもっていたトニー・健さんがお金をもち去ったという推理がなりたちます」

「でもお金が物置にあるというのを、どうしてトニー・健さんは知ったのでしょうか。玉井さんか、あの二人組から聞いたのでしょうか。どちらにしてもそうであるなら、玉井さんはまっ先に疑うと思うんですが」

「それについて玉井さんは何といっているんです」

「はっきりしないんです。どうも妙な感じで」

「妙な感じ？」

「わからない、話したかもしれない、というのですが、そんな大切なことを覚えていないでしょうか。ましてお金が消えたら必死に思いだそうとする筈です」

「その通りですね。確かに玉井さんの態度は不自然です」

教授はいった。

「それにサッコさんが『ひさごや』から電話をかけてメッセージを残したことも知らなかったんです」

「知らなかった？」

「はい。携帯の電源を切っていたとかで。でも鳴ってもでないことはあっても、留守番電話は聞くと思うんです」

「そうですね」

教授は坂田の意見に同調した。

「玉井さんはまだ僕に話していないことがたくさんあるのかもしれません」

「ええ。私もそう思います。隠したお金が消えたというのは真実かもしれませんが、それ以外の部分で坂田さんに嘘をついている可能性はあります」

坂田は息を吐いた。もしそうなら自分はただ利用されたに過ぎない。だが玉井が、原因は彼にあるとしても、南城会の黒崎らに拉致された坂田を救ったのは事実だ。それを思うと、玉井を信じたい気持がどうしても残る。

「トニー・健さんに鍵のことを訊くべきだと思います」

教授がいった。

「森本にどの段階で鍵を渡したのか。それと私が気になるのは、玉井さんは兄弟同様だった時期があるといったにもかかわらず、トニー・健さんがそれらしいことを一切、坂田さんたちに告げていない点です。つまり互いの気持にずれがある」

「ずれ……」

「確かにトニー・健さんのほうが年上です。したがって状況のわからない玉井さんが無邪気にお兄さんのように思ってまとわりつき、一方のトニー・健さんは自身の家庭の複雑な事情もあってそこまで余裕がなかった、ということだったのかもしれません。しかし、一年もいっしょに暮らしたのであれば、何かしら思い出がある筈です。それがよい思い出であれ、悪い思い出であれ」

悪い思い出。坂田ははっとした。

「教授、トニー・健さんのところに戻ります」

かたわらの咲子が驚いたように目をみひらいた。

「もしかしたらまださっきのカフェにいるかもしれません」

「わかりました。でも気をつけて下さい。トニー・健さんがお金を奪った張本人なら、そのことをいわれたら豹変するかもしれませんから」

「はい。また連絡します」

電話を切って、

「錦糸町に戻ろう」

と坂田はいった。トニー・健を置き去りにして二時間近くが過ぎている。だが急いで戻れば閉店前にはオープンカフェに戻れる筈だ。あの酔いかたなら、運がよければまだ眠っているかもしれない。

「えっ、サカタどういうことだよ」

「歩きながら話します」

坂田はいって咲子を急かした。今は一刻も時間が惜しかった。

15

錦糸町に戻ったのは十一時三十分を回った時刻だった。オープンカフェはまだ開いていた。

だが、その店先にトニー・健の姿はなかった。

やはり帰ってしまったか。坂田はがっかりして足が重くなるのを感じた。それでもまださほど時間はたっていないかもしれない。

店先に立つと、二人を覚えていたのかウエイターが怪訝そうに声をかけてきた。

「お忘れものですか」

「いえ。あの、寝ていたので置いていった連れですけど、いつ頃、帰りましたか」

咲子が訊ねた。

「えっと、その方なら、お二人が帰られてすぐお帰りになりましたが」

「えっ」

坂田と咲子は同時に声をあげた。

「すぐって、すぐですか」

「はい。五分もしないうちに立ちあがってでていかれました」

「かなり酔ってませんでしたか」

「そんな感じじゃなかったですね。『おう、帰るから』とおっしゃって、すたすた駅のほうに歩いていかれました」

坂田と咲子は顔を見合わせた。

「何だよそれ」

咲子がつぶやいた。

「あんなに酔っぱらってたのに……」

「フリをしていたのかもしれませんね」

坂田はいった。もしそうなら、トニー・健のほうが一枚上手だったということになる。酔って寝込んだ演技をして、いいたくないことを話さずにすませたのだ。

「やられた。お前が教授にいわれた通りだ」

咲子はくやしそうにつぶやいた。

坂田は深呼吸した。

「サッコさん、玉井さんに電話をしてくれませんか」

「トニー・健が怪しいっていうのか」

坂田は頷いた。

「森本を疑わせるように仕向けたのは僕です。訂正しなけりゃ」

「でるかな」

咲子はいいながら、とりだした携帯電話を操作し、耳にあてた。

「あっ、呼んでる」

小さく叫び、電話をさしだした。受けとった坂田は耳にあてた。呼びだし音が鳴っている。それが途切れ、

「はい」

と返事があった。

「もしもし、坂田です」

「おやおや、坂田くん。ちゃんとデートしてるんじゃない。その電話、小川咲子ちゃんのでしょう」

坂田は背筋が冷たくなるのを感じた。返ってきた声は、南城会の黒崎だった。

「あなたは――」

「もちろん覚えているよね。きのう会ったばっかりだし。いやいや、ご苦労さん。こんなおかまちゃんなんかのために、せっせと動いてくれて。で、何かな？」

「玉井さんにかわって下さい」

「まあまあ。俺から玉井には伝えるから。話を聞くよ」

坂田は息を吐いた。玉井は黒崎らに捕えられてしまった。

「いいです。それなら警察に僕から伝えます」

「警察ぅ？　そんなことしたら困る人がいっぱいでるぜ。まず玉井だろ。それにお前。小川咲子ちゃんだってどうなるか」

「そんな威しにはのれない。玉井さんにかわってもらえないのなら、今すぐ警察にいきます」

「わかった、わかった。冗談だよ。そうアツくなるなって。今かわるよ」

黒崎はくっくと笑い声をたてた。坂田はかっと体が熱くなるのを感じた。拉致されたときは恐怖が先にたったが、こうして離れた場所にいると、怒りを感じる。

「もしもし」

玉井の声が聞こえた。

「玉井さん、大丈夫ですか。怪我とかさせられていませんか」

「あたしは大丈夫」

「すぐに警察に知らせます」

「やめて、それは。本当に殺されちゃう」

坂田は黙った。

「で、何？」

玉井が訊ねた。

気づいたことを話すべきだろうか、迷った。森本ではなくトニー・健が怪しいと告げたところで、南城会に協力するだけだ。

「森本さんと、連絡はとれたのですか」

「つかまらない。松枝ともつながらないし」

「そうですか」

「でもわからないの。あれから考えてみたけれど、お金のことをあの二人に話してない。なのにどうしてもっていけたのか」

「他の人ではどうです？　たとえばトニー・健さんとか」

「トニーさん？　ううん、話してない」

玉井は即座に否定した。

「じゃあ誰にも話していないのですか」

「そ、そう」

「本当に？」

「ええ。誰にも」

だったらお前しかいないだろうがっ、という怒鳴り声が聞こえた。黒崎だ。

「ちがう、あたしじゃない！」

玉井が叫び返した。

「お願い、信じて」

やはり何か隠している、と坂田は思った。

「とにかく、森本と松枝を捜しているところよ。あの二人が見つかれば、お金のことがわかると思うから」

玉井は上ずった声でいった。

「二人ではないと思います」

坂田は告げた。

「え？」

「あの二人が奪ったのなら、三浦を殺したのも二人ということになりますから」

「三浦を殺した？」

「そうです。三浦を殺した犯人とお金を盗んだ犯人は同じかもしれない、と僕は思っています」

「どういうこと？　なぜそんな真似するの？」

「理由は」

いいかけて坂田は息を吸いこんだ。

「玉井さんへの恨みです。三浦が殺され、玉井さんは警察とヤクザの両方に追われる羽目になった。玉井さんがまるでお金をひとり占めするために三浦を殺したかのように見えるからです。でも実際はお金は奪われたあとだった」

「そ、そうなの。本当よ」

「三浦はどこで、城東文化教室に玉井さんがいると知ったのでしょう」

「え？」

「組全体が知っていたのなら、お金を渡せば黙っていてやるとはいわなかった筈です」

虚をつかれたように玉井は黙りこんだ。

「――そうね、確かにね」

がさっという音がして電話をもぎとる気配が伝わってきた。

「三浦がどうしたってんだよ、坂田くん」

黒崎がいった。

「誰が三浦を殺したのかを話し合っていたんだ」

坂田はいった。

「そんなの、この野郎に決まってるじゃねえか」

「僕はそうは思わない。玉井さんが三億円を隠しもっているなら、三浦を殺す理由はある。けれど玉井さんはお金がないから、新しい詐欺をやろうとしていたんだ。そのために城東文化教室にいた」

「城東文化教室？」

「三浦が殺された、綾瀬のカルチャースクールだ。第一に、どうして三浦はそこに玉井さんがいるのを知っていたのか。あんたは知っていたのか」

「何だ、お前のその口のきき方は」

黒崎は不快そうな口調だった。

「電話だからって強気になってるんじゃねえぞ」

「喋り方なんかより、僕の質問の意味を考えて下さい」

「三浦がなんで知ってたかって？　そんなこと俺にわかるわけがないだろうが」

「三浦はひとりで乗りこんだ。刑事さんもいっていたけど、綾瀬はあんたたちの縄張りじゃない。そこで何かをしようと考えていたわけではなかった。実際、玉井さんに、金を渡せば組に黙っていてやるともちかけたらしい」

「何ぃ」

「つまり、玉井さんの居場所を自分しか知らないという自信があったんだ。だからこっそり金を威しとろうとした。けれども三浦に綾瀬のことを教えた人間がそこに現れ、三浦を殺した。そうすれば、すべての疑いが玉井さんに向くと思ったから」

「なんだってそんな真似をするんだ」

「玉井さんに恨みがあるから」

「恨みなんざ、俺たちだってある。殺してすむのなら、とっくに殺してる。そうしないのは、この野郎が金の在り処《あか》を吐かねえからさ」

「だからそれが仕組まれたものじゃないかと僕は思ってる」

黒崎は黙りこんだ。坂田の言葉の意味を考えているようだ。やがていった。

「お前、自分のいってることに責任もてるんだろうな」

無茶苦茶な言葉だった。やくざが押しつけ、それを材料に人を威す、典型的な理屈だと坂田は思った。

「責任なんかもてない。ただ、もし僕の考えが正しいなら、いくら玉井さんを威してても傷つけても、お金は絶対に見つからない」

「この野郎……」

「あんたにできるのは、三浦がどうやって綾瀬に玉井さんがいるのを知ったのか、調べることだ」

「手前、俺を使おうってのか！」

「南城会のことを僕がわかるわけがない。もしあんたがそれに協力してくれるのなら、警察には知らせないでおく。もちろん玉井さんを傷つけない、という条件で」

「上等じゃねえか。取引しようってのか」

「あんたたちはお金が欲しい。僕は玉井さんを助けたい。三浦を殺した犯人だってわかるかもしれない」

坂田は腹に力をこめていった。黒崎が暴力だけが売りのやくざではない、と信じてもちかけたのだ。頭の回る男なら、きっと乗ってくる。

「いいけどな。ガセだったら、本当にお前、後悔するぞ」

「威しはたくさんだ」

黒崎は黙った。怒りで逆上したのだろうかと坂田は不安になった。が、やがて聞こえてきたのは、くっくっくという笑い声だった。

「お前、いい度胸してんな。青っちろいサラリーマンだとばっか思ってたけどよ」

「僕はただのサラリーマンだ」

黒崎は大きな息を吐いた。

「まったく近頃のカタギは始末が悪いや。けどよ、なんでそこまでする？　玉井の野郎がくたばろうがどうしようが、お前には関係ねえだろう。それともできてるのか、お前ら」

今度は坂田が息を吐く番だった。

「なんでかはわからない。でも玉井さんはあんたたちから僕を助けてくれた」

「そんなもん、お前を巻き添えにしたんだから当然だろうが」

自分たちが拉致したくせに、黒崎は平然といった。

「知らん顔をして逃げることもできた。つまり本当の悪人じゃない」

ふん、と黒崎は鼻を鳴らした。

「あのな、本当の悪人なんてそうはいねえもんだ」

状況がちがったら坂田は笑いだしていたろう。人を拉致し威し、殺すとすごんでいるやくざの口からそんな言葉がでてきたのだ。

「皆んな、手前がしのいでいくために必死なんだ」

「だったら三浦のことを調べるのが一番だ」

「わかった、わかった。この電話つながるようにしておけよ。それとサツに駆けこまねえって約束は必ず守ってもらうぞ」

「約束する」

「それまで玉井の命は預けといてやる。じゃあな」

切れた電話を耳から離し、坂田は肩で息をついた。わずかに手が震えていた。

深呼吸をくり返し、気持を落ちつけた。咲子は無言で坂田を見つめていた。

「何とか、なった」

坂田はつぶやいた。

「あとは——」

咲子を見た。

「トニー・健？」

坂田は頷いた。

「見つけなきゃ」

16

「酔って寝こんだフリをしていたということなのですね」

教授がいった。

「その通りです。トニー・健さんのほうが役者が上でした。僕とサッコさんはすっかりだまされました。でもそんなことより、玉井さんを助けなくてはなりません」

坂田はいった。

「そうですね。しかしそろそろ警察に知らせるべきでもあります」

「警察ですか」

「ええ。警察に知らせたら命はない、と威すのは犯罪者の常套句ですが、それは逆に彼らが警察の介入を恐れている証明でもあります。人の命を奪ってでも、警察の介入を避けたいわけですから。つまり警察が介入してくれれば自分たちに分がないとわかっているわけです」

「そうか……」

「ただこの場合、どこまで知らせるかという問題があります。もちろんすべてを知らせるのが一番ではありますが。そうすると坂田さんは玉井さんに対して心苦しい思いを抱くことになります。といって、都合のよい情報だけを渡したのでは、かえって刑事に奇妙な印象を与え、逆に疑われる原因ともなりかねません」

「疑われますか」

「おそらく。刑事という職業の人たちは、人間は嘘をつく、あるいは自分に都合の悪いことは話さずにすまそうとする、という前提で相手と向かいあいます。当然、坂田さんの真意は別にある、と考えているわけです」

坂田は息を吐いた。確かにその通りかもしれない。大阪と北海道でトラブルに巻きこまれたあと、刑事から何度か事情聴取をうけた。そのときの彼らの対応を覚えている。

刑事ドラマのように責めたてるというのではなく、どちらかというとひたすらしんぼう強く、ときには頭が悪いのではないかというくらい同じ話をくり返しさせられた。初めのうちはうんざりしていたが、あるときそれが〝手段〟なのだと気づいた。

刑事といっても、すべての者が特別に勘が鋭かったり、嘘を見抜く超能力をもっているわけではない。もとは同じ人間である。

であるからこそ、嘘を見抜くための技術を彼らは身につけている。それは才能とは異なり、訓練で得るものだ。訓練であるからにはパターンがある。そのパターンのひとつが、何度も話をくり返させるというものだ。実際に経験したことと、していないこととでは、くり返して話すうちにちがいが生じる。経験したことなら何度話してもその内容にさほどの差異は生まれない。しかし経験していないことをしたかのように語っていると、だんだんとその内容は変化していく。刑事はそこを指摘して、さらに話をくり返させる。嘘をついていると責めるのではなく、詰め将棋のようにじょじょに相手の逃げ場を塞ぎ、嘘をついていたと相手が認めざるをえない方向に話をもっていくのだ。

今、自分が警察にでむいて起こったことの一部だけを話してすまそうとしても、刑事は「なぜそれを知ったのですか」とか「そこにいった理由は何ですか」という問いをくり返し、結局すべてを話させられる羽目になる。

もちろん全部を話したところで坂田にやましいことは何ひとつない。が話せば話したで、この先自分が何かをするというのは難しくなるだろう。結果として捜査の邪魔になりかねないからだ。

「疑われないためには全部を話すしかありませんね。でもそれをしたらきっと僕は身動きがとれなくなってしまいます」

坂田がいうと、教授は黙った。

「今のこの状況であとを警察に任せて知らん顔というのは、僕にはできません。これってまちがった考えでしょうか」

「まちがっているとは思いません。警察だって万能ではありません。玉井さんを暴力団が先に見つけているのがその証拠です。坂田さんがすべてを話したとしても、それが最良の結果につながるとは限らない。人がやることですからね。それに刑事は、ひとつの事件だけではなくいくつかの事件を同時に抱えているものです。人が死んでいるとはいえ、それが暴力団員ということで、内輪の犯罪という先入観をもちやすい。そうなると捜査の手法はどうしてもルーティンになります」

坂田は黙った。結局は、坂田本人にとっての最良の判断なのだ。警察にすべてを話し、あとを任せるのを最良と考えるか。

それとも。

「トニー・健さんを捜したいです。捜して彼が本当はどうかかわっているかを訊きたい。警察にいくのは、そのあとでは駄目でしょうか」

「それを決めるのは私ではありません」

その通りだ。

「ただ問題は、どう彼を捜すかです。手がかりはありますか」

教授は訊ねた。

「ええと、自宅は市川だといっていました。駅に近いだけがとりえのアパートだって」

「それだけでは難しいですね」

「電話番号もわかってる」

咲子がいった。それが聞こえたのか、教授はいった。

「一度彼は、芝居を打ってまであなたたちから逃れています。再度電話をするのなら、彼が会って本当のことを話さざるをえなくなるような理由が必要です」

「本当のことを話さざるをえなくなるような理由ですか」

「ええ。私にひとつ考えがあります。それを試してみますから、一度電話を切らせて下さい」

教授はいった。

「あ、はい」

「考えを確かめたら、こちらから連絡をします。そうですね、その間にお二人は市川に移動しておいて下さい。もう電車もなくなる時間が近いですから」

「わかりました」

17

教授にいわれるまま、坂田と咲子は移動した。錦糸町から市川まではJR総武線で五駅だ。亀《かめ》戸《いど》、平井、新小岩、小岩、そして市川である。小岩までが東京都で、市川は千葉県に入って最初の駅だ。

市川駅のホームに立ったのは午前零時を二十分ほど回った時刻だった。

市川で降りるのは初めてだが、想像していたよりはるかに大きな街だ。大きなスーパーマーケットや量販店のビルが並び、錦糸町並みといってもよい。いやむしろ錦糸町より洗練された雰囲気がある。

北口をでるか南口をでるかだけでも迷ってしまう。北口には大きな商業施設が集まっていた。坂田はとりあえず南口を選んだ。安アパートというからには、そうした建物が少ない側ではないかと思ったのだ。

むろんこの時刻、商業施設の大半は営業を終えている。が、これが日曜でなかったら、まだ多くの人が北口の周辺にいたろう。現にファストフードなど開けている店もあって、人通りもそれなりにある。

咲子のバッグの中で携帯電話が鳴った。とりだし画面を見た咲子の顔がこわばった。

「玉井の携帯だ」

「僕がでます」

坂田はいって受けとった。玉井本人からとは思えない。おそらく黒崎だろう。

「はい」

「坂田くんか。黒崎だけどよ」

「はい」

「頼まれた件だけどな。調べてやったぜ」

「もうわかったのか」

坂田は驚いた。一時間しかたっていない。

「あのな、俺らの商売は情報力がものをいうんだ。調べごとにいちいち時間かけるのは使えない奴と相場が決まってる。お前を見つけるのだって早かったろう。極道の情報力をなめると泣きを見るぞ」

「それで――」

「まあ聞けよ。三浦の弟分で工藤《くどう》って野郎がいる。うちの盃をもらってるわけじゃないから、一応カタギだ。どうもそいつが三浦に教えたのじゃないかって話だ」

「本人に確認は?」

「それが連絡とれねえんだ。きのうからな」

 坂田は黙った。黒崎はつづけた。

「工藤てのはよ、原宿でガキ相手に洋服やアクセサリーのしょぼいショップをやってんだ。三浦とどこで知り合ったかはわかんねえんだが、妙に顔が広くて、例の、三浦が玉井と組んでやった仕事のネタも工藤が最初にもってきたらしい」

「それは脱税したお金をためこんでいた人を詐欺にあわせた話のことか」

「そうそう」

『カモのことを調べてきたのが南城会で』という玉井の言葉を坂田は思いだした。

「では当然、その工藤にも分け前が生じる筈だね」

「三浦が奴の取り分から払うことになってた。そんなことより、お前、綾瀬がどうこうっていってたろう。俺らの縄張りじゃねえとか」

「僕ではなく刑事さんがいったんだ」

「それでひっかかったのさ。誰か綾瀬出身の奴がいたなと思ってよ。そうしたら工藤が綾瀬の出《で》だった。あの野郎は三浦にひっついてるくせに、そっちが縄張りの足立連合て組にも出入りしてるって噂があってな。俺なんかはどうも信用できねえとにらんでた」

足立連合と聞いて坂田は目をみはった。森本が賭け麻雀の借金にからんで追われているという暴力団の名だ。

「こっから先は俺の勘だが、工藤がそのあたりのツテで、玉井が綾瀬の何とか教室にくるって話を仕入れ、三浦に知らせたのじゃねえか。ウラをとろうと思って工藤の連絡先を調べさせてるんだが、きのうからつながらないらしい」

「工藤、何という人だ」

「ちょっと待て」

おい、工藤何てんだ、と黒崎が誰かに訊ねる声が聞こえた。

「工藤圭一《けいいち》。土ふたつの圭に一だ」

坂田は頭を働かせた。

「玉井さんともう一度話したい」

「今ここにはいねえ。俺はお前のためにいろいろ動き回ってんだ。まったく日曜だってのによ」

憤懣《ふんまん》やるかたないといった口調だった。

「玉井と何を話したいんだよ」

「その工藤さんのこととか、を」

トニー・健についてといいかけ、坂田は危くごまかした。

「こととかって何だ」

「だから詐欺に関係した人たちの話を教えてもらおうと思って」

黒崎は息を吐いた。

「お前は玉井のことを信用してるみたいだけどな、怪しいものだぞ」

「怪しい？」

「何のかんのいって金をがめたのは玉井じゃねえか。ちがうとしてもあいつは何か隠しごとをしていやがる。お前が味方をするんで、手前《てめえ》に都合がいいように立ち回ってるような気がしてならない」

「だったらどうして工藤のことを調べてくれた？」

「どうもモヤモヤするんだよ。玉井がただがめただけなら、お前のいうようにとっくにどこかへ逃げだしていておかしくない。だからといってあいつのいうこと全部を全部信じたら痛い目にあいそうだ。そこでお前の話につきあうことにした。お前が一生懸命やってくれるんで、そのモヤモヤの正体がわかりそうな気がするのさ」

「三浦を殺したのも玉井さんだと思っているのか？」

「いいや。そこんところはお前のいった通りじゃないかと俺も思っている。奴に三浦を殺る度胸はねえ」

坂田は息を吐いた。

「玉井さんと三浦が組んでしたという詐欺についてだが、あんたもいっしょに加わったのか」

「おい、気をつけてものをいえよ。俺は詐欺なんかにかかわっちゃいねえ。あれは三浦と玉井の仕事だ。何のかんのと、手伝った人間はいたろうが俺は知らねえ」

「だったらなぜ、あんたが――」

「うるせえ！　こっちにはこっちの事情があんだよ。なんでそんなことをいちいちお前に説明しなきゃならねえ。いい気になってるんじゃねえぞ、この野郎！」

黒崎は怒りだした。

坂田はその怒りに芝居じみたものを感じた。黒崎の仕事は、三浦と玉井が詐欺で得た三億円の回収だ。だがそんな大金がからんでいるというのに、妙に醒《さ》めている。

玉井を見つければ簡単にすむと考えていたのがアテが外れ、いらだっているのかもしれない。といって威し文句の割には玉井を傷つけるようすもない。

ワゴンに連れこまれた直後と異なり、坂田は黒崎に対して冷静に考えられるようになっていた。

「いいか。こっちはお前のいう通り、三浦のネタ元を見つけたんだ。今度はそっちが金をもってる奴を見つける番だ」

「玉井さんと話したい。情報が不足している」

「待ってろよ。もうちょっとしたら玉井と合流する。そうしたら話させてやる」

黒崎はいって、電話を切った。見守っていた咲子に、坂田はやりとりの内容を話した。

「足立連合って⁉」

咲子も目をみひらいた。

「さっきトニー・健さんがいっていた暴力団と同じだと思います」

「なんかおかしくない？　それ」

「ええ。その工藤という男が玉井さんのことを三浦に話したのだとすれば、工藤は事件の犯人とつながりがある」

「そいつが犯人とか」

「可能性はあります。ただお金まで盗んだ犯人かどうかはわかりませんが」

「そうだな。工藤なんて名前、『つるかめ会』で聞いたことない」

そのとき坂田の手の中で携帯電話が鳴った。教授からだ。

「はい、坂田です」

「今どこです？」

教授が訊ねた。

「市川駅の南口をでたところです」

「わかりました。そこにいて下さい。トニー・健さんをそちらに向かわせます」

教授はいった。

「えっ、そんなことができるのですか」

「はい。彼の弱点がわかりました」

「弱点？」

「詳しいことはあとで話します。トニー・健さんに連絡しますから、待っていて下さい」

狐につままれたような気分で坂田は電話を切った。咲子がうけとり、訊ねた。

「どうした？」

「教授からで、今、トニー・健をこっちに向かわせるって。彼の弱点をつかんだっていっていました」

「弱点？　女かな」

咲子がつぶやいたので、坂田は思わず見つめた。咲子が気づいた。

「オレ、今変なこといった？」

「まるで男みたいなことを」

咲子は恥ずかしそうにそっぽを向いた。

「だから、サカタとは育ちがちがうんだよ。気を抜くとつい、こういう言葉づかいになっちまう」

「でも、サッコさんらしくて、僕はいいと思います」

咲子はびっくりしたようにふりかえった。

「本当かよ」

坂田は頷いた。

「元気があって頼りになります」

「そんなの。上辺だけだ。オレはさ、サカタみたいにできないもん」

坂田は首をふった。

「サッコさんがいてくれるので、僕だってこうしてやれるんです。ひとりだったら恐い」

「じゃ、カッコつけてるってことか」

「それもあります。サッコさんに軽蔑《けいべつ》されるのが嫌で」

「軽蔑なんかしねえよ。するわけない。むしろオレは――」

咲子はいいかけ、黙った。坂田はその先が気になった。

「おおい！」

突然、大声を浴びせられ、二人はふりかえった。いつのまにかガラの悪い男たちに二人は囲まれていた。タトゥを入れた肩をむきだしにしたり、夜なのにキャップをまぶかにかぶりサングラスをした四人組だ。二十《はたち》そこそこと覚《おぼ》しいチンピラばかりだ。

「お前ら何してんだ、こんなところでよ。ああ？」

ひとりがわざとらしく坂田の顔を下からのぞきこんだ。

「何だよ」

咲子がいい返した。

「何だよじゃねえよ、姐ちゃん。何してっか訊いてんだ」

「あんたらにいちいちいう必要ないね」

咲子はぴしりといい返した。坂田は不安になり、あたりを見回した。通行人は途絶えている。

「何だとこら。調子こいてっとぶっ殺すぞ、おう」

肩にタトゥを入れた男がすごんだ。でっぷりと太っていて、タンクトップの腰にトレーナーを巻きつけている。坂田はいった。

「何か用ですか」

「用とかじゃねえだろ、おい。こっちこいや」

キャップの男がいきなり坂田の肩をつかんだ。

坂田はひきずられそうになり、ふりはらった。

「離せ！　一一〇番するぞ」

「おまわりさーん、てか。間に合うかっての」

咲子が坂田をふりむいた。緊張した顔になっていた。

「サカタ」

「何がサカタだ。ぼこぼこにしてやっからよ」

咲子がきっとなった。

「やれるもんならやってみろよ。そのかわりお前らの顔、絶対に忘れねえからな」

「おっかねえ。じゃしょうがねえ、殺すか」

四人が笑い声をたてた。妙だった。夜中だし、チンピラがからんでくるということもありえなくはない。だがあまりにタイミングがよすぎる。

「サッコさん」

坂田はいった。怒りに顔を赤くした咲子が坂田を見返した。坂田は四人組に聞こえるようにいった。

「足立連合に知り合いがいましたよね」

四人組の顔が一瞬こわばった。

「いるよ、高校の先輩が」

坂田の意図がわかったのか、それとも本当の話なのか、咲子が即座に返事をした。

「その人に連絡して下さい。どうやらこの連中は、その筋とつながりがあるみたいだ」

「わかった」

咲子が携帯電話をとりだした。

「おいおい、待てよ」

キャップがいった。

無視して咲子はボタンを押し、耳にあてた。

「待てっつってんだろうがよ！」

キャップが携帯電話をひったくろうとした。坂田はその手をふり払った。

「何すんだ、この野郎」

キャップが坂田の顔を殴った。左の頬に衝撃を感じた。

「サカタ！」

咲子が声をあげた。

「いいから電話を」

「このガキが」

キャップは咲子につかみかかろうとした。その腰を坂田はうしろからかかえこんだ。太った男が坂田を羽交《はが》い締《じめ》にした。

「やれっ、やれっ」

声がして、仲間が坂田の腹を殴った。息が止まり、坂田は咳きこんだ。うつむいたところを、髪をつかまれ、のけぞらされる。

「殴り殺しちまえ」

耳もとで太った男が叫んだ。

「おう！」

ボクシングの構えをとった男がにやつきながらいう。むきだしの両腕にびっしりとタトゥが入っていた。

「あ、もしもし、蘭崎《らんざき》先輩ですか」

咲子の声が響いた。そのとたん、男たちの動きが止まった。

「ごぶさたしてます、小川です。高校のときの後輩の」

やべえ、と誰かがつぶやいた。

「すみません、急に電話して。今、市川駅にいるんですけど、変な連中にからまれてて」

いきなり坂田はつきとばされた。タトゥの男が膝蹴りを坂田に見舞い、坂田はうずくまった。

「いくぞ」

キャップの男がいうのが聞こえた。四人が離れていく。

「待てよ」

坂田は痛みをこらえながらいった。この男たちが現れたのは決して偶然ではない。

「うっせえ！　今度見たらぶっ殺す」

太った男が叫び、走りだした。それにあおられたように、残った三人も走りだす。

あっという間に四人の姿は見えなくなった。

坂田は体を丸めた。殴られた場所も痛むが、それ以上に心が痛んだ。好きな女性の前で殴る蹴るの暴行をうけ、やり返すことができなかった。

「大丈夫か、サカタ」

咲子の不安げな顔がにじんだ。痛みとくやしさでいつのまにか涙ぐんでいる。

「大丈夫です、もちろん」

瞬きし、坂田はいった。咲子は坂田の肩の下に腕をさし入れた。

「立てるか」

「まだ、ちょっと。でも大丈夫です、本当に」

坂田は首をふった。

「あいつら」

くやしげに唇をかんだ咲子が、四人が消えた駅の通路をにらんだ。

「電話を、貸して下さい」

坂田はいった。

「え？」

「教授に電話をします。あいつらがからんできたのは偶然じゃありません。その証拠に、トニー・健さんはこない」

咲子は目をみひらいた。

「それって、どういうこと？」

「しかも奴らは、足立連合の名前を聞いたら緊張していました。蘭崎さんというのは、足立連合の人なのですか」

咲子は頷いた。

「幹部だ。うちらの三年先輩で。でも本当は知り合いなんかじゃない」

「え？」

今度は坂田が訊き返した。

「先輩が足立連合の幹部になってるっていう噂を聞いて知っていただけなんだ。サカタがああいうから、とっさに知ってるフリをしただけで」

「じゃあ電話は？」

「芝居だよ。すげえ恐かった。もしあいつらに嘘がバレたら、本当にサカタが殺されるかもしれないと思って」

咲子の声が震えた。坂田は目を閉じた。ほっと息を吐く。

「すごい、サッコさん」

「何いってんだよ。オレ、すげえびびったんだよ。サカタに何かあったらどうしようって！」

咲子がしがみついてきた。支えられず、坂田はあおむけにひっくりかえった。それでも咲子は離れなかった。坂田の首に両手を回し、胸に顔を押しつけている。

「へこんでいます」

坂田はつぶやいた。

「何で？」

顔を押しつけたまま、咲子がくぐもった声で訊き返した。かたわらをようやく通行人がいきすぎた。酔っぱらいと思われたのか、そしらぬ顔だ。

「あいつらに何もできなかった」

「あたしを守ってくれたじゃん」

「一瞬だけです。そのあとすぐ、やられてしまった」

咲子は無言になった。不意に顔をあげ、坂田の目をのぞきこんだ。

「本気でそんなこと思ってんの？」

坂田は頷いた。

「あいつらをやっつけられたら、サッコさんに尊敬されたのに」

「馬鹿」

咲子はいって、いきなり坂田の唇に唇を押しつけた。

「そんなことできたって、オレ尊敬しないから。喧嘩で人を殴れたって、ぜんぜんカッコよくない」

昼を離した咲子がいった。坂田は瞬きした。

「本当ですか」

「本当だよ。そんな奴、地元にはいっぱいいるよ。喧嘩ばっかりして、俺は強いとか。空手やボクシングやってるとか。中学生じゃあるまいし。そんなのカッコいいなんてぜんぜん思わない。どんな奴だって殴られたら痛いし、怪我もする。それを平気でできるような人間なんて最低だから」

「でも、守ることはできる」

「守りたかったら、そういう奴らとかかわらないでいてくれたらいいんだ。さっきみたいに向こうから勝手にくるのはありえない」

坂田は目を閉じた。咲子はかばっている。

「サカタもいったじゃん。あいつら絶対、トニー・健にいわれてきたんだよ。最初からうちらを標的にしてた」

「そうです！」

坂田は起きあがった。

一瞬、殴られた腹に痛みが走った。それをこらえ、

「電話を」

咲子にいった。大阪ではもっとひどい目にあわされた。なのにやはりつらいし、悲しい。殴ら

れる痛みや恐怖から解放されることはありえないのだろうか。

咲子が携帯電話のボタンを押し、手渡した。

呼びだし音が鳴っている。やがて、

「はい」

と教授が応えた。

「坂田です」

「トニー・健さんには会えましたか」

「それが、かわりにチンピラみたいな奴らがきて、からんできました」

坂田が告げると、えっと教授は絶句した。

「たぶん足立連合に所属しているか、その下のチンピラたちだと思います。最初から僕たちを狙っている感じでした」

「何てことを……」

教授はつぶやいた。

「それでお二人に怪我は?」

「大丈夫です。サッコさんが、高校の先輩で足立連合の幹部をしている人の名をだしたら、逃げていきました」

はあっと教授がため息をついた。

「私が軽率でした。そのせいでお二人にたいへんな迷惑をかけてしまいました」

「そんな。とんでもない」

「坂田さん」

決心したような声で教授がいった。

「今からこちらにこられますか」

「こちらというと――」

「『東江苑』です。綾乃《あやの》さんと二人でお待ちしています」

綾乃さんというのは姫さんの本名だ。

「でもこんな時間に」

「大丈夫です。談話室を開けてもらいます。宿直の方に話せば、聞いて下さると思いますから。場所は咲子さんがご存知です」

「はあ」

「急ぎましょう。これは急ぐべき問題です。私の不注意で、ことを悪くしてしまったかもしれません」

教授はいった。わけのわからないまま、いきます、と坂田は答えていた。

18

「東江苑」の入口は二重になっていた。まずマンションの玄関のようなエントランスで、インターホンに名前を告げる。そうするとオートロックが開き、一階の奥にある受付に通される。

入所者の部屋は三階から上だが、キィをもった係の人間がいっしょでないとエレベータを使えない。坂田と咲子は、受付にいた四十代の女性とともに二階へ上がった。

二階からは、八階まである「東江苑」の居住フロアを自由にあがり降りできる別のエレベータに乗りこめる。つまり外部からも内部からも、一度二階で降りなければ、表とは出入りできないシステムなのだ。

防犯と、認知症のお年寄りがあやまって外へ迷いでるのを防止するのと、両方のためだと女性が説明した。

真夜中を過ぎ、さすがに「東江苑」の中はひっそりとしている。入所者のほとんどは眠っている時間なのだろう。

二人を案内した女性も、

「面会時間は夜十時までと決まっているんですが、今回だけ特別です。何ですか、人命にかかわることというお話だったので」

と、迷惑そうにいった。

二階は食堂や娯楽室といった共用スペースになっている。その中の「談話室」という部屋を女性は示した。

「こちらでお待ち下さい。もうひとりの方も先にみえています」

「もうひとりの方?」

「ええ」

女性は眉をひそめ、頷いた。

その理由は「談話室」の扉を開けたとたんにわかった。

「こんな時間に呼びつけといて、茶の一杯もでねえのかよ」

憎まれ口を叩くユキオさんがいたからだ。ソファにふんぞりかえって煙草を吸っている。

「あの、ここは禁煙です」

女性がいうと、

「ケチケチすんなよ。別に部屋の中なら関係ねえだろ」

ユキオさんは唸り声をたてた。

「ユキオさん！」

咲子が女性の背後から進みでた。

「お、サッコ。なんだ坂田もいるのか。ご苦労なこったな。こんな夜中に」

「それより煙草消して！」

ユキオさんは舌打ちして、煙草をはいていた雪駄《せった》の裏に押しつけた。

「これでいいか」

女性はほっとしたように、

「今お茶をおもちします」

と「談話室」をでていった。

「夜遅いですから、どうぞおかまいなく」

坂田はあわてていった。咲子はユキオさんから吸い殻をうけとり、バッグからだしたティッシュでくるんだ。

「びっくりしたぜ。いきなり姫さんから電話もらって『東江苑』にこいっていわれたときは」

ユキオさんは夕方別れたときとはちがう、ジャージ姿だ。

「寝ていたんですか」

「いい気分だったからな。うとうとしてた。酔いはすっかりさめちまったがな」

「お待たせしました」

声に三人は部屋の入口をふりかえった。パジャマの上にガウンを着た教授が立っていた。

「申しわけありません、こんな時間にお呼びたてをして。本当は私がでられればよかったのですが、事前に申請しておかないと、外泊許可がおりないものですから」

「金持ホームも、意外に不便だな」

ユキオさんがいった。

「まったくです。でも一刻を争う話でしたので。坂田さん、お怪我は大丈夫ですか。頬のあたりが少し腫《は》れているようですが」

「平気です」

坂田は首をふった。

「誰にやられた？　トニー・健か」

ユキオさんが身をのりだした。そこへ姫さんが受付の女性とともにお茶を運んできた。教授とちがい、ロングスカートにカーディガンという姿だ。ユキオさんの目が姫さんに向けられた。

教授が目配せし、答えようとした坂田は口をつぐんだ。

女性がでていき、姫さんが「談話室」の扉を内側から閉じると、坂田は答えた。

「足立連合という暴力団に関係している若いチンピラです。市川駅でトニー・健さんを待っていたら、そいつらが現れ、からんできました」

「足立連合？　ああ、堀船一家のあと、この辺一帯を仕切っているやくざ者だな」

「私が悪いんです。ことを甘くみたばかりに坂田さんや咲子さんに恐ろしい思いをさせてしまった。申しわけありません」

教授は頭を下げた。

「そんな、気にしないで下さい。大丈夫だったので。サッコさんの機転で助かったのだし」

「機転？」

坂田は咲子が足立連合の幹部といかにも知り合いのように電話で話す演技をしたことを告げた。ユキオさんが笑った。

「やるな、サッコも。あいつらチンピラは、上には頭があがらねえからな」

「これでわかったのは、トニー・健さんが足立連合とつながっている、ということです。飲みながら話したときは、足立連合に追いかけられているのは森本だといっていたのに」

坂田はユキオさんにもわかるように、錦糸町のバーでのやりとりを聞かせた。森本が賭け麻雀で借金をこしらえ、それを消すために警察に密告した、という話をすると、ユキオさんは首をふった。

「最低だぞ、そりゃ。バレたら刺されても文句がいえねえ」

「確かに殺されかけたといっていました。でもそのあと無事でいられるのは何とかしたからじゃないかと……」

「何とかねえ。倍返しでもしない限り、助からねえと俺は思うがな」

「そんなお金をどこで工面できたんだろうと考えると、森本が盗んだってことになるよね」

咲子がいった。

「だとすると、辻褄があわないことがあります。まず、お金をとったのが森本ならなぜ刑事に化けてまで、玉井さんの居どころを捜す必要があったのか。それに地下の物置の鍵が森本に渡ったのは、彼が玉井さんを捜し始めてからです」

教授が首をふった。

「じゃあ誰が盗んだの？　トニー・健？」

咲子が訊ね、教授は頷いた。

「私はそうでないかと疑っています。トニー・健さんは、森本とはかつて漫才の仲間で、彼の窮状を見るに忍びず、金を渡して足立連合に殺されるのを助けてやった。もちろんそれが玉井さんたちが詐欺で得た金を盗んだものだとはいわずに。トニー・健さんは足立連合と何らかの関係があり、森本を助けることができたのでしょう」

「その足立連合なのですが――」

坂田は口を開いた。

「殺された三浦と親しかった、工藤という男が、足立連合にも出入りしていたという話を聞きました」

「工藤？　工藤何てんだ？」

ユキオさんが訊ねた。

「えーと、圭一です。原宿で洋服屋のような商売をやっているのですが、もともと綾瀬の出身なのだそうです。それと、玉井さんが詐欺にはめたカモの情報を最初にもってきたのも、その工藤だそうです」

「誰からそんな話を仕入れたんだ」

「南城会の黒崎です。黒崎は玉井さんをつかまえているんです。僕が警察に知らせず、金を誰がもっているかを見つければ、玉井さんは解放されます」

ユキオさんは目を丸くした。

「お前、極道相手によく、そんな取引したな」

「しかたありませんでした。黒崎の協力が必要だったので。いったい誰が三浦に、金曜の晩、玉井さんが綾瀬に現れることを教えたのかを知りたかったんです」

「なんでだよ」

「三浦は組に内緒で綾瀬に乗りこみ、結果、殺されてしまいました。もし殺人犯が玉井さんではないとすれば、犯人は三浦に綾瀬のことを教えた人間か、その近くにいる者、と考えられるからです。三浦の死体を僕が見つけたとき、そこで争ったようなようすはありませんでした。とすると、犯人は三浦の知り合いであった可能性が高いと思うんです。もし玉井さんが殺したのなら、玉井さんが金をひとり占めしたと疑っていた三浦は、もっと用心した筈です」

「なるほど」

ユキオさんが唸った。

「じゃ、その工藤が殺ったのか」

「とすると、理由がわかりません。黒崎の話では、組員ではないものの、工藤は三浦の弟分だったそうです。兄貴分を殺すでしょうか」

「工藤じゃなけりゃ、綾瀬に玉井がくることを工藤から教えられた誰かってわけか」

「はい」

「トニー・健か」

「まさかと思っていたのですが、市川駅の件があって、そうかもしれないと……」

「何のために三浦を殺ったんだ？　金じゃねえだろう。恨みか」

「かもしれません」

「少なくともトニー・健さんは玉井さんのことを嫌っていたようです」

教授がいったので、坂田はふりかえった。ユキオさんも咲子も、教授を見ている。

「なんでわかるんだ？」

ユキオさんが訊ねた。

「聞きました。節子さんから」

「え？」

「電話でしたし、要領は得なかったのですが、玉井さんのことをトニー・健さんは嫌っていました。二人は一時、同じ屋根の下で暮らしていたんです。節子さんはトニー・健さんに我が子のように接してやったといっていました。けれど、その頃まだ小さかった玉井さんがヤキモチを焼いてたいへんだった、と」

ユキオさんはぽかんと口を開いた。

「トニー・健さんと玉井さんは親戚どうしなんです。それでトニー・健さんの両親が離婚したとき、しばらく玉井さんの家に預けられていたことがあったそうです」

「トニー・健て、本名何てぃうんだ」

「ええと、それも節子さんから聞きました。メモをしたのですが」

教授はガウンのポケットに手を入れ、捜した。

「どこへやったっけ……」

姫さんを見た。姫さんは微笑んだ。

「それはわかりませんけど、お名前は、横で聞いていて覚えています。確かアカガキさんとかアラガキさんとかおっしゃったのじゃありません？」

「アラガキぃ⁉」

ユキオさんが声をたてた。

教授がユキオさんを見た。

「ご存知なのですか」

「ご存知も何も、荒垣ってのはよ、堀船一家の幹部だった人だ。あれはいつだっけな、四十年くれえ前に錦糸町で撃たれて死んじまった。ほら、玉井源一って勝負師の話があったろうが。それが大一番に負けて以来、駄目になったって。その大一番の賭け金をめぐるいざこざで撃たれたんだ」

「それはつまり、玉井源一が賭け将棋に負けて、堀船一家がお金を払わなくてはならなくなって、ということですか？」

教授が訊ねた。

「そうだ。だんだん思いだしてきた。そのときにな、八百長《やおちょう》じゃねえかって噂があったのさ。玉井がわざと負け、勝ったほうからこっそり金をもらったのじゃねえかってよ。それでもめたのさ。八百長を疑ったのが、堀船一家の荒垣でよ。それが死んじまったんで、うやむやになっちまったのさ」

坂田と教授は顔を見合わせた。

「だとすると因縁という他ありませんな。暴力団の幹部と賭け将棋師の息子どうしとは」

「トニー・健が、その荒垣ってやくざの息子だったら、自分の父親が殺された原因が、玉井の父親にあるって恨んでたってこと？」

咲子が訊ねた。

「そうです。そして何の因果か、ひきとられた先が、その将棋師の家だった。その頃はもう玉井夫妻もいっしょにはいなかったようですが……」

教授が答えた。

「トニー・健の母親は？」

「節子さんの話では、刑務所に入っていたそうです。何の罪でかは知りませんが」

「悲惨ですね。母親が服役中に父親が殺されてしまうなんて」

思わず坂田はつぶやいた。そんな複雑な子供時代を過ごしてきたとは、錦糸町で飲んでいるときにはまるで感じさせなかった。いや、複雑だったからこそ、人に見せない面をもっているのか。

坂田と咲子に寝入ったフリを見せたのも、そう考えると納得できる。

「教授は、トニー・健さんに何といったのです？」

坂田は訊ねた。

「まさに節子さんを使ったのです。預けられた家庭でやさしくしてもらい、トニー・健さんは節子さんを慕《した》ったのだろう、と私は考えました。そこでトニー・健さんの連絡先を節子さんに訊ねました。もしかしたら知っているかもしれない、と思いまして。節子さんの連絡先は、『つるかめ会』の連絡簿にありましたので、すぐわかりました。すると案の定、節子さんはトニー・健さんの連絡先を知っていました。電話をして、節子さんの名をだし、玉井さんのことで会ってほしい人がいる、といったのです」

「それが僕らだと?」

教授は頷いた。

「さっきまでいっしょにいた。まだ何かあるのか、といわれました。その時点で私は、トニー・健さんと玉井さんの間にそんな事情があるとは思いもよらず、お二人は玉井さんを助けようとしている、ついては協力をお願いしたい、と話したんです。するとしばらく間があって、『わかった、どうすればいい?』と訊かれたので、市川駅まできてほしいといったのです」

「ところが野郎は、足立連合の知り合いに頼んでチンピラをよこしたってわけか。金がからんでるな」

ユキオさんがいった。

「金?」

「今日び、チンピラだって只じゃ動かねえ。やくざ者に頼みごとをすりゃ高くつくってのは常識だ。金だよ。トニー・健は金をもってる」

「でもお金をとったのがトニー・健さんなら、なぜ逃げなかったんでしょう」

坂田はつぶやいた。

「三億もの大金があれば、どこへでも逃げられるのに」

「お金が目的じゃない、としたら？　実際、トニー・健はその金で森本を助けてやったりしてるわけじゃない」

咲子がいった。

「じゃあ玉井さんに対する恨みを晴らすために？」

「それだけじゃないかもしれないけど。節子さんにはなついているわけだろう。玉井を殺したら、節子さんはやっぱり悲しむから、そこまではできなかったのかな」

「まだすべてを決めつけるわけにはいきません。トニー・健さんが犯人であると証明するためには、工藤圭一という人物とトニー・健さんとの関係を確かめないと」

教授がいった。

「どうやって確かめる？　トニー・健本人に訊く？」

咲子が坂田の顔を見た。

「電話はつながりません。節子さんに教えていただいたのは、市川の自宅の番号で、携帯電話ではありませんでしたから」

教授がいった。坂田は咲子を見た。

「あとは玉井さんか」

黒崎からの連絡はまだない。またあったとしても、トニー・健が犯人だと安易にいうわけにはいかない。今度は南城会がトニー・健を追うことになる。そうなったら、南城会と足立連合の間のもめごとにまで発展するかもしれない。

「もうひとりいる。知ってるかもしれねえのが」

　ユキオさんがいった。

「誰です？」

「節子さんです」

　教授がかわりに答えた。

「話した印象では、節子さんはトニー・健さんについていろいろなことを知っていて、知らぬフリをしているようでした。今でもトニー・健さんとはいききがあると思います。トニー・健さんが息子の玉井さんを嫌っているのも気づいていて、そのことで心を痛めている節があります」

　坂田ははっとした。昼間「つるかめ会」で大河原が物置の鍵について訊ねたときのことだ。

　そんな鍵をもっていってどうするんだ、といったお年寄りのひとりの言葉に、――したんだよ、と節子さんがつぶやくのを耳にした。何といったのか訊ねた坂田に、何でもないと節子さんは首をふった。

「節子さんは、玉井さんが物置にお金を隠していたことを知っていたかもしれません」

「ええっ」

　咲子が坂田をふりかえった。坂田はそのときのことを話した。

「玉井がお袋に話してたってことか」

　ユキオさんが訊ねた。

「はい。もしかすると」

「じゃ、倅《せがれ》が詐欺師だってのも知ってたことになる」

「そこまではわかりませんが、まっとうに稼《かせ》いだお金なら、そんな隠しかたはしないと思うのじゃありませんか」

「母親なら気づくと思いますよ。もし息子が悪いことをしてお金を稼いでいたなら。確かめるのは嫌でしょうけど」

姫さんがいった。

「詐欺とはいえ実の息子が稼いだ金を母親が盗ませたってのか」

ユキオさんが首をふった。

「そのあたりのことは節子さん本人に確認する他ないでしょう」

教授の言葉に今度は咲子が首をふった。

「そんなの無理に決まってる。あの節子さんだよ。絶対に話さない」

「いや、そうともいえないかもしれません」

坂田はいった。皆が坂田を見つめた。

「節子さんが憎からず思っている人になら、話すかもしれない」

「はあ？　何だよ、そりゃ」

ユキオさんがあきれたような声をだした。

「そうですわ。女は、いくつになっても好きな殿方には弱いですから」

姫さんが頷いた。

「ただしちょっと邪《よこしま》なやりかたかもしれません」

坂田はうつむいた。

「僕もそう思います」

「ちょっと待てよ。あの婆さんが惚れてる男ってのは誰だい」

ユキオさんが割りこんだ。坂田は姫さんを見た。姫さんは笑いをこらえているような顔をしている。

「何だよ、その顔は」

「節子さん、対局のあいだ、ずっとユキオさんの顔を見ていたんですよ」

坂田がいうと、ユキオさんはぽかんと口を開いた。

「嘘だろ」

「嘘じゃございません」

姫さんもいった。

「わたくしにはわかります。節子さんはユキオさんのことを慕っていらっしゃいます」

ユキオさんは何ともいえない表情を浮かべた。教授がいった。

「ユキオさんが訊けばきっと、節子さんは話すと思います」

「ち、ちょっと待てよ。俺はそんなの、できねえよ。かわりに教授か坂田が訊いてくれよ」

坂田は首をふった。

「他人がいたら、それこそ節子さんは話してくれませんよ」

「そうですわ。お話しするのなら、二人きりでないと」

姫さんがいう。

「でもそんな。いったい、どうやって……」

ユキオさんはしどろもどろになった。坂田はいった。

「今日、節子さんは具合が悪いからと、先に帰ったじゃないですか。それを心配して、というのはどうです？　ユキオさんに心配してるといわれたら、絶対悪い気はしない筈です」

「それはいいかもしれません」

教授が頷くと、咲子が、

「つまり一種の色仕掛だ」

といった。姫さんがにらむ。

「咲子さん、そのたとえはちょっとお下品ですことよ」

「馬鹿！　何が色仕掛だ！　はっ倒すぞ」

ユキオさんが声を荒らげ、咲子は首をすくめた。

「でも、いつそれをするかです。明日ですか？」

坂田は訊ねた。教授が答えた。

「先ほど節子さんにお電話したときも、実は体調のことを口実にしましたが、節子さんはまだ起きていました。何でも、ふだんから寝つきがよくなくて、一時、二時まで起きていることが多いそうです」

咲子が腕時計を見た。

「だったらまだ間に合うかも」

「ちょっと待て。お前、今何時だと思っているんだ。体のことを心配してたら、こんな時間にいくか」

「確かにその通りですね」

坂田は頷いた。早引けしたのを心配して午前二時に訪ねていく人間はどこにもいない。

「だったら明日か」

咲子がいった。

「ただ、遅くなればなるほど、トニー・健さんに逃げられてしまう可能性が高くなります」

教授が顔を曇らせた。

「やっぱりここは今夜のうちでないと」

咲子もいう。

「お前さあ、いくら俺がろくでなしだってこんな時間に、女ひとりのアパートを訪ねちゃいかねえぞ」

ユキオさんがあきれたようにいった。

「とりあえず電話だけしてみたら。遅くなればなるほどやりにくくなるよ」

咲子がいった。

「あのな――」

いいかけ、ユキオさんは黙った。全員に見つめられていることに気づいたのだ。

「何だよ、何だよ、その目はよ」

「非常に重要な問題です。節子さんの息子さんの命もかかっている」

教授がいった。

「でもその息子の金を盗ませたのかもしれねえんだぞ、あの婆さんが」

「それを確かめて下さい」

教授が携帯電話をガウンのポケットからだした。

坂田は気づいた。このことがあるので、ユキオさんも「東江苑」に呼びだされていたのだ。教授の手際のよさに舌を巻いた。

「いいですか、かけますよ」

「ち、ちょっと待てよ」

ユキオさんは宙をにらんだ。何といおうか考えている。

「遊び人で鳴らしたユキオさんならできるって」

咲子が冷やかす。

「うるせえ」

ユキオさんはいったが、一拍おいて、

「よし！」

と頷いた。

「かけていいぜ」

教授は頷き、電話のボタンを押すと、ユキオさんにさしだした。

電話を耳にあてたユキオさんを、全員が見つめた。

「あっ、もしもし。俺、えーと、ユキオだけどさ。寝てたか」

咲子が首をすくめ、

「高校生みたいじゃん」

と坂田にささやいた。

「そうか。いや、その、何だ。体はいいのかよ」

ユキオさんはぶっきら棒に訊ねた。

「そ、そうか。よかったな。じゃ、あ、いや、そうじゃなくて、えーとだな。あんたさっき、堀船一家の話をしてたよな」

節子さんが長く喋った。

「そう、それだ。それであんた、トニー・健の面倒みてやったことがあんだって。ところがそのトニー・健がよ、『つるかめ会』のボランティアにチンピラけしかけたってんだ。いったい、どういうことだよ」

「ユキオさん、喧嘩を売っちゃ駄目」

咲子が小声でいった。

「あ、ああ。それでよ、トニー・健とあんたの倅のことをちょっと話したいんだよ。からまれたボランティアは、あんたの倅のことを心配してる。よくわかんねえけど、やくざ者にさらわれているらしいんだ。あのさ、電話じゃ何だから、今からあんたのとこいってぃいか。変なことはしねえ」

咲子が笑いをこらえるように頬をふくらませた。ユキオさんがにらむ。

「川吉二丁目のおおたかコーポだろ。近所だからすぐいける。駄目かい？」

ユキオさんは電話に頷いた。

「悪いな。じゃ、今からいくぜ」

電話を切って、大きく息を吐く。

「待ってるってよ。どうやら誰かと話したかったみてえだ、あの婆さん」

「これで犯人がはっきりしますね」

坂田はいった。咲子がせきたてた。

「じゃ、ユキオさん、いかなきゃ」

「ああ。チャリがあるからすぐいける」

「我々はここで待っています」

教授がいった。ユキオさんは頷いた。

「何だか妙なことになっちまったがしかたねえ。いってくるわ」

ユキオさんがでていくと、たったひとり欠けただけなのに「談話室」の中は、妙にがらんとした感じになった。

坂田は教授を見つめた。

「教授は初めからユキオさんに訊いてもらうつもりだったのじゃないですか」

教授は微笑んだ。

「節子さんがキィパーソンだという気が何となくしていたものですから」

「人が悪い方」

姫さんがいった。

「そんなことより坂田さん、もしトニー・健さんの居場所がわかったらどうするんです？　まさか乗りこむわけにもいかないでしょうし」

教授がいい、坂田も考えこんだ。

「確かにそうなんです。といって南城会の黒崎に教えるわけにもいきません。教えればトニー・健さんが危い。もしトニーさんに足立連合の人がついていたら、大ごとになってしまう可能性もあります。やはり警察に任せるべきかもしれません」

「ただそうなると玉井さんのことが心配です」

「でもさ、結局、警察がでてこなかったらやくざどうしの話になっちゃうわけだろ」

咲子がいい、坂田と教授は頷いた。

「その通りです」

「問題は、誰がお金を盗み、三浦というやくざを殺したか、です」

坂田はいった。

「それがわかれば警察に知らせるべきでしょうね。坂田さんのいわれる通り、問題はやくざではなく、窃盗と殺人の犯人が誰なのかです」

咲子のバッグで携帯電話が鳴った。咲子がのぞきこみ、坂田にさしだした。

「玉井」

坂田は受けとり、ボタンを押して耳にあてた。

「はい」

「今夜は咲子ちゃんとずっといっしょか。お前がいなかったらデートに誘おうと思ったのによ」

いきなり坂田が応えたからなのか、黒崎がいった。

「僕の携帯電話はあんたがもっているのじゃないか」

「別にとったわけじゃねえよ。お前がおいて逃げただけだろうが」

黒崎はむっとしたようにいった。

「欲しけりゃいつでも返してやる。とりにこいや」

「玉井さんと話ができるのなら」

「いいぜ。今から会いにこいよ」

坂田は息を吸いこんだ。玉井とトニー・健の話をしなければならない。できるなら、電話ではなく、面と向かって話したかった。玉井が無事でいるのを確認するためにもそれは必要だ。

「どこにいけばいい？」

「そうだな。ちょっと待てや」

相談する気配があり、坂田を見つめている咲子や教授に告げた。

「玉井さんと会わせてくれるようです」

教授が眉をひそめた。

「危険ではありませんか」

坂田が答えようとしたとき、黒崎がいった。

「六本木にこられるか」

「六本木」

黒崎が息を吐いた。

「そうだ、うちの縄張りだ。心配すんな。事務所にこいとはいわねえ」

「どこだ」

「『セントヘレナ』って飲み屋がある。今日は休みだが、そこで待っている。場所は六本木のミッドタウンの向かいだ。近くまできたら電話しろや」

「待ってくれ。玉井さんは今そこにいるのか」

「いる。かわってやらあ」

電話が受け渡された。

「もしもし」

玉井の声が聞こえ、坂田はほっとした。

「今から玉井さんに会いにそちらにいきます。訊きたいことがあります」

「訊きたいこと？」

玉井がとまどったようにいった。

「なあに？」

「できれば、彼らの前では話したくないのですが」

「大丈夫よ。いって」

「トニー・健さんのことです」

玉井が黙った。

「トニーさんが何かを知っている、と僕は思っているんです。それでトニーさんと玉井さんの関係について訊きたい」

「別に何もない」

「え？」

「トニー・健とあたしは何もない。親戚だっていうだけ」

「待って下さい。さっきは兄弟みたいにしてたって――」

「それは大昔の話。今は何のいきさきもない」

「トニーさんは足立連合に出入りしていたそうです。工藤は、綾瀬の出身なんです。黒崎の話では、その足立連合という暴力団とつながりがあって、殺された三浦の弟分の工藤という男もその足立連合に出入りしていたそうです。工藤は、綾瀬の出身なんです。黒崎の話では、その工藤が行方不明になっていると」

「そんなごちゃごちゃした話はどうでもいいわ！」

　いきなり玉井が叫んだので、坂田は驚いて電話を耳から離した。

「あなたはお金を捜してくれるのじゃないの⁉」

「いや、だからトニーさんが――」

「関係ないっていってるでしょう。見当ちがいのことをしているのよ、あなたは。もっとちゃんと捜して。それまで会いになんてこなくていい！」

　電話が切れた。坂田は呆然とした。

「どうした？」

　咲子が訊ねた。

「変だ。トニー・健さんの話をしたら、玉井さんの態度がいきなりかわってしまった。トニーさんは関係ない。あんたは見当ちがいのことをしてる、もっとちゃんと盗られたお金を捜せ、と。

それまでは会いにこなくていいといって、電話を切られてしまいました」

「ええっ」

咲子が目を丸くした。

「何それ。どういうこと？」

「僕にもまったくわかりません」

坂田は首をふった。

「黒崎は、六本木まで会いにこいといったのですけれど」

「どうすんの」

「どうすればいいのだろう」

坂田は途方に暮れた。助けようとしている玉井のほうが、会いにくるなというのだ。

「確かに奇妙ですね。坂田さんのお話を聞いていると、玉井さんはトニー・健さんについて調べられるのを嫌がっているように見えます」

教授がいった。

「そうなんです。でもトニーさんがお金を盗った可能性は高い。なのに見当ちがいといわれてしまったら……」

坂田は息を吐いた。

「玉井さんはトニーさんをかばっていらっしゃるのではないかしら」

姫さんがいった。

「かばってる？　兄弟同様だったから？」

咲子が訊ねた。

「いや。思い出だけならそこまではしません。暴力団に拉致されているのにそんな余裕はないでしょう」

教授が首をふる。

「やはり玉井さんはトニー・健さんと僕たちが話すのを止めたいのだと思います。三浦を殺した犯人を捜すことより、なくなったお金の行方をつきとめるほうが大切なようないい方でした」

「もしかしたら坂田さんが六本木までくるのは危険だと思ったのではないかしら。自分と同じような目にあってしまいかねないと」

姫さんがいった。

「いや。話をうかがっていると、黒崎というやくざも、坂田さんがお金の行方をつきとめるのを期待している節がありますよ。そうでないなら、工藤という三浦の弟分の情報まで提供しなかったでしょう。それなのに坂田さんをつかまえたり傷つけてしまったら、お金を捜す人間がいなくなってしまいます」

教授が解説した。

「おそらく黒崎は、自分たちの縄張りの外で起きた、殺人や窃盗の犯人を坂田さんを使ってつきとめようと考えているのではないでしょうか。坂田さんの話を聞いていると、凶暴なだけではない頭の回転のよさを感じます」

「そのための人質に玉井さんがなっていると僕も思っていました。なのにさっきの電話で印象がかわってしまった」

坂田は息を吐いた。

「どうかわったんだよ」

咲子が見つめた。

「威されているのなら、あんないい方はできない。だって黒崎が会いにこい、といっているのに、会いになんてこなくていいと電話を切ってしまうんだ」

「わかんないな」

咲子は唸った。坂田は教授を見た。

「やっぱり六本木にいってみようと思います。そこで何かわかるかもしれません」

「六本木のどこへこいと黒崎はいったんですか」

「飲み屋です。ミッドタウンの向かいの『セントヘレナ』という店で、今日は休みだと」

それを口にしたとき、坂田の頭の中で小さな光が明滅した。

「待てよ。『セントヘレナ』って聞いたことがある。どこで聞いたんだろう」

全員が坂田を見つめた。

「そうだ！　森本に電話をしたときだ」

白山の駅で森本に玉井から預かった〝商品見本〟の健康枕を渡した。そのあと「城東文化教室」で講習会の前日の夜九時に会って打ち合わせをすると玉井とのあいだで決まった話を知らせようと連絡をしたときだ。

一度目はつながらなかったが二度目はつながった。そのとき森本の声の向こうがひどく騒がしかった。どこか店の中にいるようで、実際、電話の呼びだしに男が、

——ありがとうございます。セントヘレナです。

応えている声が聞こえたのだ。その話を坂田は皆に告げた。

「同じ店かどうかはわかりませんが、『セントヘレナ』というのが聞こえました」

「つまり森本がそこで飲んでいたってこと?」

「そのときは張りこみをしている、といわれました」

「張りこみ。偽刑事なのに?」

「玉井さんを追っていて、そこにくるのを待っていたのかもしれません」

「だとすると妙じゃないか」

咲子はいった。

「妙とは?」

「だって『セントヘレナ』は南城会の縄張りだろ。そこへ南城会から逃げ回っている玉井が飲みにくるとは、ふつう考えないだろう」

その通りだ。坂田はますますわけがわからなくなった。いったいどうなっているのだろうか。

「玉井と南城会がグルってこと?　実は拉致されているのでも何でもなくて」

咲子が坂田を見つめた。

「ええっ。いくら何でもそんなことはないと思います。それなら僕を威す理由がありません」

「確かにそうです。ある段階まで南城会は本気で玉井さんを捜していた筈です。それが変化した、と考えるべきでしょう」

教授が頷いた。

「ではなぜ森本は『セントヘレナ』に張りこんでいたんだ?」

咲子が訊くと、教授は首をふった。

「それは……。なぜでしょうか」

「六本木にいきます。そうすればわかるかもしれません」

坂田はいった。そして咲子に釘をさした。

「サッコさんはここに残って下さい」

「サカタひとりでいかせられねえよ」

「いえ。そうした方が賢明です」

教授がいって、ガウンのポケットから携帯電話をとりだした。

「これをもっていって下さい。もしものとき、連絡がとれるように。私はなくてもいっこうに困らないので」

坂田は頷き、受けとった。

「ユキオさんの帰りを待たないのかよ」

「待っていたら遅くなってしまう。今からいってきます。何かわかったら連絡を下さい」

「そうですね。『セントヘレナ』から黒崎たちが引き揚げてしまったら意味がありません」

「じゃ、いってきます」

「談話室」をでていこうとすると、咲子が呼んだ。

「サカタ」

坂田はふりむいた。咲子は真剣な顔をしている。

「気をつけろよ」

「大丈夫ですよ」

坂田は微笑んだ。

「前にもこんなことが何回かありましたから」

19

「東江苑」をでた坂田は通りかかったタクシーに乗りこんだ。六本木までかなりの距離があるが、日曜日の深夜なので道は空いていて、三十分足らずで、タクシーは六本木の交差点に到着した。ミッドタウンの向かい側あたりで降ろしてほしい、と頼むと、交差点を右折し、最初の信号でタクシーは止まった。

「この右側がミッドタウンです」

いわれて見上げると、黒々とした巨大な建物がそびえている。人影はあまりない。

料金を払い、タクシーを降りた坂田は、教授の携帯電話をとりだした。玉井の携帯を呼びだす。

何回かのコールのあと、

「はい」

黒崎の声が応えた。咲子の携帯からではないので警戒しているようだ。

「坂田だ。今、ミッドタウンの向かいにいる」

「この電話番号は何だよ。咲子ちゃんのじゃないのか」

「咲子さんは帰った。別の人から借りた電話だ」

「ふーん」

「そこにいきたい。玉井さんはまだいるのか」

「いるぜ。ちょっと待ってろ。こっちから連絡するまで」

いって、黒崎はいきなり通話を切った。

何なんだ。坂田は切れた電話を見つめた。やがて気づいた。黒崎は坂田が本当にひとりで六本木にきているのかどうか疑っているのだ。手下を使って、周辺をチェックさせようというのではないだろうか。そのための時間稼ぎをしている。

電話が鳴った。玉井ではなく、咲子の番号が表示されている。

「はい」

応えたとたん、咲子の声がとびこんできた。

「サカタ、ヤバいことになった。トニー・健が節子さん家《ち》にいて、ユキオさんがつかまってる」

「えっ」

「すげえ権幕でオレの携帯に電話があって、なんで人のことをつけ回すんだって。オレとお前にすぐこいってわめいてる」

「トニー・健さんは節子さんの家にいたってことですか」

「そうじゃないみたいだ。ユキオさんが節子さんと話をしている最中に乗りこんできて、いい合いになったらしい。どうしよう」

なぜこんなタイミングなんだ。坂田は思わず宙をにらんだ。「東江苑」にいたときなら、節子さんの家に駆けつけることができた。六本木まできてしまった今、すぐには動けない。

「危険な状況なんですか、ユキオさんは」

「わからない。けどあの勢いじゃ、トニー・健が何かするかもしれない。教授がいくっていってるんだけど、オレはやめたほうがいいと思うんだ。トニー・健は市川の件も考えると、何をしてくるかわかんないような奴だからさ」

「トニー・健の携帯電話はつながるんですか」

「今はつながると思う。番号をいおうか」

「お願いします」

聞いた番号を坂田は暗記した。数字を覚えるのは得意なのだ。

そのとき不意に背中を小突かれた。電話を耳にあてたままふり返ると、茶髪のやくざ、中尾だった。黒崎の乗るワゴンに坂田を連れこんだ男だ。

「どこ電話してんだ、え？」

中尾が強い口調でいった。

「迎えがきました。あとで連絡します」

坂田はいって、電話を切った。

「誰と話してた」

「仲間だ」

「仲間ぁ？」

中尾は馬鹿にしたように笑った。

「リーマンの兄ちゃんの仲間かよ」

「そんなことより、早く玉井さんに会わせてくれ」

「お前、いつからそんなでかい口きけるようになったんだ。震えてたくせに」

中尾は怒ったようにいった。

「僕はあんたたちの縄張りの外で、三浦を殺した犯人やお金の行方を捜している。南城会の人間にはできないことだ」

南城会という言葉を坂田が口にすると、中尾はびくりとした。

「でけえ声でいうんじゃねえよ」

「玉井さんのところへ連れていってくれ」

「手前、覚えてろよ」

中尾は坂田をにらみつけ、歩きだした。

ミッドタウンの道路をはさんだ向かいは地上げがおこなわれているのか、周囲を塀で囲まれた空き地が目立った。中尾が足を止めたのは、空き地と空き地にはさまれた雑居ビルの前だった。

中尾は顎をしゃくった。

「奥にエレベータがある。四階まで上がれ」

どうやら自分は残る気らしい。見張りをするようだ。

坂田は無言で頷き、ビルの入口をくぐった。一階に洋服店と居酒屋が入っているが、どちらも営業をしていない。

エレベータの前にはテナントの表示があった。四階に「セントヘレナ」とでている。ビルは六階建てだった。

ボタンを押すと、一階で止まっていたエレベータの扉が開いた。乗りこんで「4」を押した。四階のエレベータの正面が「セントヘレナ」だった。防火シャッターが半分ほど上がり、内に開かれた木の扉が見えている。

坂田はシャッターをくぐり、中に入った。飲み屋のようだが、照明は目いっぱい明るく点っている。右手に弧を描いたカウンターがあり、カラオケの機械が見えた。左側に大小みっつのボックス席があり、一番大きなソファに黒崎と玉井が並んでかけていた。煙草の煙が光の中に淀んでいる。換気扇もエアコンも動かしていないのか、店の中は湿っぽく、煙草のヤニの匂いがこもっていた。

「おう、きたか」

黒崎が背中をソファに預けたまま、ものうげにいった。玉井は無言で坂田を見つめている。その目には非難しているような光があった。

坂田は黒崎を見つめた。

「頼みがあります」

「うん？　何だよ、あらたまって」

「玉井さんと二人で話をさせて下さい」

黒崎は首を回し、玉井を見た。不信の表情が浮かんでいた。

「俺に聞かせられねえ話があんのか」

「お金を見つけたいのなら、そのほうがいい」

黒崎は唇を尖らせ、坂田をにらみつけた。

「調子くれてるんじゃねえのか、ちょっと」

「駄目ですか」

坂田は踵を返すふりをした。

「駄目なら僕がここにきた意味がなくなってしまう」

背中を汗が伝わった。勇気をふり絞ったはったりだった。黒崎がいたのでは、玉井は絶対に本当のことを話さないような気がしていた。特に、トニー・健に関しては。

「わかったよ」

黒崎が体を起こした。

「でていってやる。ただし十分だけだ。十分たったら戻ってくる。いいな」

玉井のほうは見もせずに、坂田のかたわらをすり抜けて店をでていった。

やはり妙だった。玉井に、逃げるなとはひと言もいわない。もしもその十分のあいだに逃げだしたらどうするのだろう。いくら下に見張りがいるとしても、目を欺《あざむ》く方法はありそうなのに。

坂田は玉井の向かいに腰をおろした。玉井の前には灰皿とミネラルウォーターのペットボトルがあった。

「黒崎と手を組んだのですか」

「何のこと？」

「さらわれているようには見えません」

「じたばたしたってどうしようもない。どうせ警察には逃げこめないのだから」

坂田はじっと玉井を見つめた。玉井は表情をかえず、坂田を見返してくる。動揺しているようすはない。自分の考えに自信を失くしかけ、坂田は気づいた。目の前にいるこの人物は詐欺師なのだ。素直に嘘を嘘と認める筈がない。真実を引きだすには、弱みをつかんでプレッシャーをかけなければならない。

だが弱みとは何だ。暴力か。暴力で威して玉井の口を開かせる？　そんな真似が自分にできるわけがない。

考えろ。

坂田はめまぐるしく考えた。玉井の弱みとは何だ。弱みを弱みとわからせる人間ではない。むしろ自分の弱みは、そうとは絶対気づかせないようにふるまっている筈だ。

「何なの」

無言で見つめる坂田に、痺《しび》れを切らしたように玉井がいった。

「何を話したいの、あたしと」

考えの答がでないまま、坂田は口を開いた。

「トニー・健さんのことです」

「あいつがどうしたっての？　ただの売れない芸人でしょ」

そっけない口調でいった。その口調はどこか節子さんと似ていて、やはり親子だと感じさせるものがあった。

坂田は息を吸いこんだ。十分しかないが、ここはじっくりいくしかない。

「森本はどうしました？」

「森本？」

「お金を盗ったのが森本かもしれないから捜す、といっていたじゃないですか」

「全然わからない。逃げているのだと思う」

「森本が怪しいと黒崎には説明したんですか」

「いったわよ、もちろん。たぶん南城会の他の連中が捜している筈」

「でも、ひとつ妙なことがあるんです」

「何？」

「森本が地下の物置の鍵を手に入れたのは、玉井さんを捜し始めてからなんです。森本がお金を盗ったのなら、玉井さんを捜す理由はない」

「自分が盗ったってばれないようにあたしを捜すフリをしたのかもしれないわ」

「確かにそうです。でも鍵がなかったら物置には入れません。玉井さんを捜し始めたのは、お金が消えたあとです。玉井さんが分け前を渡せなかったからだ。矛盾していると思いませんか」

「あんな鍵なんていくらでも開けられる」

「では訊きますけど、森本はあの物置に玉井さんがお金を隠したことを知っていたのですか」

「だからわからないっていったでしょう。話したのかどうか覚えていないのよ」

「そんな大切なことを話したのかどうか覚えていないなんて奇妙じゃありませんか」

「しょうがないじゃない」

開き直ったように玉井はいった。煙草に火をつける。

「では、話した人を覚えていますか」

「話した人？」

「物置にお金を隠してある、と玉井さんが話した人です」

「そんな人いない」

玉井は首をふった。

「おかしくないですか」

「何がおかしいの」

「話した人がいないと断言できるのなら、森本にも話していないとはっきりいえる筈です」

玉井は口をつぐんだ。

閃《ひらめ》いた。玉井の弱みに気づいた。

「玉井さんが話した人はいる。でもその人をかばいたいので、曖昧《あいまい》になっているのだと僕は思っています」

「誰よ。トニー・健？　まさか」

玉井は鼻で笑った。

「トニーさんじゃありません。でもトニーさんが親しくしていた人です。トニーさんのお父さんとも何かの関係があった」

玉井の笑顔が消えた。

「何の話」

「トニー・健さんのお父さんは、堀船一家の幹部だった人で、賭け将棋の賭け金をめぐるいざこざで撃たれて死んだ。その賭け将棋は八百長じゃないかという噂があり、そのことで負い目を感じた賭け将棋の勝負師は、自分の奥さんにトニー・健さんを引きとらせた」

「あんた、どこでいったいそんなこと……」

「玉井さんとトニー・健さんが兄弟同様に暮らしたのは、そういう理由があったからだ」

「引きとらせたのじゃない。母親が引きとったのよ。亭主の八百長のせいで父親を殺された健一を不憫《ふびん》だといって。あいつは何もしなかった。八百長のせいで、どこからも相手にされなくなり、結局酒びたりになって死んだ。自業自得よ」

坂田は深々と息を吸いこんだ。

「節子さんがトニー・健さんを引きとると決めたんですね」

玉井は険しい目で坂田を見すえた。

「そうよ。母親から聞いたのね。そんなことを話せるのは、あの人しかいないものね。じゃあ、しかたないわ」

玉井は大きく息を吐いた。

「あたしは話したわよ。母親には、ね。あいつを何とかしてやれってうるさいから、助けてやろうと思って、仕事にも混ぜてやった。あんな、いつまでも売れない芸人やっていたってしかたがないじゃない。だから大金を稼いで、何か別の仕事ができるようにって、詐欺の仲間に入れたのよ。それがうまくいったときも、健一はどうしたってやたら気にするから、心配するなって。ちゃんと稼がせてやるっていった」

玉井は乱暴に煙草を灰皿に押しつけた。

「母親はまるであたしより健一のほうが大切みたいないい方をするのよ。ひどいでしょう。父親があんなんで苦労したのは、あたしもいっしょなのに！　なんで健一ばかりかばうのよ。おかしいでしょう！」

坂田は無言だった。

「その健一が母親に話したのよ。『演物』できたときに。詐欺でお金を稼いだって。馬鹿みたい。そんなこと話してどうするの。そうしたら母親がそのお金はどうしたって訊くから……」

「物置に隠したことを話したんですね」

玉井は頷き、新しい煙草に火をつけた。

「なくなったとき、まさかと思った。母親に盗めるわけがない。ろくに歩けないのだから。だったら誰？　あたしはパニックよ。そのあげくに人殺しにまで巻きこまれて。まさか健一が盗ったなんて思わなかった」

「トニーさんは、賭け麻雀で借金をこしらえた森本を助けようとしたみたいです」

「えっ」

玉井はぽかんと口を開いた。

「何それ。どういうこと？」

「森本は足立連合という暴力団に麻雀で大きな借金を作りました。それをチャラにしようとして、警察に密告したんです。ところがそのことがばれて、あやうく殺されそうになった。助かるためには大金をさしだす他なかった」

「それをあたしの金でしたっていうの。冗談じゃない。そんな馬鹿なこと！　第一、森本をなぜ健一が助けるの？」

「森本と松枝は、トニー・健さんのかつての漫才仲間です」

玉井は目をみひらいた。

「そんなこと、聞いてない。あいつは、ただの友人だって、二人をあたしに紹介したのよ」

「もうひとつ、不思議なことがあります」

「不思議なこと？」

坂田はあたりを見回した。

「この店です。森本は、殺人事件の起きる前、ここにきていました。張りこみだといって」

玉井は顔をしかめた。

「いったいいつの話をしているの？」

「銀座のお鮨屋で玉井さんと会った翌日です。玉井さんが急に帰ってしまった――」

「あのとき、あたしに電話をしてきたのは『城東文化教室』にサクラの受講者を用意させた手配師だった。地元のやくざが何か嗅ぎつけて、うるさいことをいってきてるって。だから会ったの」

「地元のやくざに、ですか」

玉井は頷いた。

「ただのガキだった。タトゥをこれみよがしに入れたチンピラよ」

「太った男じゃありませんか。二十くらいで肩にタトゥを入れた」

「そうそう、そいつ」

坂田は息を吸いこんだ。市川駅に現れたチンピラだ。

「ちょっと金を渡したら、黙ってひっこんだ。ただのタカリよ」

「そのチンピラは足立連合の人間で、トニー・健さんとつながっています」

玉井は首をふった。

「どういうこと？　わからない」

「森本がここにきていた理由はどうです？」

「あいつが、ここにいた……」

「玉井さんを見張っていたのではありませんか」

「冗談じゃないわ。南城会に追われているあたしがここにくるわけないでしょう。ここは工藤が自分の女にやらせていて、三浦とか黒崎に、自由に使ってくれといってるような店なのよ」

「工藤というのは、殺された三浦の弟分で、玉井さんに詐欺のカモに関する情報をもってきた人物ですか」

「そう、そいつ」

坂田の頭の中で光が弾けた。

「じゃあこの店に工藤もきていたのですね」

「そうじゃない？　自分の女の店なのだから」

森本がここにきていた理由が、玉井の張りこみでないのならば、考えられるのは、誰かと会うため、だ。その誰かが、工藤だとしたら。

森本と工藤をつなぐ接点があるとすれば、足立連合だ。工藤は足立連合にも出入りしている、と黒崎はいっていた。しかも詐欺のカモ情報をもちこんだのは工藤なのだ。だがなぜ森本は工藤と会っていたのか。詐欺を通じてふたりは知り合ったのだろうか。

「玉井さんは工藤と会ったことがありますか」

玉井は首をふった。

「カモと知り合いだから、あたしたちとは会わないほうがいいといってでてこなかった」

「工藤はなぜそのカモの情報を三浦に教えたんでしょう」

「自分を疑われずにカモの金が欲しかったから」

こともなげに玉井はいった。

「税金をごまかして貯めこんでいた金だから、うまくパクればこっちのものだと思ったのでしょう」

「実際の詐欺はどんな風におこなわれたのですか」

玉井は一瞬嫌な顔をしたが、口を開いた。

「青山の一等地が売りにでている、という話でいった。そこはある企業のオーナーの愛人に預けられていた土地で、その愛人が死んだので、遺族側がこっそり処分したがっている。ついては銀行を通さない、現金での決済なら格安にするともちかけた。脱税で貯めこんだ金だから、銀行を通さないですむのはカモにとっても願ったりかなったりなわけ。すぐに食いついてきたわ」

「だまされたカモは今どうしているのです?」

「さあ。ヘコんではいるでしょうけど、身ぐるみはがされたわけじゃないし」

「でも恨んでいますよね」

「そりゃそうよ。でもあたしたち実行部隊を紹介した三浦は、自分もだまされたことにする、といってた。南城会にも被害がでたので追っかけている、とカモにはいった筈よ」

つまり、被害者以外は全員がグルの詐欺なのだ。青山の土地を処分したがっている〝遺族〟やその関係者に玉井や森本らが化け、それを南城会の三浦がカモに紹介した。金を詐取したあと、玉井たちは姿を消すが、三浦はそうはいかない。そこで三浦も被害にあったフリをしたというわけだ。カモは三浦を疑いたいが、やくざなので、こっちも被害者だという言葉を受け入れるしかない。

工藤が玉井に会わなかった、という理由も頷ける。カモに自分が情報をもたらしたと疑われるのを避けるためだ。

「その恨みを何とか晴らそうとはしないでしょうか」

坂田がいうと、玉井は首をふった。

「だから三浦をかませたのよ。南城会がからんでいる以上、カモが勝手な動きをすれば、威しをかけられる。南城会が追いかけているのだから、よけいなことをするな。俺を信用できないのかって、すごめばいいのだもの」

「そのカモが三浦を殺したということは考えられませんか」

玉井は首をふった。

「ありえない。若い女とやるのと金を貯める以外は何の興味もない爺《じじ》いよ。年だって七十近いし」

「工藤はなぜ、そのカモのことを知っていたんでしょうか」

「あいつがやってる原宿の店でやたら買物する馬鹿娘がいて、それがカモの愛人だったの。工藤はその馬鹿娘をたらしこんで、カモの話を聞いたってわけ。でも自分がでていくと、馬鹿娘をたらしこんだのがばれるじゃない。だから三浦のところに話をもってきたらしいわ」

店の入口をくぐって黒崎が現れた。

「約束の十分だ」

坂田は息を吸いこんだ。玉井を見ていった。

「トニーさんが今、節子さんの家にいます。僕と話をしたがっている」

玉井は目をみひらいた。

「どういうことよ!?」

「僕が玉井さんの代わりにいろいろ調べているのが気に入らないんです。市川駅では足立連合のチンピラをけしかけてきました」

「足立連合だと」

黒崎がいった。

「足立連合がなぜでてくるんだ」

坂田は黒崎を見やった。

「あんたも三浦と同じことを考えているな」

「何のことだ」

「盗まれたお金を回収したら、組に秘密で山分けしようと思っているだろう。だから玉井さんと僕をこんな風に自由に話させたんだ」

「手前《てめえ》……」

黒崎の表情がかわった。図星のようだ。

「待ってよ。そんなこと、今はどうでもいい。あたしいかなきゃ」

玉井が立ちあがった。

「何いってんだ」

あっけにとられたように黒崎がいった。

「健一と話をつけなきゃ」

「手前らのことなんか知っちゃいねえ。おい坂田、金はどうなってるんだ」

「三浦を殺した犯人のことはどうでもいいみたいだな」

坂田はいった。

「お前、殺されてえのかよ」

黒崎が上着の内ポケットに手を入れるのを見て、坂田は背筋が冷たくなった。アイスピックをつきつけられたときのことを思いだした。

「工藤のことを話してくれ」

坂田は怯えを悟られまいとけんめいにいった。

「はあ？　あの野郎が何なんだ。とぼけたこといってんじゃねえぞ」

「ちょっと、あたしいかなきゃいけないっていってるでしょう」

玉井が金切り声をだした。

「やかましい！」

黒崎が怒鳴り、上着の内側から抜いたアイスピックをテーブルにつき立てた。

ドン、という音とともに、玉井が息を呑んだ。

「おい、坂田。ちゃんと説明しろ。場合によっちゃ、お前ここから歩いてでられねえぞ」

坂田は深呼吸した。奥歯ががちがちと音をたてた。それをくいしばり、黒崎を見すえる。

「工藤が鍵を握っている」

「なぜそう思うんだ」

黒崎は坂田をにらみつけたままいった。

「まず、三億円の詐欺の情報を三浦にもってきたのが工藤だ。工藤は自分が表にでず、カモから金を奪う方法を考えた」

「それだけか」

「工藤の地元は綾瀬で足立連合とも関係がある、とあんたが教えてくれた。足立連合は、詐欺の実行部隊だった森本という男をずっと追いかけていた。森本は麻雀賭博で借金を作り、それを帳消しにしようと、警察に密告したからだ。その森本が、半月ほど前、この店にいた。工藤と会っていたんだ」

「工藤と？　なぜだよ」

「工藤も玉井さんを捜していたからだ」

「そりゃ分け前の件があるからには捜すだろう」

「問題は、玉井さんも一度も会っていない工藤と、なぜ森本が知り合いだったのか」

黒崎が眉を吊り上げ、玉井を見た。

「工藤に会ったことがねえのか」

「ないわ」

「三浦は紹介しなかったのか」

「しなかった」

黒崎は深々と息を吸いこんだ。

「俺も一、二回しか会ったことがねえ。三浦のケツにくっついてる、ただの雑貨屋だ。スーツを着てるが耳にでけえピアスをはめたチャラチャラした野郎だ」

玉井が反応した。

「待って。どんなピアス？」

「太い輪っかを耳たぶじゃなくて上のほうにはめてる」

「髪の毛を短く刈ってて、ジェルで立てている？　ちょっと優男の男前」

「ああ、そんな感じだ」

玉井がはあっと息を吐いた。

「どうした」

「そいつ、綾瀬にきた手配師よ」

「ええっ」

坂田は声をあげた。

「タイプだから覚えてたの」

「どこで知ったんです」

「健一の紹介。地元の友だちで顔が広いからっていうから、講演会のサクラの手配を頼んだ」

「何だ、どういうことだ」

黒崎が目をむいた。

「三浦が殺された夜に会っていた手配師のことですか」

坂田の問いに玉井は頷いた。

「そうよ」

坂田は黒崎を見た。

「玉井さんがあの晩、綾瀬に現れることを三浦に教えたのが工藤だった。工藤は足立連合からの情報でそれを知ったんじゃないかとあんたはいったな」

「そうだ。工藤が手配師ってのは、どういう意味だ」

「あたしがサクラを頼んだ。でもあいつが工藤なら、地元の手配師だというのは嘘だったってこと?」

「手配師かどうかはともかく、地元出身なのは確かです。トニー・健さんも足立連合とつながりがあるようですから」

黒崎がいった。

「待てよ。そのトニー・健てのは何なんだ」

「あたしの遠い親戚よ。売れない芸人で、子供の頃あたしの母親にすごく世話になった」

「それがいったい何の関係がある」

黒崎が混乱したようにいった。

「トニー・健さんは工藤を、詐欺に使うサクラの手配師として玉井さんに紹介した。あの晩、玉井さんが工藤と会っているあいだに三浦は殺された。いいかえれば、三浦を殺された場所にこさせたあげく、ひとりにして待たせたのは工藤だ」

「工藤が三浦を殺ったってのか」

坂田は玉井を見た。

「工藤といっしょにいた時間はどれくらいですか」

「ほんの少しよ。五分かそこら」

「そのあとすぐ『城東文化教室』に戻ったのですか」

玉井は首をふった。

「綾瀬の駅前で、さっき話のでた足立連合のチンピラに会ったの。金を渡した手前、挨拶をしておいてくれって、手配師——工藤にいわれたから」

「そのとき工藤はいっしょでしたか」

「いえ、いなかった」

「いなかった？」

「あたしにチンピラの相手を任せて消えた。チンピラは、『何かあったら俺らに任せろ』みたいなことを偉そうにぐじゃぐじゃいってたけど、そのうち電話がかかってきて、いなくなった。それで『城東文化教室』に戻ったら、三浦が死んでいたのよ」

「坂田、どういうことだ。説明しろ」

黒崎がさっぱりわからない、という顔でいった。坂田は無言で考えていた。

「坂田！」

黒崎が語気を荒くした。

「節子さんの家にいこう。トニー・健さんに訊けば、すべてがはっきりする」

「何？　節子さんて誰だ」

「あたしの母親よ」

「お前のお袋だ？　それがなんで――」

坂田は黒崎を見つめた。

「節子さんの家は足立連合の地元だ。でもそこにいかなけりゃ、すべてははっきりしない。どうする？」

「ふざけんな。俺がのこのこいかなきゃならない理由がどこにある」

「すべてはそこから始まったんだ」

坂田はつぶやいた。

「どういう意味だ」

「玉井さんは、お金の保管場所として鶴亀銀座商店街の振興会館を選んだ。だがそこは足立連合の縄張りで、あんたたち南城会は簡単には足を踏み入れられない」

「そんなもの個人でいくのには何の問題もねえ。縄張りの外は歩いてもいけないって決まりがあるわけじゃない。組として何かをするのじゃなけりゃ文句なんていわれない」

黒崎が首をふった。

「そう、個人としてなら自由だ。だから三浦は殺された」

「何？」

「そうか、そうなのか」

玉井がわかった、というようにいった。黒崎を見てつづけた。

「あんたと同じょ。三浦は金を回収しても、組にもって帰る気がなかった。あたしを悪者にして自分の懐《ふところ》におさめるつもりだった。組がからんでないなら、殺されても南城会は文句をつけられない。組の仕事で回収にきて殺されたらでいいりになる」

「それを工藤はわかっていたんです。縄張りの外で三浦が殺されても、南城会にとっては与《あず》かり知らないことだ。しかも三浦が死ねば、南城会で三億円を回収する責任を負った人間がいなくなる。その詐欺について具体的なことを知っているのは三浦だけだとあんたもいっていた」

坂田は黒崎を見やった。黒崎は深々と息を吸いこんだ。

「三浦を消せば南城会が三億をあきらめると思ったってのか。馬鹿いうな。現に俺が動いてる」

「でもあんたも三浦と同じことを考えている。回収した金のことを南城会には知らせず、自分のものにしよう、と」

黒崎は痛いところをつかれたような顔になった。頬をぐっとふくらませ、いう。

「だとしても、それと足立連合にどんな関係がある」

「三浦がひとりでこなければ殺されることもなかった。欲に溺れたものだからひとりで縄張りの外に乗りこんだ。それで結果、殺されたってことよ。工藤はそれを見すかして足立連合と組んだ」

玉井がいった。

「だが工藤は三浦の舎弟だ。舎弟が兄貴を殺すか」

「欲でつながった兄弟分でしょ。映画の世界とはちがう。それに本当に兄弟分なら、工藤も南城会の盃をもらったのじゃない？　やくざを兄貴分にもっていれば何かと役に立つ。そのていどにしか考えていなかったかもしれない」

黒崎は首をふった。

「確かにな。正式の組員になりゃ警察がうるせえから、フロントで勘弁してくれって奴は多い。いいとこどりを狙ってやがる」

同じような話を大阪のやくざからも聞いたことがあった。掟《おきて》やしきたりに縛られるやくざに比べ、カタギは気ままな動きができる。

——カタギが一番タチが悪い。カタギに気をつけろ。

そう手下を叱っていた親分がいたのを坂田は思いだした。

「健一を問いつめてやる。そうすれば本当のことがわかる」

玉井は坂田と黒崎の顔を交互に見た。

「どうする？　あんたもくる？」

黒崎に訊ねた。黒崎は下唇をかんだ。

「くそ。いってやる。このままいいようにやられたんじゃ、南城会は足立連合の笑い物だ」

坂田は思わずいった。

「待った。それって南城会と足立連合が喧嘩をするってことか」

「そんなわけねえだろ、馬鹿。こんなご時世でいいりなんかしかけてみろ。指を何本飛ばしても足りねえよ。俺は個人としてきっちり話をつけにいく」

黒崎はテーブルにつき立てたアイスピックを引き抜くと、上着の中におさめた。

20

黒崎が電話をかけ、中尾に車を用意させた。バンではなくセダンタイプの乗用車だ。中尾がハンドルを握り、坂田らは出発した。

坂田は教授から借りた携帯電話で咲子を呼びだした。

「これから節子さんの家に向かいます。玉井さんもいっしょです」

「玉井もいっしょで大丈夫なのか」

「わかりませんが、すべてはっきりしそうな気がしています」

「すべてはっきり？」

「誰がお金をとったのか、誰が三浦を殺したのか」

咲子は黙った。やがて訊ねた。

「向かってるのはサカタと玉井の二人だけか」

「いいえ」

「南城会もいっしょか」

「そうです」

「ヤバくないか、それって。トニー・健は足立連合とツーカーかもしれないのに」

「そうですね」

黒崎の手前、はっきりとはいえない。

「わかった。教授と相談する」

「お願いします」

坂田は電話を切った。助手席にすわる黒崎がふりかえった。

「そういや、こいつを返しておく」

上着のポケットから坂田の携帯電話をとりだした。電源は切られている。

「勝手に使ったりしてねえから心配すんな」

坂田は無言で電話を受けとった。

ユキオさんがトニー・健につかまったと聞いてから一時間近くがたっている。節子さんの家に着くには、あと三十分以上かかるだろう。

そんなに待たせてユキオさんは大丈夫だろうかと心配だった。だがユキオさんを威したり怪我をさせても、問題の解決になどならない。

そう考え、はっとした。問題の解決？　トニー・健は、何を解決したいのだろう。

自分をつけ回すのをやめさせたいのか。

そんなのはたいした問題ではない。トニー・健本人が姿を消せばすむ。

だとするとトニー・健が坂田と咲子を節子さんの家まで呼びつける理由は何なのか。

トニー・健は足立連合、森本、そして工藤とつながりがあり、真相を知る立場にある。

ぞっとした。トニー・健の目的は、坂田と咲子が何をどこまで調べたのかを知ることではないのか。当然そこには、三浦を殺した犯人についての調べも含まれている。

節子さんの家で待ちかまえているのは、トニー・健ひとりではないかもしれない。とすれば、これは一種の罠だ。

黒崎に教えようと口を開きかけ、坂田は思いとどまった。もしそれで黒崎が「降りる」といったらどうなる。坂田と玉井の二人だけで節子さんの家にいくのは、トニー・健の思うつぼだ。

トニー・健は、玉井と黒崎が坂田と行動を共にしているのを知らない。それを最大限有効に利用して、ユキオさんを助け、自分自身をも助ける以外、道はなかった。坂田は必死で知恵をしぼった。

車が鶴亀銀座商店街に近づくと、玉井が道を指図した。街灯以外はまっ暗な商店街に入ったところで、坂田は口を開いた。

「たぶん、節子さんの家には、工藤もいる」

黒崎が驚いたようにふりかえった。

「何だと」

「工藤は、足立連合と手を結んでいる。僕が三浦を殺した犯人についてどこまで調べているのかを確かめたい筈だ」

「てことは、足立連合の兵隊もいるってのか」

中尾が急ブレーキを踏んだ。

「ヤバくないすか、黒崎さん」

「黙ってろ」

黒崎はいって、坂田の顔をまじまじと見つめた。

「どうなんだ坂田」

「何ともいえない。森本や松枝はいるかもしれない」

「じゃあ何か、お前や玉井の口を塞ごうってのか」

「ひとり一億なら三人まで殺せる、といったのはあんただ」

黒崎は目を閉じて考えていたがいった。

「こっちが向こうを片づけりゃ同じこともいえるな」

「でもここは、あんたたち南城会の縄張りじゃない」

「玉井」

黒崎は玉井を見た。

「おっ母さんに電話しろや。どんな状況か、探りを入れてみろ」

「それはやめたほうがいい」

坂田は止めた。

「なぜだ」

「玉井さんが今電話をすれば、トニー・健が家にいるのを知っていると教えるようなものだ。トニー・健が待っているのは僕だ。あんたや玉井さんが僕といっしょにいるのをトニー・健は知らない」

「そうね。あたしがいったら驚く」

玉井もつぶやいた。

「じゃ、どうする」

「まず僕がひとりでいく。ようすを見て、あんたたちがあとからくる、というのは？」

「あたしは家の鍵をもってる」

玉井がいった。黒崎は深々と息を吸いこんだ。

「よし、まずようすを探ろう。中尾、向こうのアパートまでとりあえず走らせろ。止まらずにあたりを走って、足立連合の奴らがいるかどうかを確かめるんだ」

「わかりました」

中尾が再び車を発進させた。

「お前ひとりを先にいかせて、どうやって俺たちは中のようすを知る？」

「僕に電話をすればいい」

「なるほど。本当にヤバい状況なら電話にはでられないってわけか。合言葉を決めておこう。ヤバくても電話にでろ、といわれたときに備えて」

黒崎はいった。

「そこに工藤や足立連合の極道がいたら、会話の最後に、『また飲みに連れていってくれ』といえ。いないなら『おやすみなさい』だ」

玉井がくすっと笑った。

「なんかおかしいわね」

「笑いごとじゃねえだろう」

「じゃあ人数もそのとき教える。トニー・健を含めて何人いるか。三人なら『三人で飲みにいきたい』って」

坂田は答えた。黒崎は妙な目つきで坂田を見た。

「お前、リ、ー、マ、ン、にしておくのはもったいねえな。見直したぜ」

「何のことだ」

「度胸があるじゃねえか。こんなときによくそんな知恵が回るもんだ。たったひとりで乗りこもうってのに」

感心したようにいった。

「本当はこんなこと、したくない。でも、いつもする羽目になる」

「いつも？」

黒崎は訊き返した。

「何でもない」

坂田は首をふった。

鶴亀銀座商店街を抜けた車は高架をくぐってＪＲの駅の反対側にでた。細い一方通行路に入る。下町らしい、くねくねとした路地が連なっていた。川吉二丁目というのは、このあたりらしい。

「あの角のアパートよ」

玉井がいった。車一台がやっとの路地の左手に風呂屋があり、その向かいに二階だてのアパートがたっている。

「部屋は何階だ？」

「一階。階段の登り降りがたいへんだから。家の中では歩けるけど、外では車椅子なの」

中尾はわずかにスピードを落とし、アパートの前を通りすぎた。右端の部屋にだけ明りが点っている。

「右端か」

「そう」

路地に人の姿はなかった。この細さでは、止めた車の中で待つ、というわけにもいかない。もし足立連合の人間がいるとすれば、全員、節子さんの部屋の中だろう、と坂田は思った。

アパートの入口に自転車が一台おかれている。それを見て坂田は唇をかみしめた。ユキオさんの愛車だ。

黒崎と中尾は車内からあたりをけんめいに見回している。深夜というよりはもはや早朝の下町に人の姿はまるでなかった。

「どうやら張りこんでるようなのはいねえな。とすると、あとはアパートの中か」

黒崎は坂田と同じ結論に達したのか、いった。玉井に訊ねる。

「部屋の間取りは？」

「二DKよ」

「そんなところに十人もは隠れていられねえだろう。そのトニーてのと工藤と、いてあとせいぜい四、五人だ」

「それでも六、七人てことですよ」

中尾がいった。

「こいつが探りを入れりゃ、何人いるかわかる。お前は黙って車をころがせ」

「でもこいつがグルだったらどうします？」

黒崎は中尾を叱りつけた。

「何をびびってんだ、お前。縄張りの外にでるのがそんなに恐いのか、え？　よくそれで極道やってるな。坂田のほうがよほど度胸があるじゃねえか」

中尾は黙りこんだ。

「車、止めろ」

路地が少し広い道路につきあたったところで黒崎は命じた。中尾は言葉通り、ブレーキを踏んだ。

「坂田はここから歩いて戻れ。俺らはこの近くで待機して、連絡を入れる」

坂田は頷いた。車のドアを開け、降り立つ。ドアを閉めたとたんに中尾はアクセルを踏み、あっというまに車は走り去った。まるで一秒も長居したくないような発進ぶりだ。

坂田は静まりかえった路地を戻った。何かが目の前を走り抜け、どきりとする。猫だ。

坂田の自宅周辺も夜は静かだが、ここはそれ以上にひっそりとしていた。明りのついている窓がひとつもない。

唯一、明りのついている窓が見えてきた。節子さんの部屋だ。

こんな静かな住宅地で怒鳴りあったりすれば、すぐに近所に聞こえる。そう考えるとわずかだがほっとした。たとえ節子さんの部屋に足立連合のやくざが隠れていたとしても、大きな騒ぎはおこせないのではないだろうか。

アパートの玄関をくぐり、狭い廊下を進んだ。合板の扉に「玉井」と書かれた紙が貼りつけられている。

中からは何の物音もしない。

坂田は扉を小さくノックした。すぐに内側から扉が開かれた。トニー・健だった。険しい目で坂田を見つめ、小さな声でいった。

「静かに入ってこい」

坂田は頷き、足を踏み入れた。小さな三和土《たたき》に何足か靴がある。ユキオさんの愛用する雪駄《せった》もあった。

入ってすぐは台所だった。板の間で冷んやりとしている。その向こうにコタツのおかれた居間があり、もうひとつの部屋とは障子《しょうじ》で仕切られている。障子は閉まっていて、コタツにユキオさんと節子さんがいた。

扉を閉め、坂田が靴を脱ぐと、トニー・健がいった。

「あの女はどうした」

「待っています。状況がわからないので」

坂田は答えた。

「状況？　何の状況だ」

「ユキオさんが無事なのかどうか。怪我とかさせられていないか」

「俺は大丈夫だ」

奥の部屋からユキオさんがいった。力のない声だ。

「上がれ」

トニー・健は首を傾けた。坂田は節子さんの目をとらえ、

「お邪魔します」

と告げた。節子さんは無表情だ。

「そこにすわれや」

トニー・健はコタツの空いている場所を示した。坂田は三和土をふりかえった。坂田のを除き、おかれている男物の靴は全部で三足ある。ユキオさんは雪駄なので、この部屋にはあと二人男がいる勘定だ。

あえてそれについては何も訊ねず、坂田はコタツのかたわらにすわった。

「よくきたね」

節子さんがいった。

「いえ、こんな夜中に申しわけありません」

節子さんの目もとがゆるんだ。皮肉げな笑みだった。

「この何年、人がくることなんてめったになかった。なのに今日はどうだろうね。次から次に――」

「おばちゃん、いいから」

トニー・健がさえぎり、坂田のかたわらにアグラをかいた。

「俺はよ、おばちゃんから連絡をもらってすっとんできたんだ。なんでお前らが、家族の問題に首つっこむ。頭にきてんだよ」

「家族の問題、ですか」

「そうだよ。早雄と俺とおばちゃんの問題だ。お前らには何の関係もねえことだろうが」

「健ちゃん、そんないいかたしなくても」

「おばちゃん、こいつらのでかたしだいじゃ、早雄も俺も手がうしろに回っちまうんだ」

節子さんは目を伏せた。

「おい、そりゃこの人のせいじゃねえだろうが」

ユキオさんがいった。

「うるせえ。爺いは黙ってろ」

坂田はトニー・健を見つめて告げた。

「玉井さんが振興会館に隠していたお金をもっていったのはあなたでしょう。森本さんを助けるために」

トニー・健は驚いた顔はせず、答えた。

「今さらとぼけてもしかたがねえか。そうだよ。早雄が儲けをひとり占めしようとしていやがったからな」

「そうなのですか」

「じゃなきゃお前、とっくに分け前を払ってる。あいつはあの銭もって、お袋さんもおいて高飛びする気だったんだ。昔からそういう奴なんだ。自分さえよけりゃそれでいい」

「僕の聞いた話とはちがいます。南城会が警察にマークされていたので、一時的に預かったのだと玉井さんはいっていた」

トニー・健はフン、と鼻で笑った。

「詐欺師のいうことをいちいち真に受けてんじゃねえよ」

「そんな――」

「なあ、おばちゃん。こいつにもいってやってくれよ」

トニー・健は節子さんを促《うなが》した。節子さんはふうっと息を吐いた。

「あの子のいうことを信用しちゃ駄目だ。自分の子なのにこんな風にいいたくはないけど」

ユキオさんが無言で首をふった。坂田はトニー・健を見つめた。

「でもあなたも嘘をついた」

「嘘？」

「殺された三浦の弟ぶんだった男を、地元の手配師だといって玉井さんに紹介した。その上、あなたの知り合いの足立連合のヤクザを使って、あの晩玉井さんを足止めした。その間に三浦は『城東文化教室』で殺された」

トニー・健はそれでも表情をかえなかった。

「お前、何もわかってねえな」

「健ちゃん！」

驚いたように節子さんが声をあげた。

「人が殺されたってどういうことだい」

トニー・健は首をふった。

「いいから。おばちゃんには関係ない」

「隠していたら、かえって節子さんを傷つけますよ」

「やかましい」

「健ちゃん！」

「おい、ちゃんと話してやんな」

ユキオさんがいったとき、仕切りの障子が開いた。

「いい加減にしろや、この野郎」

背の高い茶髪の男が現れた。かたわらに市川駅にいたタトゥのチンピラがいる。男の耳にピアスがあった。ユキオさんは二人が隠れているのを知っていたようだ。坂田を見やった。

「こいつが工藤だ。このガキは足立連合のチンピラで」

「うっせえぞ。もういいってか。充分長生きしたんで、殺してくれってことか」

タトゥのチンピラがすごんだ。そして坂田を見た。

「おい、さっきはよくもハッタリかましてくれたな。手前もう逃がさねえぞ。ぶっ殺す」

「いい加減におしっ」

いきなり節子さんが怒鳴った。

「あんたらさっきから、人の部屋に踏みこんで、何を偉そうに。ここは誰の家なんだい」

「やかましい、婆あ」

チンピラがいうと、トニー・健が恐ろしい表情でにらみつけた。

「何だ、その口のきき方は。お前」

「いい加減にしてくれよ、健一さんよ」

工藤がいった。

「いつまでこんな素人にかかわってんだ。おばさん思いもいいが、このままじゃ身動きとれなくなっちまう」

「わかってないのはお前らだ。いいか、この連中には仲間がいて、そいつらは俺のことも玉井のことも知ってるんだ。誰かが警察に駆けこんでみろ。俺ら全員がもっていかれる」

チンピラが不安げな顔で工藤を見た。工藤は表情をかえなかった。坂田をにらむ。

「おい、さっきから聞いてりゃ、まるで俺が何か悪いことをしたみたいじゃないか。妙なアヤはつけないでもらいたいね」

坂田は工藤を見返した。

「南城会はあなたを捜しています」

「何で俺を捜す」

「あの晩、玉井さんが綾瀬に現れると三浦に教えたのはあなただ。つまり三浦を殺したのが誰か、あなたは知っている」

「馬鹿いうな。俺が知ってるわけないだろうが。知っているのは玉井だ」

「あの子が人を殺したってのかい」

節子さんがつぶやいた。工藤はふりむいた。

「さあね。だが疑われてもしかたのない状況だ」

いってから坂田に目を戻した。

「おい、南城会の名で俺をびびらせようたってそうはいかないぞ。俺には南城会に追いかけられる理由なんかねえ。素人のくせに下らねえ手を使いやがって」

坂田はトニー・健を見た。

「話してないのですか。それとも森本から聞いていない?」

「何を、だ」

「森本は、僕の顔を南城会の黒崎という男に教えたんです。南城会は玉井さんの居場所を知ろうと、僕を拉致しました。それを助けてくれたのが玉井さんです」

節子さんに聞かそうと、いった。

「黒崎ぃ」

工藤がいった。坂田は節子さんにつづけた。

「玉井さんは詐欺師かもしれませんが、人殺しではない、と僕は思います」

「わかったようなことといってんじゃねえ」

トニー・健が押し殺した声でいった。

「あいつが殺らなけりゃ誰が殺るんだ」

坂田は息を吸いこんだ。トニー・健と工藤の顔を見比べ、いった。

「あなたたちのうちのどちらかだ」

部屋の中は静まりかえった。工藤もトニー・健も口を開こうとしない。焦ったようにタトゥのチンピラがいった。

「手前、調子にのってんじゃねえぞ」

そのとき坂田の携帯電話が鳴った。全員がびくりとした。坂田は耳にあてた。

「おい――」

あわてたようにトニー・健がいった。

「はい、坂田です」

「生きてたのね。よかった」

玉井だった。

「玉井さん」

わざと皆に聞こえるようにいった。全員が息を呑んだ。

「どこにいる？」

トニー・健が手をのばした。それをかわし、坂田はいった。

「トニー・健さんがあなたに会いたがっていますよ」

「健一はひとり？」

「いいえ」

「そう」

「また飲みに連れていって下さい。三人で」

「わかったわ」

「店は、あの六本木がいいです。『セントヘレナ』」

わざとつけ加えた。工藤が眉を吊り上げた。電話を切った。そのとたん、工藤は坂田の襟首《えりくび》をつかんだ。

「お前、どこまで知ってるんだ」

「だからいったろう。ほっといちゃマズいって」

トニー・健がいって、坂田の顔をのぞきこんだ。

「おい、早雄はここにくるのか」

「たぶん」

「たぶんだと？　とぼけてんじゃねえぞ、こら」

チンピラが怒鳴った。

「でけえ声だすな、馬鹿。周りに丸聞こえだ」

トニー・健が叱りつけた。

「あの子は何しにくるんだい」

節子さんが訊ねた。坂田は答えた。

「人殺しの疑いを晴らすためです」

「健ちゃん」

節子さんがトニー・健に呼びかけた。トニー・健は無言だった。

「あの子は人殺しなの、それともちがうの」

「人殺しだよ」

工藤は吐きだすようにいった。

「おっ母さんのあんたに面と向かっていうのは酷だが、あいつは詐欺で稼いだ銭をひとり占めしたくて、人を殺したんだ」

トニー・健は無言だ。

「嘘です。三浦が殺されたときはもう、玉井さんが振興会館に隠したお金はトニーさんの手で盗まれていた。節子さんもご存知でしょう。お金の隠し場所を教えたのは、節子さんなのですから」

白い光がきらめいた。工藤が坂田を離し、ナイフを抜いたのだった。刃渡りは二十センチ近くある。それを坂田の胸もとにあてがった。

「黙ってろ」

「健ちゃん！」

節子さんが叫んだ。トニー・健は目をそらしたまいった。

「ご免よ、おばちゃん。でもあいつがおばちゃんを捨てて逃げる気だったのは本当だ。俺はそれを止めたくて、金をとった」

「いいんだよ、それは。そのお金が人助けになったのなら、よけいいいとあたしは思ってた。けど、人殺しってのはどういうことだい」

トニー・健がゆっくり首を回し、節子さんを見た。

「おばちゃん、俺の親父は殺された。その原因を作ったのが誰なのか、おばちゃんは知ってるだろ」

「だからあたしは罪滅ぼしだと思って、あんたによくしたつもりだった」

トニー・健は首をふった。

「それが逆に俺にはつらかった。早雄はヤキモチ焼きやがるし」

「何をぐだぐだいってるんだ」

工藤がすごんだ。

「そんなこといってる場合じゃねえだろうが。もし玉井が南城会を連れて乗りこんできたらどうすんだ」

「そんなことできるわけがねえ。ここは南城会の縄張りじゃない」

「黒崎ならやりかねない。あいつは金のためなら何でもやる」

アパートの扉が激しい勢いで押し開かれた。

「ふざけんなよ！　金のためにあっちにつき、こっちにつきしてんのは、手前だろうが！」

怒鳴り声が響いた。黒崎だった。黒崎は靴も脱がずにあがりこんでくるなり、手にしている黒いものを全員に向けた。

「手前ら、動くな」

坂田は息を呑んだ。黒崎が手にしているのはアイスピックではなかった。ピストルだ。

「お前こそ、ここが誰の縄張りかわかってやってんのか、おお!?」

チンピラが怒号をあげた。

「皆殺しにすりゃ関係ねえよ」

黒崎はいった。工藤が坂田の襟を左手でつかんだ。

「撃ってみろよ。こいつの喉を切り裂くぜ」

ナイフの切先を坂田の喉にあてがった。黒崎は平然としていた。

「かまわねえ。こっちの手間が省《はぶ》けるだけだ」

「そんな――」

思わず坂田はつぶやいた。黒崎のうしろから玉井が姿を現した。

「早雄！　やっぱりお前、組んでたのか」

トニー・健がいった。

「お母ちゃん、こっちにくるんだ」

玉井は無視して節子さんに呼びかけた。

「こいつらは人殺しだ。いっしょにいちゃ駄目だ」

「早雄――」

黒崎が銃口をトニー・健に向けた。

「お前、金はどこにある。いえば見逃してやる」

「早く！　お母ちゃん」

玉井がせきたてた。坂田は不意につきとばされた。工藤がコタツの上をおどりこえ、節子さんにつかみかかる。

「何すんだい――」

「こっちはどうだ」

工藤は節子さんの首をつかんでいった。

「よせよ！」

「やめろっ」

トニー・健と玉井が同時に叫んだ。工藤はナイフを節子さんの喉もとにあてがっている。

「チャカをよこせ。よこさねえと、婆さんの喉をかっ切るぜ」

「やれや」

黒崎はいって腕をのばし、銃口を工藤の額に向けた。

「婆さんひとりくたばったって俺にはどうってことはねえ」

黒崎と工藤はにらみあった。その場の空気が凍りついた。

「やんなさいよ」

節子さんが低い声でいった。

「なに？」

「早くあたしを殺しなっていってんだ」

工藤は目をみひらいた。

「婆あ、正気か」

「お母ちゃん――」

玉井がいうと、節子さんはきっとにらみつけた。

「何を今さらおたおたしているんだい。こうなったもとは、全部お前だろうが」

「よう、一回仕切り直さねえか」

トニー・健が口を開いた。

「このままじゃラチがあかねえ。互いに得物を引っこめて、ちゃんと話をしようじゃねえか」

黒崎と工藤を交互に見やっていった。

「俺はかまわねえぜ」

余裕のある口調で黒崎が答えた。

「助っ人を呼ぼうというのでなけりゃな」

ここが足立連合の縄張りであることを坂田は思いだした。

「どうする、工藤」

トニー・健がいうと、工藤は首をふった。

「悪いが俺はここから帰らせてもらう」

「いいけどな。お前この先ずっと南城会の的にかけられる覚悟ができてるのだろうな」

黒崎が低い声でいった。工藤の表情がかわった。

「何で俺が……」

「決まっている。三浦を殺したから」

玉井がいった。工藤は黙りこんだ。

「なぜ三浦を殺った？　奴はお前の兄貴分だったのだろうが」

黒崎が訊ねた。工藤が不意にナイフをおろした。

「お前ら全然、わかってねえな。あの晩、三浦さんは何しに綾瀬にきたと思う。金をとって、玉井を殺すためだ。俺はその手伝いをしろと命じられたんだ」

「なに⁉」

「三浦さんははなから金をひとり占めするつもりだった。だから三億を玉井に預けたんだ。玉井を殺してどっかに埋めちまえば、金をもって逃げたと誰もが思う。だがそれに組の人間を使えねえから俺が呼びだされたんだ」

「じゃ手配師といったのは――」

思わず坂田は口を開いていた。工藤の目がトニー・健を見た。

「俺が荒垣さんに相談したんだ」

荒垣というのがトニー・健の本名だったことを坂田は思いだした。

「このままじゃ早雄は殺られる、それを止めるには足立連合がかかわってると早雄を通じて三浦に思わせるのが一番だと俺が考えたんだ。それで工藤を手配師に化けさせた。早雄は工藤に会ったことがなかったからな。俺は工藤がガキの頃から知っている。こいつの実家は、もうなくなっちまった西新井の演芸場だったんだ」

「大師演芸場か」

ユキオさんがいった。工藤はふりむいた。

「知ってんのか、爺い」

「知っとるも何も、ガキの頃は自転車で通ったもんだ。お前、大師演芸場の倅だったのか」

「十五年も前に潰れたがな」

工藤が吐きだした。トニー・健がいった。

「こいつがグレて綾瀬あたりをうろついてるときに久しぶりに会った。足立連合の盃をもらおうと思ってるっていうから、やめておけといったんだ。下町のやくざに未来なんかねえ。昔みたいなシノギなんざできなくなる。もっと小洒落たところでシノギをやってる組にしろ。そうしたら原宿で店を始めて、南城会にくっついたってわけだ」

黒崎が首をふった。

「道理で、垢抜《あかぬ》けねえ野郎だと思ったぜ」

工藤が憤然といった。

「三浦さんと知り合ってわかったのは、お前ら南城会は、義理人情なんかこれっぽっちも頭にねえ、銭の亡者ばっかりだってことだ。仁侠道のカケラももっちゃいない。頭の中にあんのは金儲けだけで、それも組を儲けさせるんじゃない、手前がいい思いをすることばかりだ」

「それが現代の極道だ。古くせえやり方なんかしていたら、あっという間にサツにもっていかれる」

黒崎がいった。三浦と同じく、この黒崎も、金を渡せば組には秘密にしておいてやると玉井にもちかけたことを坂田は思いだした。

「工藤は三浦に会いにいった。その間、こいつらに早雄の足止めをさせたってのは本当だ。別に三浦を殺す気で工藤が会いにいったわけじゃねえことは俺がよく知ってる」

トニー・健が話を戻した。

「じゃあなんで三浦を殺ったんだ？」

黒崎が訊ねた。

「足立連合がからんできているから今日はヤバい、と俺がいったら、三浦さんが逆上したんだ。玉井から金をもっていったのは足立連合で、お前もグルだろうといわれた。俺が足立連合とつきあいがあるのを三浦さんは知ってたからだ。手前ら俺をハメたろう、といって三浦さんがナイフを抜いた。とりあげようとして逆にぶっ刺しちまった。だがな、三浦さんはたぶん金をうまくとれて玉井を殺したら、俺の口も塞ぐつもりだったんだ。ナイフをもってたのがその証拠だ」

「これでわかったろう。俺は早雄を助けてやろうと思ったんだ」

トニー・健がいうと、玉井が金切り声をあげた。

「冗談じゃない！　あんたがあたしから金をとったのが悪いんじゃない。それさえなけりゃ――」

「それさえなけりゃ、お前は三浦に殺された。ちがうか」

トニー・健の言葉に玉井は息を呑んだ。

「そんなの、あんたたちがいってるだけで信用できない」

トニー・健が黒崎を見た。

「あんた、どう思う？　三浦は金をひとり占めしようとしなかったか」

黒崎は無言だった。やがていった。

「で、その三億は今どこにある」

坂田は嫌な予感がした。黒崎は、まったく別のことを考えている。

「この近くの知り合いの家に預けた。で、どうなんだ」

「残りはいくらだ」

「まだほとんど残ってる。使ったのは、森本の首をつなぐための一千万ばかりだからな」

「二億九千万か……」

「痛み分けなら半分ずつだ。あんたどうせ組にもって帰る気はないのだろう」

トニー・健は鋭い目で黒崎を見すえた。

「ああ、ないね」

いうなり銃を坂田に向けた。

「おい、その金をとりにいってこい」

「僕が⁉」

「お前しか信用できる奴がいない。その金がここに無事着いたら、手打ちってことにしようじゃないか」

「こんな時間に⁉　冗談じゃない」

銃口がユキオさんを向いた。

「この爺いの命と引きかえだ。どうだ、そっちも文句ないだろう。金をとりにいかせて猫ババせずにもって帰ってきそうなのは、この中じゃこいつしかいない」

黒崎はトニー・健と工藤に訊ねた。

「サツに駆けこんだらどうする」

工藤が眉をひそめた。

「大丈夫だ。こいつの身許は全部調べ上げてある。ササヤ食品て、立派な会社のサラリーマンで実家も、彼女の電話番号もわかってる。裏切りやがったら、そこに話をもっていくだけだ」

「僕は嫌だ」

金をもって帰ってきたら、再び殺し合いになる可能性がある。だがそれを口にすれば、今この瞬間、殺し合いが始まるかもしれなかった。

「なあ、考えてみろ、坂田。金なしじゃ、この場はどう転がってもうまくおさまらねえ。足立連合の縄張りだっていったのはお前だ。これで帰らせてもらいますで、すむと思うか？」

「確かにそうだ。もらうもの、もらわねえ限り、俺も組には帰れない」

タトゥのチンピラが唸るようにいった。

「だろう。といって、俺も、金をこいつらに渡して、失礼しますってわけにはいかねえんだよ。双方、金があれば、まあ水に流そうってことになる。金にはな、そういう力があるんだ」

黒崎が胸をそらした。

「お金を前にしたら逆に争いになるかもしれない」

坂田がいうと黒崎は首をふった。

「二億九千万あるんだろ。分けりゃまだ一億四千五百万だ。それだけあるなら、無理して殺し合う必要はねえよ。ちがうか」

「全部水に流すのなら、俺もそいつに乗る」

工藤がいった。トニー・健を見た。

「荒垣さんもそれでいいよな」

「しかたがねえな」

トニー・健が頷くと、玉井が声をあげた。

「待ってよ、あたしの取り分はどうなるの」

工藤は目で黒崎をさした。

「そりゃそっちだろう。分けてもらえよ」

「馬鹿いえ。こちらは死人もでてるんだ。分ける余裕なんかあるわけない」

黒崎が首をふった。

「そんな。あのお金はあたしの仕事で稼いだものよ」

「うるせえ。欲しけりゃ、向こうに分けてもらえ。こっちは事情を知ってる組の幹部にもいくらか渡さなけりゃならないんだ」

「ねえ、こうしない？　三等分するの。それでも一億近くある。健一たちとあたしと、南城会と」

玉井がいいことを思いついたというようにいったが誰も反応しなかった。

「ねえ、どうなのよ」

「ないな」

工藤がいった。玉井は黒崎を見た。

「半分を三分の一にする馬鹿がどの世界にいる」

黒崎はせせら笑った。

「あんたたちさ、忘れてるんじゃないの。あれはだいたい――」

「うるせえ。もうお前はとやかくいえる立場じゃねえんだ」

「ひどい……」

玉井はぺたりと床に尻もちをついた。

「なんで。どうしてよ」

「金をとられた時点で、お前は取り分を主張できる立場じゃなくなったんだ」

「許せない。そんなの、絶対に」

黒崎が玉井を見おろした。

「じゃ、どうする？　サツにいくか？」

手にした拳銃を玉井に向けている。玉井は自分の危険に気づいていない。坂田は思わずいった。

「わかりました。とりにいきます」

黒崎がふりむいた。

「どうやら話は決まったな」

「裏切り者」

玉井が坂田をにらみつけた。

「こんな奴らに協力するの」

蒼白だった。

「おい、いい加減にしろや。欲の皮をつっぱらせてると本当に殺されるぞ」

ユキオさんがいった。

「うるさい。どんな思いであたしがあのお金をとり返そうとしてたか、あんたになんかわからない」

「しょせん、あくどいことやって稼いだ銭だろうが」

やりとりを無視し、黒崎がトニー・健に訊ねた。

「知り合いってのは何者だ」

「女だ。昔つきあってた」

トニー・健が答えた。

「ひとり者なのか」

「ああ。俺のあとに結婚したが別れて、今は子供と暮らしてる」

「ヨシミちゃん⁉」

玉井が訊ねた。目をみひらいている。

「ヨシミちゃんのこと？　それ」

トニー・健はわずらわしげに答えた。

「だから何だってんだよ」

「あたしの同級生じゃないのよ。巻きこむなんてひどい」

「ごちゃごちゃうるせえな。黙ってろ」

タトゥのチンピラがすごんだ。

「うるさいのはあんたよ」

「何だと」

一歩踏みだすのをトニー・健が止めた。

「いいから。相手にするな。早雄、金を分けたらお前にも回す。それでいいだろう」

「何いってんのよ。人から金をとっといて。だいたいあんたが——」

言葉が途切れた。黒崎が銃口をその額にあてがったからだった。

「殺すか？　こいつがいると話が進まねえ」

「俺はかまわねえぜ」

工藤がうそぶいた。

「勘弁してやっておくれ」

節子さんがふりしぼるような声でいった。

「早雄。お金のことはもうあきらめるんだ。殺されちまったら何にもならない」

「お母ちゃんは黙ってて」

「玉井さん！」

坂田は声をだした。

「ここでいつまでもいい争っていたって、永久に解決しません」

「こいつのいう通りだ。さっさと金を分けて、きれいさっぱりしようや」

工藤が頷いた。玉井が吐きだした。

「人殺しのくせに」

「だからいったろう。刺す気はなかったって。自分を守るつもりだったんだ」

らちが明かない。坂田はトニー・健を見た。

「その人の家はすぐですか」

「ここから歩いて五分くらいだ。電話をしておく。ただ、車なしじゃひとりで運べねえ」

「車ならある」

黒崎がいった。

「近くで若い者を待機させてる」

「だからって坂田ひとりをいかせるわけにはいかないな。そいつが坂田を殺したらそれきりだ」

トニー・健がつぶやいて、タトゥのチンピラを見た。

「お前がついていけ。そうすりゃ一対一だ」

チンピラは頷いた。黒崎が坂田にいった。

「金を受けとったらすぐに戻ってこい。さもないと死人がでる」

「わかってる」

「まったくな、サラリーマンのお前が一番頼りになるってのは、おかしな話だぜ」

黒崎はつぶやいて、携帯電話をとりだした。

「車を呼ぶぞ」

工藤にいって、ボタンを押した。

「俺だ。さっきのアパートの前に車をつけろ。ごちゃごちゃいわず、いわれたことをすりゃいいんだ、馬鹿！」

電話を切った。坂田はトニー・健に訊ねた。

「その女性の家はどこです」

「駅に向かって戻ったところにあるマンションだ。今電話をして、下まで降りて待ってるようにいう」

「わかりました」

答えて坂田は立ちあがった。玉井に告げる。

「お金をとって戻ってきます」

玉井はフン、と鼻を鳴らし、顔をそむけた。坂田は情けない気持でユキオさんと節子さんを見やった。二人は並んでコタツに入り、坂田に目を向けている。

「ご迷惑をかけて」

節子さんが小さな声でつぶやいた。坂田は無言で首をふった。ユキオさんがいった。

「気をつけてな」

21

タトゥのチンピラは芝崎《しばさき》といった。金をとりにいくマンションまでの道順を、トニー・健が芝崎に教えた。坂田と芝崎がアパートをでようとすると、黒崎が呼び止めた。

「坂田。電話をおいていけ」

坂田ははっとして黒崎を見やった。

「携帯だよ。戻ってきたら返してやる」

坂田はいわれた通り、携帯電話を手渡した。

「人質がこれだけいるんだ。馬鹿な真似はしないと思うが、一応、用心しねえとな」

黒崎はいって、電話を居間の床においた。そろそろ教授か咲子から連絡がくる頃だった。黒崎はまるでそれを見越したようだ。

「僕が戻ってくるまで、誰も傷つけるな」

坂田は黒崎を見つめていった。

「もちろんだ。心配すんな」

黒崎は明るい顔で答えた。だが坂田は信用できなかった。金をひとり占めするためなら、黒崎は平然とここにいる全員を殺しそうな不安を感じていた。

アパートをでていくと、中尾が車を止めていた。芝崎はあたりを見回し、後部席のドアを開け、坂田に乗れとうながした。

坂田は言葉にしたがった。アパートの周囲は暗く、静かだ。

坂田につづいて芝崎が車に乗りこむと、中尾が驚いたようにふりかえった。

「あんた誰だ」

「誰だか知らねえほうがお互いのためじゃねえか」

芝崎がもったいぶった口調でいった。中尾は目をみひらき、坂田と芝崎の顔を見比べた。

「いいから車をだして。この人のいう通りに走らせて」

坂田が告げると、一瞬顔をゆがめた。

「何を偉そうに命令してんだ、こら」

「いうこと聞けや」

芝崎が声を荒らげた。

「何ぃ」

「ここがどこの縄張りだかよく考えろってんだよ」

その言葉で芝崎の正体がわかったらしい。中尾は口をつぐみ、前を向いた。

「駅のほうにまっすぐいけや」

芝崎が命じると、車を発進させた。芝崎の懐ろで携帯電話が鳴った。

「芝崎っす。はい、いました。今でたところです」

トニー・健か工藤が電話をしてきたようだ。

「いや、大丈夫っす。周りには誰もいません。静かなもんです」

芝崎は答えた。

「場所はわかります。はい」

電話を切った。

「まだまっすぐか」

中尾が訊ねた。ほのかに空が白んできた住宅街を車は走っていた。さすがに人影はまだない。

「そこを左だ」

車が細い一方通行路を折れた。とたんに中尾は急ブレーキを踏んだ。二台の乗用車が道を塞いでいたからだった。

「なんだよ、おい」

「やべえ！」

芝崎が叫んだ。

「バックだ、バック！」

中尾がシフトを入れかえ、うしろをふり返った。

「嘘だろ」

目を丸くする。背後にパトカーが迫っていたからだった。

「何だよ！　何でこんなことになるんだよ」

芝崎がわけがわからないというように声をあげた。前後をはさまれ、坂田たちの乗った車は身動きがとれなくなった。制服警官があっというまにとり囲み、

「降りろ！」

と命じた。外からドアが開けられ、三人は外にひっぱりだされた。

「何すんだよ、俺らが何したってんだ」

「いいから。大声をだすんじゃない」

坂田も含め、全員が身体検査をされる。坂田にも何が起こったのかわからなかった。はっきりしているのは、トニー・健がお金を預けたという女性のマンションの前で警察が待ち伏せていた

ことだけだ。

警官に囲まれ立たされている三人のもとにスーツを着た男が歩みよってきた。その顔を見て、坂田は目をみひらいた。白井刑事だった。白井は険しい表情を浮かべている。

「坂田さん、こっちへ」

坂田の腕をつかみ、止まっている乗用車のほうへ連れていった。

「サカタ！」

後部席の窓から顔をだして叫んだのは咲子だった。

「サッコさん」

「よかった。無事だった」

咲子は泣きそうな顔をしていった。

「どうしてサッコさんが」

「教授が警察に連絡してくれたんだ。この刑事さんに全部事情を話して」

咲子は車から降りたつといった。

「事情を？」

坂田は白井をふりかえった。

「我々がうけた通報では、川吉二丁目のおおたかコーポに、三浦殺しの容疑者が人質をとってたてこもっている、とのことだった。あのあたりは住宅密集地で、パトカーを急行させると、すぐに気づかれる。そこで気づかれない形で、周辺に人員を配置していた。内部の状況がわからないので困っていたら、あんたらがでてきたというわけだ」

「でもどうやってここをつきとめたんです？」

「通報によれば、事件関係者の中に、荒垣健一という、足立連合の準構成員が含まれていた。ここに荒垣の元内縁の妻が住んでいる」

坂田はほっと息を吐いた。

「わかっていたのですか」

「警視庁を甘く見てもらっては困る。所轄のマル暴担当は管内のマル暴の家族構成まで知っているんだ。我々がその女性に訊きこみをおこなったところ、大金の入ったダンボールを預かっていることがわかったため、とりにくるだろうと考えて張りこんでいたんだ。もっとも――」

白井はいったん言葉を切って息を吸いこんだ。

「元裁判官からの通報でなければ、我々もここまで動かなかったが」

「元裁判官？」

「教授だよ。裁判官を辞めたあと、大学で法律を教えていたんだって」

咲子がいった。

「そうだったんだ……」

坂田はつぶやいた。白井が表情をひきしめた。

「早速だが坂田さん、おおたかコーポの、玉井節子さん宅の内部の状況を話していただきたい」

「そうだ！　戻らなきゃ」

坂田はいった。

「戻る？」

「サカタ！」

白井と咲子が同時に声をだした。

「戻らないと、ユキオさんや節子さんが危険です。玉井さんだって撃たれるかもしれない」

「容疑者は銃を所持しているのか」

「もっているのは、三浦を殺した犯人ではなくて、南城会の黒崎です」

「黒崎か」

白井がつぶやいた。

「他には誰がいる？」

「トニー・健、つまり荒垣健一と工藤という男です。それに玉井さんと母親の節子さん、『つるかめ会』のユキオさんの五人です。三浦を殺したのは工藤です」

白井が同僚を呼んだ。その中には綾瀬で会った宮下や児島といった刑事たちもいた。坂田は手短かに事情を話した。

「つまり連中は、あなたが金をもって帰ってくるのを待っている」

聞き終えた宮下が訊ねた。

「そうです。僕が帰らないと、ユキオさんや節子さんが危い。下手をすると殺し合いになります」

坂田は答えた。白井と宮下は顔を見合わせた。

「しかし、一度確保したあいつらを帰せば、どのみち我々が動いているとわかる」

白井はパトカーに連れこまれた中尾と芝崎をふりかえった。

「僕がひとりで戻ります。二人が喧嘩を始めてしまったといえば、納得するかもしれない」

「でもあなたが戻ってからどうするんです？」

「お金がくれば殺し合いにはならない。油断する筈です」

刑事たちは黙りこんだ。やがて児島がいった。

「確かにあのあたりは密集区域ですから、こじれると厄介です。油断したところを一気におさえるのが安全だと思います」

「駄目だよ、そんな。サカタが危いじゃん」

咲子がいった。

白井が咲子を見た。何かを決断したような表情だった。

「坂田さんはこの種のトラブルの経験が豊富だ。やれますか」

咲子が目を丸くした。

「やれると思います」

時間が大切だ。戻るのが遅くなればなるほど、事態は悪くなるだろう。それに何より坂田は黒崎が恐かった。あの男は、坂田たちがいなくなったとたんに、トニー・健や工藤を殺しているかもしれない。そうなればもちろん、ユキオさんや節子さんも無事ではすまない。

ひとり一億、という言葉が耳の奥に染みついている。

坂田は中尾の車に乗りこんだ。後部席に宮下ともうひとり若くて体の大きい刑事が乗る。白井は携帯電話でどこかと連絡をとりあっていた。

エンジンがかけっぱなしだった中尾の車をUターンさせた。パトカーのかたわらに立つ咲子が不安げにこちらを見つめていた。

「サカタ――」

不意に走り寄ってきた。

坂田はサイドウインドウをおろした。

「大丈夫です」

「頼むから怪我すんなよ。殺されても死ぬんじゃないぞ」

泣きそうな顔でいった。それを見て、坂田は嬉しい反面、心がなえそうになった。このまま咲子といっしょにいたい。すべてを警察に任せて、高みの見物をきめこめたら、どれほどいいだろう。

「あとで」

それしかいえなかった。顔をそむけ、歯をくいしばって、アクセルを踏みこんだ。

22

あっというまに車はおおたかコーポの前に到着した。宮下ともうひとりの刑事が車を降り、電柱と塀のすきまに身を隠した。

作戦はできていた。何といっても、銃をもつ黒崎をアパートの外へとおびきださなければならない。人質がいるままたてこもられたら、最悪の事態になる。

「やれますか」

宮下が電柱の陰から小声で訊ねた。坂田は見返し、小さく頷いた。宮下も緊張しているのか、顔色が白い。

白井の指示で、あたりには他の刑事も張りこんでいる筈だが、まるで気配がない。本当にいるのだろうか。坂田は不安になった。到着が遅れているのではないか。

いや、遅れていたら作戦の実行を止める筈だと思い直す。

アパートの入口をくぐり、右奥の部屋へと向かった。膝ががくがくしていた。でてきたときより恐怖が増している。

扉の前で足を止め、深呼吸した。一瞬、大阪や北海道で経験した、絶体絶命の危機を思いだそうとした。もう死ぬ、殺される、と感じたことが何度もあった。それを思えば、きっとやれると勇気を奮い起こそうとしたのだ。

だが駄目だった。あのときは助かったけれど、今度は死ぬかもしれない。そんな悪い予想しか思い浮かばない。

情けない。どんなに経験が豊富であろうと、自分は強くなれない人間だ。いつもいつも恐がってばかりだ。

ドアノブに手がのびない。

立ちすくんでいる。唇が乾ききっていた。湿らそうとだした舌まで乾いている。

深呼吸した。喉の奥でつっかえ、嗚咽《おえつ》のような声がでた。ぐっと奥歯をかみしめ、目をみひらいた。

ノックするつもりが、殴りつけるように扉を叩いていた。

「誰だ」

押し殺した声が向こうから聞こえた。誰の声かわからない。

「坂田です。戻ってきました」

いきなり扉が開かれた。トニー・健が立っていた。

「金は？」

坂田の背後に目をやりながらいった。

「車の中です。あの、僕ひとりではもってこられないので」

「あいつらはどうした」

「喧嘩が始まって。お巡りさんが通りかかって――」

「何？」

「ずっと車の中でいい合いをしてたんです。それでマンションの前まできて降りたら、殴りあいになって。そこに自転車に乗ったお巡りさんがきたんです。二人は逃げて、『お前は金をもって帰れ』って」

「ヨシミはどうした？」

「ヨシミ？」

「金を預けてた女だ」

坂田は言葉に詰まった。会っていない。何といえばいいだろう。

「どうした」

そのとき黒崎が玄関にやってきた。

「二人が喧嘩になって、僕だけ帰ってきました」

坂田は急いでいった。

「喧嘩だ？」

黒崎が携帯電話をとりだす。それを見てトニー・健がいった。

「巡回のお巡りに見つかって逃げたらしい」

黒崎は電話をおろした。坂田を見つめる。

「よく逃げなかったな」

「逃げたいさ、本当は」

本音だった。

「妙じゃねえか。二人ともいないいってのは」

トニー・健は疑っている。

「金さえ届いてりゃいい。いなくなった奴のぶんまで払わなくてすむし」

黒崎は冷ややかにいって、三和土にあった靴に足をさしこんだ。

「待て。俺もいく」

トニー・健があわてた声でいった。

「お前ひとりでいかせたら、そのまま逃げるかもしれん」

「勝手にしろ」

黒崎は拳銃を腰のベルトにさしこんだ。先にアパートの通路を歩きだす。

「金はどこだ」

「トランクの中」

答えた坂田の肩をトニー・健が押しのけた。

「邪魔なんだよ」

黒崎に遅れまいと急いでいる。坂田は足を止めた。

黒崎とトニー・健がアパートの玄関をくぐった。中尾の車は前に止めてある。

「トランクだな」

歩みより、背後をふりかえった黒崎の目がみひらかれた。

「何だ、お前ら——」

電柱の陰、民家の軒先、並べられたポリバケツの裏から、いっせいに人影が飛びだした。黒崎にとびかかる。

押さえろ、押さえろ、手、手、手だ、手、という叫びがあがった。何人もの人間が黒崎に飛びつき、のしかかって押し倒している。

「何だよっ」

トニー・健が叫んで、くるりと向きをかえた。そこにも二人の影が飛びついた。

「離せよっ、離せっ、この野郎」

抵抗するなっ、と怒鳴りつける声がしたあと、

「確保っ、確保っ」

という叫びがあがった。

坂田はほっと息を吐きだした。膝が震えだす。

「坂田さん!」

声に我にかえった。白井だった。アパートの玄関に立ち、通路にいる坂田の方角を見ている。その目が動き、坂田は背後をふりかえった。

工藤だ。工藤が半分ほど開いた扉の向こうからこちらを凝視している。

「工藤！」

白井が叫んだ。工藤は蒼白になって扉を閉めようとした。

坂田の体が無意識に動いた。閉じかけた扉に体ごとぶつかった。衝撃とともにアパート全体が揺れるような音がした。

工藤は部屋の奥に逃げこんだ。坂田はあとを追って部屋に入った。

「鍵閉めろ！」

工藤が叫んだ。コタツの前に立ち、ナイフを手にしている。

「閉めろったら閉めろ！　この野郎。婆あをぶっ殺すぞ」

「やめろっ」

玉井が叫び声をあげ、工藤の腰にとびついた。勢いで工藤はコタツの上に倒れこんだ。湯呑みや灰皿がほうりだされる。

「玉井さん！」

「母ちゃんに手をだすんじゃない！」

玉井は工藤の腰にしがみついていた。坂田を押しのけ、白井ら三人の刑事が靴のまま部屋の中へ躍りこんだ。

「ナイフをもってます！」

「大丈夫、ここにある」

ユキオさんがいつのまにかナイフを手にしていった。倒れた工藤の手からとりあげたようだ。

「ようし、確保！」

工藤の腕に白井が手錠をかませ、ひっぱり起こした。荒い息を吐き、ユキオさんをふりむく。

「それを預かります」

ユキオさんは頷いて、ナイフをさしだした。手袋をはめた手で、白井は受けとった。

「おお」

工藤を見ていう。工藤は無言で歯をくいしばっていた。刑事にひきたてられ、部屋をでていく。

「こいつが凶器だな」

「母ちゃん、怪我ないか」

玉井が訊ねた。その左耳から血が滴っている。工藤にとびついたときに切られたのだ。

節子さんは無言で首をふった。そしてかたわらにあったティッシュをとり、玉井の耳に押しあてた。

玉井は初めて気づいたようにティッシュに染みた血を見た。

「嫌だっ」

おかまの声に戻った。

「やはり倅だな。いざというときにおっ母さんを守ってやるなんてよ」

ユキオさんがいった。

「馬鹿者」

節子さんが玉井にいった。涙声だった。

「玉井早雄さんですね。あなたにも同行していただきたい」

白井が玉井のかたわらに立った。玉井はしょんぼりとうなだれた。

「はい」

そして坂田を見た。

「坂田クン、いろいろありがとう。そしてごめんなさい。あなたをこんなことに巻きこんじゃって」

「玉井さん——」

玉井はのろのろと立ちあがりかけ、ぺたんと尻を落とした。

「駄目。腰が抜けちゃった」

節子さんが玉井の腰をさすった。

「しっかり、おし」

「母ちゃん」

涙がでそうになり、坂田は顔をそむけた。

アパートの外にでていくと、黒崎とトニー・健が到着した覆面パトカーに乗せられるところだった。あたりにはいつのまにか野次馬が集まっている。

「坂田、わかってるよな」

黒崎がいった。

「下らんこというな」

宮下が叱りつけた。意に介さず、つづける。

「なあ、坂田。俺はパクられても組がいる」

坂田は歩みよった。

「それはちがう。あんたのしたことは自分のためだけで、組のためなんかじゃない。そんなあんたのために、南城会が仕返しにくるなんて、僕は思わない」

「何ぃ」

憎々しげに黒崎は坂田を見た。坂田はその視線をまっすぐ受けとめた。

数秒間、そうしてにらみあった。

先に黒崎が目をそらした。

「たいした野郎だ」

覆面パトカーが走り去り、視界からなくなっても、坂田はその場に立っていた。いや、動けなくなっていた。

玉井は腰が抜けたといったが、坂田はまるで金縛りにあったかのようだった。指一本、動かすことができない。もし動こうとすれば、その場にくたくたとすわりこんでしまいそうな自分を感じていた。

そのことを黒崎が知ったら、同じ言葉を口にしただろうか。

坂田は考えていた。だが、答は自分の中にありそうもなかった。

23

ひと月後、坂田は咲子や教授、姫さんらと「ひさごや」にいた。ユキオさんがあとから合流することになっている。

工藤は三浦殺しを自供し、黒崎も脅迫や監禁、銃刀法違反などの容疑で逮捕された。玉井の供述をもとに警察が詐欺の捜査に着手したことも、坂田は白井から聞かされていた。

坂田が自発的に黒崎に協力したことに対して厳しい注意を受けた。が、それがなければ容易には三浦殺害犯が判明しなかったと、長い事情聴取のあとで白井は認めた。

トニー・健と森本、松枝については、詐欺捜査の結果にもよるが、それほど重い罪には問われないだろう、という話だった。節子さんがトニー・健をかばっているせいもあるようだ。

「教授のおかげで助かりました。まさかあんなに早く警察が動くとは思わなかった」

坂田はいった。

「姫さんに叱られました。いつまで坂田さんひとりに任せておくんだ、と。それで後輩の東京地裁の判事から警視庁に連絡をしてもらったわけです。まあ、後輩にも怒られましたが。先輩、何をしているんですか、と」

にこにこと教授がいった。そのとき、「いらっしゃいませ」の声とともに「ひさごや」の扉が開いた。

ユキオさんだった。車椅子を押している。節子さんが恥ずかしそうにうつむいていた。

「節子さん、顔が明るくなってない？」

咲子がいって、坂田の肩を肩で押した。その通りだ、と坂田は思った。

この作品は、大沢オフィスの配信により、十勝毎日新聞（二〇〇九年二月二三日から一二月四日）、千葉日報、岐阜新聞、岩手日報、「ＩＮ★ＰＯＣＫＥＴ」に順次掲載されたものです。

大沢在昌（おおさわ・ありまさ）

一九五六年、愛知県名古屋市出身。慶応義塾大学中退。

七九年、小説推理新人賞を「感傷の街角」で受賞し、デビュー。

八六年、「深夜曲馬団」で日本冒険小説協会大賞最優秀短編賞。九一年、『新宿鮫』で吉川英治文学新人賞と日本推理作家協会賞長編部門。九四年、『無間人形　新宿鮫IV』で直木賞。

二〇〇一年、〇二年に『心では重すぎる』『闇先案内人』で日本冒険小説協会大賞を連続受賞。〇四年、『パンドラ・アイランド』で柴田錬三郎賞。一〇年、日本ミステリー文学大賞。一二年、『絆回廊　新宿鮫X』で日本冒険小説協会大賞を受賞。


公式ホームページ「大極宮」　http://www.osawa-office.co.jp/

N.D.C.913　446p　20cm

語《かた》りつづけろ、届《とど》くまで

二〇一二年四月二五日　第一刷発行

定価はカバーに表示してあります。

著者　大沢在昌《おおさわありまさ》
発行者　鈴木　哲
発行所　株式会社講談社
東京都文京区音羽二—一二—二一　〒一一二—八〇〇一
電話　編集部　〇三—五三九五—三五〇五
販売部　〇三—五三九五—三六二二
業務部　〇三—五三九五—三六一五
印刷所　凸版印刷株式会社
製本所　大口製本印刷株式会社

ISBN978-4-06-217404-6